依稀识得
故乡痕

漆家山
50 年村史

漆永祥　著

北京大学出版社
PEKING UNIVERSITY PRESS

图书在版编目（CIP）数据

依稀识得故乡痕：漆家山 50 年村史 / 漆永祥著 . — 北京：北京大学出版社，2019.7
ISBN 978-7-301-30385-6

Ⅰ . ①依… Ⅱ . ①漆… Ⅲ . ①纪实文学 – 中国 – 当代 Ⅳ . ① I25

中国版本图书馆 CIP 数据核字 (2019) 第 034693 号

书　　　名	依稀识得故乡痕：漆家山50年村史	
	YIXI SHIDE GUXIANG HEN：QIJIASHAN 50 NIAN CUNSHI	
著作责任者	漆永祥 著	
责 任 编 辑	于铁红	
标 准 书 号	ISBN 978-7-301-30385-6	
出 版 发 行	北京大学出版社	
地　　　址	北京市海淀区成府路205号　100871	
网　　　址	http://www.pup.cn　　新浪微博：@北京大学出版社	
电 子 信 箱	zpup@pup.cn	
电　　　话	邮购部 010-62752015　发行部 010-62750672　编辑部 010-62750112	
印 刷 者	三河市国新印装有限公司	
经 销 者	新华书店	
	660毫米×960毫米　16开本　21印张　210千字	
	2019年7月第1版　2020年8月第2次印刷	
定　　　价	50.00元	

谨以此册村史

献给苦焦而温暖的漆家山

献给日夜劳作的父老乡亲们

漆家山全景

2015 年漆家山村舍民居图（池骋 绘制）

图中村民一家用一人标出，按序列号如下：

2011 年后仍在本村居住者（共 23 户）

1 漆永强　4 漆孝福　5 漆想成　7 漆三宝　9 漆想福　11 漆红亮　13 包得保
14 漆常福　16 高早来　21 漆想得　22 漆海成　23 漆小平　24 漆想来　29 漆红福
32 漆红平　33 包得福　34 漆妹妹　35 漆红民　40 漆根德　41 漆六娃　42 漆黑娃
43 漆孟三　44 漆元元　48 漆富贵

2011 年迁往新疆或此前迁往其他地方者（共 28 户）

2 漆爱民　3 漆双成　6 漆福成　8 漆双福　10 漆金德　12 漆童童　15 高翻红
17 高环二　18 高春来　19 包玉香　20 高三娃　22 漆海成　25 高大哥　26 高冬来
27 漆金鱼　28 骆东成　30 朱等生　31 漆银二　36 漆小龙　37 马壁虎　38 漆黑驴
39 漆元德　45 朱张九　46 朱银生　47 漆富平　49 漆海军　50 漆孟虎　51 漆翻巧

漳縣全圖

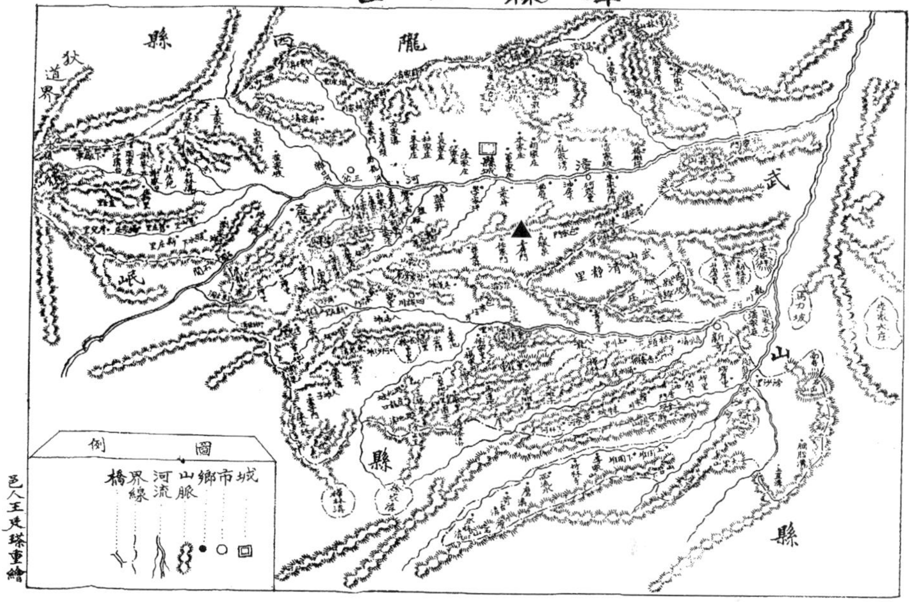

漳县全图。图中三角形标示处即漆家山

（韩世英纂《重修漳县志》民国二十三年版）

|目录|

中卷　文化教育·公共娱乐·婚丧嫁娶·节日方语

下卷 漆家山村民小传

附 录

自古僻壤皆无史，且留一册在人间

——我为什么写漆家山 50 年村史

　　我的家乡位于中国甘肃省定西地区漳县马泉乡紫石村漆家山社，在祖国西北边陲，是黄土高原上一个贫寒闭塞的小山村。村子处陡峻高岭，接近山顶，自东至西有五十来户农家院落，呈环形散落在山弯里。背山向阳，南亩绕村；桃梨杏柳，绿荫傍屋；青瓦白茅，炊烟袅袅；居民往还，守望相助；日出而耕，日落而息。就风光而言，如果你只是暂歇一晌，小住半日，那可真算得上是世外桃源。但亘古以来，村民度日艰迫，生计为难，雨雪寒冻，靠天吃饭，绝非长安久居之地矣。

　　我上初中的时候，班主任刘老师是位老陕，大高个儿，教我们数学，天天教查平方表，问"五的瓢（平）方似（是）几"。他经常半趴在讲桌上，将半截腿搭在后墙的黑板下，肆无忌惮地讥骂我们。有次因我捣乱，他揪扯着我的大佛耳朵，指着我没有纽扣、补丁摞着补丁的破褂子怒斥道："看你个穷尿样子！在中国你们甘肃最穷，甘肃你们漳县最穷，漳县你们马泉最穷，马泉你们紫石最穷，紫石你们漆家山最穷，漆家山我看你家估摸是最穷的了！"

　　一直以来，老师这句话深深刻印在我脑海中，我总在默想：既然漆家山人在全国最穷，给国家垫底儿，每年青黄不接的时候还要白吃国家的供应粮，那么他们存在的理由是什么？他们活着的意义在哪里？这个国家要他们还有何用？这也让我在中小学时代，陷入深深的自责与自卑当中，且有极其深重的负罪感。

　　我们常说中国历史就是"帝王将相史"，西方历史又何尝不是如此。有文字记载以来的史册，从来没有给底层碌碌百姓存史迹者，即《史记》号称有"人民性"，关注下层百姓，也不过有《陈涉世家》，以及孟尝、平原、信陵、春申诸君列传，或为揭竿而起的草莽英雄，或为"富二代""官二代"与走狗贩夫之辈，并没有真正耕夫渔樵的事迹与传记。

　　正因为如此，我们看到流传的佛经卷子中，纸背记录的邻里间借贷账单或家长里短的民间纠纷时，都欣喜不已，就是因为正史中这样的史料实在是太少了。假如我们能得到汉代某个村落的居住环境、饮食起居、生老病死的基本状态，恐怕汉史都得重写。可惜，我们仅有只言片语，无法复原祖先们真正的生活与历史。史著虽多，亦奚何用！

　　也正因为如此，历代史册所载，反不若文人诗歌所叙的村居生活与农家风物为多。如从《诗经·七月》到陶渊明、王维、范成大以降的"田园诗"，记载农家耕作，就远比史籍详悉。《七月》真是划时代名篇，给我们留下了先祖耕作居住、衣食租赋的原始记录，可惜被美化成"风俗之厚，而上下之情，交相忠爱如此"，将农人的血泪化作"称彼兕觥，万寿无疆"的祝酒词。至于陶五柳，不过是扛把锄头作秀，何尝体验到农民的辛劳；摩诘是佛骨仙风，非蠢尔如我等可比，蓝田不过是养心托壳之地，而非务农场所；只有石湖真如一个老农，故其《四时田园杂兴》充满了农家的苦乐辛酸，范成大才是豳风精神的直接传承者。

因此，我想叙记漆家山这个极其普通平凡甚至可以忽略不计的小山村的过往史，用亦史亦文的笔法，用农民的身份与话语，写父老乡亲的生老病夭、婚丧嫁娶、居舍衣食、耕田打柴、牧牛贩马、敬神祭鬼、年俗节日与悲欢离合；我想给200年以后的人们写一部信史，等将来他们看到漆家山村史后，再和记叙今日历史的"正史"去做对比的研究，可能会在太平盛世繁荣昌盛的主流叙述中，看到一个偏僻村落百姓的日常生活，看到不一样的历史叙事，看到真正血脉连贯风味浓厚的乡土气息，我想这并不亚于我们今天看到佛经卷子中那些小小的故事。

然而，就是区区50年的历史，其实也不好写。光是统计全村人口与年龄一项，就千难万难：老辈的生年，儿辈已经不记；又何时结婚，生子几月，更是无法准确统计；而夭亡之数，更是不愿提及。我本想记录相对精确的全村人平均寿命、婚孕年龄、子女均数、亡逝病因、婚姻成功率等，但因村民实际年龄与登记年龄都不准确，只能做大致推测而已。

我还写了十来位村中人物，给他们立传，其中多数是文盲，还有民办教师、林业工人、杀人凶犯、打工丧命者等，他们的事迹平淡无奇，却又独特无二，各色人物，运命百般，悲欢离合，生死无常，漆家山就是一个当代中国边鄙山区农村的小小缩影。

在中国历史上，史学发达的时期，都是乱世。春秋战国，魏晋六朝，宋末元初，明末清初，群雄并起，政权更迭，如同翻饼，国亡史续，故史著大量涌现。宋季明末，遗民处士，隐没群山，埋首纂史。清代章学诚曾论从王阳明到万斯同兄弟，浙东史学之变化是"阳明得之为事功，蕺山得之为节义，梨洲得之为隐逸，万氏兄弟得之为经术史裁，授受虽出于一，而面目迥殊，以其各有事事故也"。这话说得真好啊！王阳明平定叛乱，故为事功；刘宗周绝粒而死，故为节义；黄宗羲高隐而终，故为隐逸；万斯大以治经闻名，其弟斯同擅长史学，且奉宗羲之命，入明史馆纂修《明史》，出力尤多，故为经术史裁。又清初史学界如全祖望等，思托故国，莫可寄情，遂焚膏继晷，访典问故，撰《宋季忠义录》诸书，以寄兴遣怀，托宋思明，与"义熙人相尔汝"。时代不同，命运不同，但恰恰这些乱世史著，反而鲜活真切，元气淋漓，直面人生，启人深思。

　　今日世风，非今非古，不惠不跂。不才如我，既无前贤之史裁，又无今人之弘达。然每思父老，辄坐卧不宁，耿耿此心，唯长夜昏灯，编一册村史，留几行鸿迹，以俟后人在残稿败纸、断壁颓垣中捡择而读，故我不可能成为司马子长，然亦不落于全谢山之后，更不亚于郑思肖之《井中书》。谓我不信，咱们200年后托生来看！

　　漆家山村史的50年，也恰好是我生命历程中的50年。这部村史因为是尝试性的纂述，所以从体例结构到叙事方式，都有很多的缺陷，但我还是愿意将其印成文字，留在世间，任人评说。清代赵之谦给友人胡培系写信时曾谈到"要待知己，极少，须一二百年"。那么，就让我们静静以待两百年后的知己吧。

陇右山人漆永祥匆草于北京大学人文学苑6号楼研究室

时丁酉（2017）初伏后三日

引子：漆家山人从何而来？

漆家山人从何而来？因既无记载，亦少传说，因此可能永远都没有答案，我们在此不妨做些推测。

漆姓来源，说法众多。或称源出姜姓，为炎帝神农氏后裔；或称出于姬姓，为西周时吴地漆雕职业，系姬泰伯裔孙，后为漆雕氏，孔子弟子中即有漆雕开、漆雕哆、漆雕徒父，世称漆雕氏三贤；或传为春秋时古汪罔鄹瞒族长狄氏，其族人改姓漆氏；又称发源于陕西漆水（渭河支流，陕西彬县一带，今称漆河）流域；又谓出自春秋时邾国邑地漆闾丘（今山东邹城）。说起来与中国众多姓氏相同，渊源都是远攀三皇五帝，近托春秋战国，以显其姓氏之源远流长，遥遥华胄，实际都是附会，多不可靠。比如托诸漆雕氏者，亦多附于漆雕开，无非是因为漆雕开为儒学宗主，名声隆盛，可增添后人荣光而已。

漆姓虽不能与张、王、李、赵这样的人口大姓相比，但也算得上是中等姓氏，人口分布在今河南、河北、黑龙江、内蒙古、江西、安徽、江苏、上海、天津、湖北、湖南、四川、重庆、云南、贵州、广西、陕西、甘肃等地。有谱牒传世，脉络有续者；也有宗族无考，来源不明者。就甘肃漆氏而论，在天水、秦安、武山、陇西、漳县一带皆有分布，但相互之间，既无系联，也无往来，更谈不上联宗通谱、互认宗亲了。

至于漳县漆氏，在马泉、石川、金钟一带，都有零星散居，但也难以系联而通宗。如果一定要比附，稍靠谱的便是元代盐川汪世显三子汪直臣之子惟孝 (1246—1297)，其夫人漆氏，为同郡金符元帅漆德常之女。或谓德常为宋人，家居武山县，则漳县之漆氏，或与武山漆氏间有着血脉联系，也不敢必矣。

就漆家山的漆姓而言，有人居住的历史到底有多少年，无人知晓，但据我推测，绝不会超过 200 年。爷爷在世时曾指着老坟给我数，他的爷爷坟堆以上的坟头，就不知道怎么个排序，所以有人问起我的族源，我常常戏称"三代以上无考"。祖先们来自何方？又因何飘落在此焦苦之地？因无识文断字之人，所以祖祖辈辈，天籁未凿，蒙昧混沌，如枯草残叶，自生自灭，村子的历史与传说，都永远被埋进那些坟堆了。

漆家山是一个自然形成的历史村落，地处甘肃省定西地区漳县马泉乡紫石村。其行政归属1949 年后一度为殷家山人民公社所辖，后殷家山公社裁撤合并入马泉公社，殷家山、漆家山皆改隶归紫石大队下属的生产队；改革开放后再改公社为乡、大队为村、村为社，就成了漳县马泉乡紫石村漆家山社。

漆家山位于东经104°47″，北纬34°77″，海拔约2400 米，地处西秦岭和黄土高原过渡地带，山陡沟深，坡度多在 60 度以上。前后山间，皆垦为田地，拾级梯形：或平或陡，或斜或直；或向阳，或

我家祖坟掩没在绿树乱草中，没有墓碑，无从考据祖先从何时来此

背阴；或黄土，或红土；或土壤肥沃，或地力贫瘠；或土深细腻，或怪石崚嶒。村落在山之南，背山向阳，气候温润，长年日照充足，水源时盈时缺。村东村西，各有一眼泉水，村东之井易枯，村西之井未竭，居民担水而食，人畜共用。

村中居民，自东至西按一字线布开，散处在两个大山坳里。东北向翻过山，至半山腰与城关乡马家山连界，快落山时与城关乡牟家门接壤；东向翻过大麻地与城关乡窑下相接，东南向经冷水泉下山与九眼泉土地相连，西北向经红池下与本村任家门接界，西南经谷子湾与本村庄下门互通。各村村落相望，土地相邻，山路相通，或三五里，或六七里，少则半小时，多则不足一小时即达。

经庄下门再西行，则至紫石村村委会所在地紫石沟，约一小时山路行程；通往马泉乡政府所在地有两条路可走：西南方向下山经庄下

漆家山媳妇崖，是村里最温馨而又险峻的风景

门再翻抽筋坡梁下山，可达马泉乡所在地骆家沟，约20里山路，山路弯弯，翻山越岭，最为苦辛；东南方向下山出沟，上乡级公路西南行可直抵骆家沟，约25里路，虽稍远但平直好走。从漆家山至漳县县城，有三条路可走：自西北向经任家门，下至半山过立桥山、半磨泉等地落沟，可抵漳县城，约20里山路；自东北向翻山落沟，再出深沟至柯寨，沿公路西北行可达，约25里；自西南下山至九眼泉向东南再折西沿乡级公路，经大坪里等地可达县城，约30公里，车可通行。早些年间，至漆家山皆须步行，近年来公路通至任家门梁上，但尚未硬化，冬雪夏雨，路滑雪深，车行极其危险，然亦不能直达村里。村民或开小三轮，或骑摩托车，豁命于山间，盘桓于曲肠，故交通不便，事故频发也。

村子西部的媳妇崖，为90度直下石崖，山顶有三块巨石，分别摞在三根石柱上，如同三人列队骑马而行，如娶新媳妇的队伍，故如此称谓。崖间有羊肠小道，供牛羊与砍柴之人通行。再往西至冷水泉下、半坡里、漆家堡子一带，崇山危岭，乱石穿崖，人行其间，如悬天空。漆家堡子是 1949 年前村民逃躲土匪之处，现仍存残崖断垣。村东柴家湾、泉儿下、外子坪下等地，山地相连，多陡险之地，山上稍平，肥力亦可，半山腰下，则地陡土贫，水分难存，一年所种，或不能收回种子。近年来陡地多荒，蔓草长蒿，栽植树苗，以冀长成焉。

前已述之，漆家山建村历史，至多不超过 200 年，祖先们来自哪里？因何来此？又为什么落脚到这里？已湮没消散，皆不可知。

故漆家山有史，请从今日始！

上 卷

自然环境·医疗卫生·农林畜牧·人口移民

没有老死的马，只有滚岖的牛

——漆家山 50 年自然环境变迁史之一

漆家山位于漳县城南约 20 里路的大山梁上。说是 20 里，实际按城里人的量法，我估计 40 里也有了。村子海拔约 2400 米，山坡落差在 50-80 度不等，这还是能种田的地儿，高坡陡岖（读 wā，会意字，意为斜坡、山坡、陡坡等），更多悬崖，几乎就是垂直的了。乡亲们称村子四周坡陡路险为"挂不住佛爷献不了饭"，意思是陡峭得挂不了一幅佛像，找不到巴掌大的一块平地安放献祭饭的小碗儿，话既夸张，又极写实。村里的牛马驴骡，很少有真正老死的，大多数是在放牧或驮物的过程中，因路滑坡陡滚下山摔死的。即使当年生产队最大最宽的大场，恐怕也不能使一辆大客运班车掉过头来。村学院子，不到半个篮球场大；因为学堂南北无墙，当年我们打球的时候，几个娃儿打，一群娃子站在边上挡，一不小心球蹦高了，就会弹滚到山下去，然后大伙儿狂追寻觅，蒿长沟深，蛇虫出没，半天都找不回来。

漳县属大陆性季风气候，其主要特点是降水稀少，且分布不均，蒸发量大，冬春寒冷而干燥，秋季温凉而湿润，温较差大，光能充足，又灾害频繁。但在我小时候，漆家山全年雨量充沛，水源充足，夏秋时节，处处是烂泥滩子，李家湾、场背后、腰道里、大泉下、泉儿下、庙下、冷水泉等处，经常渗水泥积，夏秋水浸，烂泥没脚，行路困难，小儿须大人提拽，才能过水；我家大泉下的地，靠山根处夏天有10平方米左右根本就是泉水洼，无法种地，父亲只好在旁边引一条小渠沟，让水流淌。村子有多处水渍滩子，农家修房，挖地三尺，即出水洼，无法立基，只好另择佳地。大泉下尕口爷家的北房为厅房，到了夏天，北墙渗水，最严重的时候，中间地上需要挖条小沟，以供水渗流而出，几乎就是住家在泉口上了。

到了冬天，有时雪下得深过膝盖，我记得走任家门红嘴子山口，风忽东忽西向两边吹，结果雪堆停在路中间，形成一道又高又硬的雪墙，俗称"背棱雪"，小娃娃只能从上面爬着滚翻过去。刚下完雪后，野鸡翅膀湿重，飞不起来，一大群人在雪地里追，竟然真能捉住活的野鸡。气温极寒，在零下20度左右，我上小学时，冬天放学回家，穿着解放鞋和爷爷编的羊毛袜子，就会冻成一只硬靴子，只能慢慢褪下来，脚早都失去知觉，放在热炕上暖，慢慢地先是酥麻，后是奇痒，然后是剧痛，又红又肿，最后才知觉是脚。即便在艳阳高照的日子，走在路上鼻子耳朵也冻得要掉下来的感觉。

上世纪70年代，周边数十年长成的大小森林，遮阴蔽日，是漆家山环境最好的时期。西北地寒，春夏之际，才满山遍野苍翠欲滴，百卉争艳，白乐天所谓"人间四月芳菲尽，山寺桃花始盛开"也。家家房前屋后，场院田间，梨李杏花，竞相灿放，蜜蜂群群，花蕊翻飞。村子四外，麦苗如栽绒的毯子，斜铺在山间，处处都是野杏花野梨花；而牡丹芍药，红黄紫白；山丹丹花、狗艳艳花（狼毒花），簇簇丛丛；还有无数不知名的各色花卉，杂开怒放在草间路边。油菜花

山中自开自落的山丹丹花

黄，豌豆、胡麻花蓝，洋芋花或白或蓝，自春至夏，花不间断。马莲（马兰）开蓝花，折花带茎，可以吹响，啾啾像小鸡在鸣，是小娃子们的最爱。狗艳艳花拨下一窝，抖掉蚂蚁和露珠，编成花环，戴在头上，既能遮阳，又如花帽，小女娃子戴了，便成仙子，晨露偶入脖颈，凉得缩颈透骨。山丹丹花的花瓣摘下洗净，到了秋间尝新麦面时，和入面中，炒的麦果子带有一道道金黄色，既好吃又好看。有时老远看到一团白色，以为是蘑菇（如白菜状），跑到跟前一看，才知是一丛白芍药花，正艳艳地挤眉颤笑呢。

　　自夏间起，即便逃学不归，也不至于挨饿。青蒿绿果，皆可剥食。人过路边，忽地从深蒿中飞起一双野鸡，这可是好兆头，慢慢拨开草丛，就会看到一窝野鸡蛋，晃眼溢心，喜不能禁，捡回家中，和新韭炒了，奇香喷鼻，端是人世间至美至味。野韭野葱，其味辛辣，煮炒去毒，亦可尝鲜。阴湿之处，便有蘑菇，采来泡洗，几丝腊肉合炒，犹如仙芝灵草，含在嘴里舍不得咽下。如果运气好，坟地草滩，还能采到几株稀珍的鹿鼻子（羊肚菌），嫩得不敢手触，采了煮汤，便是长生的灵芝。

蕨菜是上天给山里人馈赠的最好蔬菜，长出尺把长时，最为肥硕；背了背篼，在酸刺（沙棘）深蒿间趴躲挪动，怀抱褐裹而出，粗如筷子，折起来锵锵作响，煮熟油泼拌蒜，鲜香四溢，清润解馋，便成绝品。蕨菜一旦开枝散叶，便成蒿草，牛马不食，烧柴也非好柴矣。这时又有乌龙头，长在远山林间，树高过人，丫杈缝间，含苞将绽时，最为嫩美，一待开枝散叶，便成柴草，其味淡中带浓，嚼咀不厌，回味不尽。又有绿茸草，手指长短，玉绿小叶，在密林深处，采来煮食，嘴中吱吱有声。有时林中还有刺背背秆儿、红芪秆儿（俗称都根），折来剥皮，咬而食之，脆甜嫩爽，略带酸涩，生津解渴，有似仁丹也。

小雨过后，地面将干未干之际，背阴山后荒地草台间，地垃儿（地莼）薄软轻盈，透水晶剔，小女孩手提小篮，掐拾捡采，半晌可捡一篮儿。这活儿要细心之人才行，粗心手拙如我者，根本就看不见也找不到。捡回冲水洗净了，切碎和些猪油渣儿，蒸包子包饺子，食之那可是上上的口德，鲜美充溢，齿留余香；因为很难采到很多，我的印象从来没吃够过呐。

遍山皆野果，四野有珍馐

——漆家山 50 年自然环境变迁史之二

　　漆家山房前屋后，菜园路边，山野林中，处处有杏、李、楸、梨等树，从开花时节，就被小玩童剥核而食，青果如豆，大人食酸得倒牙，小娃子吃得口水长流、龇牙咧嘴。山杏野梨，个小熟迟，卖相并不好，农民朴拙，不精算计，从来不会摘了卖钱，任小儿糟蹋闹害，各家杏树上，常有娃子挂在上面摘吃，等到真正熟的时候，树上也就没几颗了。我家有棵甜核杏儿，是属于外熟型的，老远看树上红艳艳黄灿灿的，惹人眼馋，摘来吃却酸不可食，但娃子们仍然连偷带打，因为捡回去可以拿石头砸核儿吃杏仁，鲜杏仁脆生生可好吃了。等真正杏肉全熟了，就唯余高树顶梢够不着处，尚有数颗，甜透心肺。母亲将掉在树下的烂杏子，捡回来晾晒干了，父亲在农闲时砸核儿取仁，到了冬天，将杏仁煮熟，掺在腌韭菜咸菜中，便成咸菜中的上品。野李子熟时，金黄圆鼓，如玉皇灵果，入口即化，但路边满枝，竟无人摘，那必是苦李子，王戎小儿所言路边无人采摘的李子不甜，果然也。

等到深秋，夏粮基本都打碾入仓了，远山林中的野梨儿就熟了。在森林中挖草药，偶尔会遇到一树野梨，大如拳握，自然熟落，卧软枯草间，静待人来，捡拾吮吸，瞬间只剩皮核，酸甜冰爽，改饿解渴，沁入肝膈。三十年来，此味时在梦中矣。

雨天不能下地，身壮妇孺就背了大背篼去拾野梨，一棵大梨树，可捡好几背篼，有人捡熟落草丛的，有人爬上树摇枝挂打，便落如冰雹而下。背回来捡出个大完好的，卧藏在秸秆软草中，以俟熟时，或麻或黄，软甜爽酸，是山里人的最爱。细致人家，还可存到过年，用以招待亲戚友朋。摔破结疤的或酸不可食者，也不轻易丢弃，切片晒干，冬日装随身口袋中，嚼嗞不停，酸甜生津。或和入炒熟玉米中，磨成面粉，便成甜熟面，别家无有，矜贵莫名，如今只在想象间矣。

野菜野果，尽可摘食，而庄稼渐成，少儿逃学，野外飘飞，也无饥渴之忧。青稞、麦粒圆了，正绿将黄之时，摘下穗长面饱的，野火架烤，闻风即香，烧熟搓皮，吹而去之，丝爽脆甜。其中以青稞为美，因为青稞粒与小麦相较，粒大饱满，水分更多。禾田小豆，不仅豆嫩爽甜，且豆荚揭皮，亦可嘎嘣食之，但折角去皮，还多少需要点技术活儿，故少小躁儿，多不食豆荚，剥不下来整皮故也。

豌豆（蚕豆）如指甲盖大，摘下去壳，水嫩甜适，一等面饱，便不可生食。这时可以摘荚长外鼓的，回来煮了吃，待豌豆熟了，褪去白皮，豆绿如笋，色泽如玉，香嫩爽滑。还可以打成绿豆饼，虽无诸色调料，也不亚于皇宫糕点呢。

洋芋花开，便已结籽，山乡僻远，麦收之时，洋芋才面足可食。挑择围土堆有裂缝者，伸手扒拉，即能从土中摸出新洋芋来；选大如拳者，挖地锅埋入土中，架火烤闷熟，皮脆瓤嫩，面酥味美。或塞

蘼子虽然个小，但酸甜爽口，自然天成

入火膛，边吃边烧，边烧边吃，手脸嘴眉，皆为漆黑而不顾也。

我上大学后，每年暑期回家，返校之时，母亲总给我煮两碗新豌豆，煮几个新洋芋，这是她给儿子最好吃的山珍。老母坐在门墩儿上，看着儿子剥食，絮絮叮嘱不已。我默无所言，尽量多吃，以安娘心，食毕拜母，掩面而别，再入人海，复自茫茫矣!

及至近麦黄时节，“旋黄旋割”（布谷鸟）叫了，蘼子（草莓）也就熟了，稍阴田埂坡间，拨开蒿草，形如麻雀蛋大小，一片鲜红，摘食饱了，擦脸涂嘴，便成红唇烈焰，折枝扎把带回家，可拌熟面吃，色花面甜。此时也正是蛇虫最多的时候，蒿深草长，一不小心，常有小娃甚至大人为蛇所伤。等蘼子枯了，刺莓子、树莓子又熟了，坡头田间，颗颗灿烂，或黄或红，水灵甘露，透浸心膈。树莓子不如刺莓子好吃，折下一枝，便有一串，吃过瘾打嗝毕，可用野苇秆儿穿成长串，如糖葫芦，拿回去孝敬没牙老太太，最为适口，亦可拌熟面而食。倘然渴了，或到凉水泉儿，钩头撅臀，将嘴倒插在泉中，吮吸饮饱。若一时无现成泉水，稍择阴湿小沟，刨地尺余，一袋烟的工夫，水便渗出，可以吸饮矣。

　　那时的村庄掩映于绿荫嘉树中，农家地边田头，也多梨杨灌木，即骄阳似火的盛夏，待在树荫之下，便凉爽如秋。农人辛苦，老人亦需下地，村中无幼儿园，幼儿也多带往田间，收割时节，将麦秆立起，搭成草屋状，上搭水蒿，便成凉床。俟小娃子玩累吃奶毕，铺件破衣，盖个破草帽，便可安然熟睡。或穄子摞起时，可睡在穄子遮阴处。如果地头宽敞，且有大梨树，则将睡着的娃子放在树下，甚至大人累了，也可平躺仰卧，凉适解乏，如果再来点细风，那就是羲皇上人了。如果怕虫蛇侵害，可放支多年吸食的水烟瓶，焦油味呛人，蛇蝎闻其味，便会远遁而去也。

　　这种景况，一直持续到20世纪80年代中期，从那时起至90年代中后期，大约十年多的时间，这个平静的山村就开始了大破坏的时期。最后的恶果是：森林砍伐殆尽，四山蒿草耗尽，童山秃岭，干旱缺水，气候恶化，灾害频发。如果要追究根由，那就是：修房卖钱砍檩椽，森林伐尽；开荒垦土，扩大种植面积，水土资源恶化；烧柴与牛羊草料，蒿草灌木甚至树根刨尽；采药材卖钱，挖得千疮百孔，植被恶化。祖宗基业，毁尽无余矣！

山秃百鸟尽，天旱甘泉枯

——漆家山 50 年自然环境变迁史之三

　　据爷爷讲，他们小的时候，对面的骆家堡子一带，山上也只有酸刺（沙棘）等灌木，没有森林，山里的白杨林基本是自生自长的，后来公家组织农民植树造林，才有了松树与大规模的林子。到了 20 世纪 60 年代，森林已经成形，覆盖了漆家山对面从九眼泉到庄下门南边山区；我在上小学、初中的时候，冬天就在这些林里砍柴，用于教室烧火取暖。那时山中常有狼、狐、鹿、兔、野鸡等出没，最厉害的是我们还追过野猪。遇上狼是经常的事，但那时的狼已经不轻易挑衅人了。每天晚上站在我家大门口台子上，就听见对面森林中狼七吼八嚎，凄厉恐怖。我们挖山药时，曾经动过一个狼窝里的狼崽子，结果后来几天，狼群在村子周边狂嚎，叼走了几家的猪崽儿，还将野外地里的农具拖拽得到处都是，农民早上种地都找不到配套的农具，着实将我们吓得魂飞天外。后来我读《高玉宝》，才发现玉宝也干过这事，抓狼崽子，惹母狼发怒，用来吓唬地主家的狗崽子。

　　漆家山周边的森林，村背后阴山的林子，属生产队的"队有林"；

对面满山遍野的，部分属大队的"大队林"；所余全部属国家的"国有林"。俗语云：靠水吃水，靠山吃山。自80年代初包产到户始，吃饱肚子有了力气的农民，迫切需要改善住房条件，于是便开始偷砍。先是生产队分到社员家的李家沟大白杨树，凡能做檩子的，全被砍光；漆家山山梁背后的一片松树林，瞬间化为乌有；对面国有林蚕食萎缩，也日少一日。

除了自家修房外，砍橡卖钱便成为方圆几个村子农民的主业。当晚进山砍橡，半夜扛来掩藏在人所不知之处，风干数日，便或五六根，或七八根，扎捆两排，乙夜出发，扛往县城，销往固定的落脚点，等天亮公安出动时，农民已经回山下地干活了。尽管林业警察持枪开车，白天巡山，鸣枪示警，半夜搜屋，翻墙挖地，凡逮着的重罚现金，没收工具，甚至逮捕关押，但农民最不怕死，也知道警察不会真开枪往身上打，所以冒死偷伐，无有已时。当时还没有外出打工之说，所以青壮年以至村妇小童，所有心思都花在偷砍橡子上。那几年我回到老家，人们谝传嚼舌根，只有偷橡卖橡一事。家家所修新房，过年所穿新衣，无不从此而来。

到了最后，只剩下庙下阴坡里的一片白桦树和两棵五角树（树叶呈五角形，应为橡树，村里人称"青枫树"，称橡子儿为"青枫子儿"），这两棵树是村子东南庙院地标。两棵大树，相距十来米，树干一围不尽，遮天蔽日，按理属于庙中神产，农民迷信，本村人不敢偷伐，于是被外人盗砍。及至末了，便丧心病狂到偷坟园里的梨杨柳树。有的坟园只归一家管，便自家先砍了；多数人家，坟树属祖产，家家意见不一，一时不能砍伐，便被外人偷砍殆尽。十年前后，漆家山便成光山秃岭矣。呜呼！哀哉悲兮！

村庄对面山区，原为森林覆盖，90 年代被砍伐一空，几成童山，近年植被有所恢复

森林毁后，尚存荆棘灌木，而农家烧柴，条柳沙棘，皆为砍拾。梨树砍而为农具，树根挖而为硬柴。渐至小树小枝，皆为砍光，树根零枝，挖拾殆尽。权簸连枷，用柳用李，柳枝李树，为之中绝。无树可栖，野鸟不至，狼虫狐兔，亦渐消失。又家家有牛马驴羊，羊群越养越多，牛羊满坡，骡马拴山，村里畜牧最盛时，有百余头牛、四五十匹马骡、近千只羊，冬春四季，嚼草啃皮，所过之处，蒿日见短，草日见稀，时长日久，便草色褪去，羊肠道显，再至地皮裸露，黄土显现，而青山不再矣。

又土地承包后，虽然政府一再严禁开荒，但监管不力，农民仍嫌土地不够，凡昔年撂荒之地，有一指空隙，皆开挖种田。每家皆顾自家利益，原来所有道路，在两家地间者，各自往外侵蚀，以至路愈来愈窄，终至成深沟高坎，无法行走。在在挖土，处处开荒。一逢

随着气候干旱，其他地方的水都干涸了，只有冷水泉仍有两眼泉水仍汪汪出水

　　雨霖，便成水灾，山洪暴发，毁屋涮路，地中肥土，随雨而去，原来肥地，吹成沟坎，牛马皆不能越。路不成路，地愈贫瘠矣。

　　又原来山里，各种中草药如大小黄芪、甘草、柴胡、炙草、白芍等不下十数种，每年夏秋间，大人小孩，便四山八岖到处去挖，悬崖断岩，深山危沟，莫不采挖；镢头到处，草根不存，草皮掘开；林间坡头，千疮百孔。杏李梨果，已近绝迹；芍药花开，世间罕见。地头无遮阴之树，山中无可采之物。宝山变为贫山，葱郁风光几近沙漠不毛之地也。

　　十余年无限制无休止的破坏，漆家山环境便一年不如一年，一季不如一季，直到山秃水绝，以致人畜饮水都成了问题。夏日草皮枯萎，冬间地表裸露，牛羊过处，土尘飞扬。至90年代后期，已经是掘地十尺，不见滴水。原来村子东西各有一眼泉水，四季流水潺潺，泉饮村民，涝坝饮牛羊。但至今三伏天里，泉眼断流，村东泉水已涸，西头之水，每年淘井，亦不见增，半夜凌晨，排队舀水，常常因争先恐后，动辄打架，以至水桶摔破。由于山秃泉干，草稀树缺，终于引起自然环境的巨变，接踵而至的就是天灾：常旱无雨，遇暴雨雷鸣，冰雹时发，山洪卷土而去，肥地顿成沟壑，庄稼收成锐减，动植已然罕见。农药的过度利用，地力拔尽，当归、党参等药材，或不栽种，或栽即死，了无办法。老鼠未死，但鸡犬尽绝，白天无有狗吠，夜深人静，更唯有死一般寂静矣。

直到最近这些年来，因为村中一半人口迁往新疆，再加上全村牛羊基本卖光，而修房也不再用木材，家具更是买新式衣柜，就是到了冬天，农民取暖也基本烧煤，再加上政府力主退耕还林，远山陡坡地已经撂荒。大自然真是神奇无比，其恢复能力远超出人类的想象，虽然森林已经万劫不复，但村子方圆大山里，近些年已然植被茂密，嵩草疯长，野梨、山杏、毛桃、李子等，又结满树枝，艳艳金黄。村中泉水，又复淙淙不绝，野鸟复至，鸡犬之声，亦回应相闻矣。

白茅青瓦斜阳外，热炕煮茶寒夜天

——漆家山50年居住环境变迁史之一

　　吃、穿、住、行是人类生活史上最重要的事情。漆家山处山顶脖项，相对坡缓，祖先凿崖平地，依山架屋而居。各家屋舍从形制上来说，属北方传统的四合院，但因为既无巨富，又无官家，所以没有高房大院，更无雕镂拔地的高楼，两层高的都没有。

　　例如我家的院子就非常小，也就长十步、宽七八步而已，是早年间家族强将一个院子分成了两家，结果两家都非常逼仄。常言说"有钱坐北房，冬暖夏天凉"。但我家北面无法建房，所以就以西房为厅房（主房），大门只能开在东北角。西房夏天太阳一照，屋子里如果生火，则烟为阳光笼罩，扩散不出去，呛得流泪，而爷爷的火盆一年四季如长明灯般不熄，所以厅房四面墙和屋顶，被熏得漆黑发亮，外人还以为是什么高级油漆呢。东房的缺点是一到冬天，便冷得要命，因为西北风一吹透心彻骨，而南房本来就阴湿。所以，在北方农村没有北房，的确是大大的不好。

　　打我记事时起，全村就没有几座真正意义上的瓦房，多是半瓦

我家的四合院，原为一院，后强拆分为两院，北边矮墙隔分两家，结果都非常逼仄

半草的。原本是瓦房的，天日长久，狗踩鸡啄，风蚀雨涮，瓦片耗损大半，买不起新瓦，便只好用麦秸替代。多数家庭都是草房，甚至是临时搭建四面透风顶上漏雨的栅子，非常低矮，小愣娃子被妈妈关上大门揍急了，就蹿上房逃命去。俗语称"三天不打，上房揭瓦"，但打急眼了，是可以上房揭瓦的。草房两三年就得换麦秸，否则一到雨天，便处处漏雨，老杜诗"床头屋漏无干处，雨脚如麻未断绝"，非夸饰语，乃实录也。

那时火柴是稀罕物叫"洋火"，农人既买不起又舍不得用。有经验的老太太，晚上做完饭后将灶膛里的火用细灰埋住，第二天早上还可以吹出火星，或者用炕洞里的火引燃，如果都不成就得到邻居家借火。所以，农村人常说如果人缘不好，连火都没人借给你。借火时捏

山村夜雨，瓢泼如水帘洞

一把麦秸秆儿，到邻家点着了赶快举到自家来，大人会攥得近拿得低，而小娃子借火一来兴奋二来怕烧着自己，往往捏得远举得高，边跑边喊，一不小心就把邻家或自家的房子点着了。所以经常发生火灾，时时都在救火，全村人担水端盆，拿锨扛锄，狗吠鸡飞，一通热闹如演大戏；好在家家没什么像样的家当，烧了也就烧了。

无论瓦房还是草房，结构都非常简单，稍往下挖几尺，用石头奠基，就已经很讲究了。用墼子（土坯）垒墙，已是相当高级，多半是椽板础墙起土而成，一根檩子，数十根杨树椽子，门窗都是杨柳梨松的，且多是单扇门；我家厅房是双扇门，但两扇门早已变形，下端槽朽，关合不齐，小猫小狗，任其出入。

山势不平，影响到农家院落，几乎没有一家的院子是整整平平

农家大门，简陋而不失温馨与烟火

的，况且经常有暴雨，所以院子都是带点坡儿角度的。讲究人家会把院子里的石头捡拾干净，铲平夯实，看起来会稍为美观；粗懒人户，院子里石尖突兀，经常扎破小娃子脚丫。有些人家院子里会垫几块石板，全当踩踏的台阶，多数人家就什么也没有。到了雨天，人走在院子中，就等于行走在泥地上，满院满地都是泥泞，如果再经牛羊牲口踩过，那就成了烂泥场，没法儿眼观了。

　　到了80年代改革开放，农民将肚子稍微安顿吃饱了，就开始折腾房子。西北俗话说"回民富了贩羊，汉人富了修房"，此语一点不假。对于刚刚缓解饥饿但仍然家徒四壁的漆家山村民来说，要修房谈何容易。但对面骆家堡子周山全是白杨林，大者可抱，适宜做檩；小者可把，恰能使椽。在"文革"时期，谁敢砍一根椽子，立马便是破坏"无产阶级文化大革命"的阶级敌人；现如今改革开放了，农民想是不是这檩子椽子的，也可以砍来修房了。

　　这时的修房，其实也很简朴，就是将草房换成瓦房，将朽椽残檩，倒换一新。于是家家修房，户户拆墙，打墼子，挖石板，偷松椽，做门窗，终于至少每家有座墼子墙的瓦房，若窗台门槛，能用几页砖头饰美，白灰涂墙，已然侈奢至极。倘四面皆房，或增高院墙，再安一翘檐双扇的大门，便是暴发户模样了。

　　到了90年代，原来的新房，已经显得老土，需要重建，而儿孙们长大结婚，还需要增扩一个院落，于是第二次全村大规模修房工程又始。这时的最低要求是：一砖到顶，钢梁结构，水泥石灰，洋式门窗，木材退居次要，金属架构为主，所用瓦片，也是改良新种，瓦当雕梁，俨如寺庙。分户渐多，土地有限，原来风水先生认为不能盖屋之地，亦皆人烟兴旺、起屋成院也。

　　这时的院落，就比原来要讲究多了：水泥铺地，石板台阶，有点80 年代县城洋房的样子。但山村农户，不接地气是不行的，无论如何到处都是土与灰尘，所以在漆家山你想穿件干净的衣服，那可是很难的事儿。

　　如果谁家有三个儿子，等到苦死苦活，腾挪借贷，娶三房媳妇，盖三座院落，这家的老人基本上也就离进棺材不远了！

采椽草屋火盆旺，茅坑露天不遮羞

——漆家山 50 年居住环境变迁史之二

　　漆家山的房子，窄小简陋，即便如此，因受地形与财力所限，真正有四座房子围成四合院的极少，或三面或两面或只一面房，其他面则用矮墙栅栏围成院落而已。屋既如此，家具摆设，就更不会有什么大件宝物与古董稀珍了。

　　各家的正房也称厅房，家中老人居宿。往往一头是通间的大炕，炕中间放个火盆，讲究人家再摆个小炕桌；炕的一头放一条长架子，或者两斗柜子，上面摆被褥枕头；屋子中间靠墙摆一长桌，俗称供桌，上面排一溜啤酒瓶，多半用来装煤油，中间一个不知年代的缺口花瓶，插着半新半旧的牡丹纸花；殷实人家长桌前再置一八仙桌，上置小灯壁，平常落土沾灰，逢年过节时可在桌上供摆祭物；正中迎门墙上，贴一张毛主席像，或挂一幅中堂；旁边靠炕一头，有的人家可能还会有一个相框挂在墙上，几张不知何年的照片，褶皱残破样貌不清地夹在玻璃框里；屋子另一头放几个大柜子，或堆几个麻袋，里面安置衣物粮食杂件儿；地上放个小板凳儿，或者快散架了的木椅子。这就是

简陋而朴实的农家小院

炕上的铺盖架子与木箱

厅房中八仙桌、灯壁与中堂

六七十年代已经非常富有的家庭了。

厅房以外，其他房间的摆设就更简易。夫妻房中也是一间大炕，一头放着结婚时或做或买的一对木头箱子，上置被褥衣物，地上或有一两个柜子，或了无一物；迎门墙上，挂幅年画，钉根木橛儿，挂一个摔破了的镜子；地上从一头到另一头固定拴着一根铁丝或粗绳，上面挂些破衣烂衫；院里外墙上挂着破草帽、镰刀、斧头之类常用农具。

厨房多半是正房的耳房，或者在某个屋角所建小房，低矮黑暗。进门顺墙放块石板，上置两只水桶，墙上钉橛儿平挂着水担，富户人家有个大水缸，上面盖个残破脏污的盖子；水缸旁边是门扇大小的案板，由垒起的墼子台子支平，案板上高矮大小地放着一些坛坛罐罐，里面放着些咸菜、碱面子之类；案板顶头靠墙，也钉了橛儿，平放着长短不等的几根擀面杖；墙上挂着面箩儿、筛子、马勺儿、笊篱等。

案板旁边就是灶台了，设计成前后锅，前锅极大用于烧水煮饭，后锅很小用于热汤；如要做臊子面，先在前锅兑好臊子汤，然后舀在后锅里保温。干净人家灶台面平实光亮，嵌几个蛋壳在里面，就很漂亮；不讲究的就坑坑洼洼，水湿之后，就成泥台。后锅靠墙会置一个碗架，放几只大小碗儿，油盐瓶子，舀饭勺子，再在墙上挂个箸笼罐，就齐活儿了。

灶台大的，还会放一只酸菜缸。夏天酸菜可是农家最不可缺的，三伏天里一碗浆水面下肚，又解渴又解暑；灶膛前放个小柴墩儿，坐着烧火，随手放根烧火棍儿，既可捅火，又可赶鸡轰猪，用来揍娃子也最为顺手；灶膛后堆放蒿草柴火，或多或少，随时可用。干净人家，厨房还能看出个样子；家贫主妇又懒，就脏污不堪，锅碗瓢盆都

灶台、碗架与前后锅

认不出颜色来。

以上所述，是六七十年代漆家山人家中的家当摆设。到了90年代，随着生活水平的好转，年轻人新婚，也要大小衣柜、梳妆台等，一对木箱子已成过往。屋里的装修，也开始糊顶棚，塞风洞，贴墙纸，安玻璃门窗，挂门帘儿，比昔日要干净温暖。通电以后，也开始跟城里人学着置办时髦的"新三件"——彩电、冰箱、洗衣机。因山里清凉，冰箱几近无用，但渐渐地也有了，夏月天里，可以给娃子们冻几根冻棍儿在嘴里嘟嘟；衣物极脏，洗衣机根本洗不干净，所以只有彩电是必需品而已。房屋拆修，踵事增华，较过去而言也可以说焕然一新了。

唯一让人皱眉与无奈的，还是厕所，当地称"茅坑"。若干年前北京"朝阳群众"反映厕所太臭，据说一位副市长脱口而出："厕所就是臭的嘛！"一时传诵，号称名言。我曾带一帮留学生去西安实习，有位土耳其帅哥，动不动就在队伍中消失，过会儿又神奇地出现了。有天我好奇地问他去哪里了，他说打车去大酒店上厕所了，让我大吃一惊。问为什么？他说中国的公厕一是太脏，二是要么没锁，要么什么遮挡也没有，他无法上厕所时看左右邻撅着光屁股使劲儿的样子，也怕不安全。我原以为土耳其大概比中国还要落后原始，但他说土耳其的厕所可干净了，我没去过不知是不是真的。

农村人最不重视的就是厕所。往往是在墙角旮旯搭点草棚遮点栅栏，或者打半人高的矮墙三面一围，就是厕所。冬不遮风，夏不挡雨，甚至连往行人都遮挡不了。讲究人家挖个小坑，搭块木板；多数人家，就是粪场，甚至是牛栏猪圈，无处安脚，小解也就罢了，若要出个大恭，可就是件大麻烦事儿。你蹲在那里憋着脸使劲儿，旁边一头掉着哈拉子的猪哼哼地拱着，经常有小娃子被猪抢屎吃给拱倒了，城里人看了会吓傻的。农人天天如此，浑然不觉不便，但就是从农村出外工作的人返家，都极觉不便，更不要说城里生活的人了。

城市公厕虽然也是脏污不堪，较三十年前还是干净了许多，但国内就是五星级酒店的厕所，也是要么味儿重，要么总漏水，七爷（不知何时起，北大学生戏称我为"七爷"）偶尔奢侈一把，经常还要给酒店修马桶呢。而农村茅厕数十年来，并没有大的变化。奈何！

厕所问题，不仅是漆家山，不仅是农村，也是全中国人的痼疾。厕所卫生应该是一个村子、一座城市甚至一个国家生活卫生水准与文明程度最重要的标志之一，但对顾脸不顾腚的国人来说，似乎又不是什么问题。

旱虐雨淫狼鼠害，对天鸣炮驱白魔

——漆家山 50 年自然灾害与防灾救灾史

天灾人祸，自古而然。先秦往古，即有凶荒赈灾，以荒礼哀凶札，以吊礼哀祸灾。漆家山地僻山深，出入不便，既不处交衢要冲，又无金银矿藏，故舅舅不疼、姥姥不爱，少兵燹，无征伐，可谓万幸。但自然灾害，亦时时发生，而人祸相寻，又无已时矣。

小山村是不是处于黄土高原的地震带上，我不大清楚，但 70 年代海城、唐山地震时，漆家山也偶有小震。夜半静谧，只听门环哐唧哐唧响，屋顶噼里啪啦往下掉土碴子，这时爷爷就会大喊："吙！吙！地动咧！地动咧！打地动娃儿呐！"少顷，复归平静。相传有个如同哪吒般力大无穷的少年，背负东西在地下走动，到了哪里哪里就会地震，敲锣打鼓就可以吓走，所以老辈人一旦感觉地动，就会哇啦大喊，以为威慑驱赶计也。

漆家山的房屋建筑，就是今天也非常简易，打几方石头，垫三尺石墙基底，就已经感觉地基非常稳固了。若有大地震，毫无疑问是没有任何抗震力的。所以，我也只有乞求上苍不为难乡亲们！近三十年来，村中的老屋多已换新，只有我家的主房仍然是我出生时的屋子，只是上盖曾经补修过，已成为村里最老旧的房子。弟弟有几次也想翻修，都被我暴苛阻止，我学着毛主席语录的口气给他下了八字定语：送子求学，决不建房！

70年代森林密布之时，漆家山周边虽无虎豹熊貔，但狼狐鹿兔之属，却皆有之。我小时候，父亲曾拾回一只受伤的小鹿羔，一条后腿折断，我们为其疗伤喂养了一段时间，结果还是死了。我至今非常清楚地记得放学回家，看到小鹿羔在厅房台阶下往上爬，前腿搭上去了，后腿仍在下面，就那样死了，让我好不伤心也。

兔子极其繁盛，山坡陁𡶶，时在眼底。一到麦收之时，因为兔子矮小，而麦穗高长，所以它得跳跃摘穗，结果一大片麦子就被祸害了。麻雀野鸟，成群结队，啄食麦粒，农人扎绑草人，戴破草帽，挂破衣衫，竖立田间，风吹衣舞，初时尚有惊吓作用，三五日后，便了无效果。那时除"四害"（麻雀、老鼠、蚊子、苍蝇），麻雀上榜，生产队就会派人，手执长竿，在麻雀扎堆的田地间，挥竿呼叫，以为警吓也。

野狼本是不吃人的，虽然凶残，但一两只狼既不敢也无能力噬食一个壮年男子。但三年困难时期，村人饥馑浮肿，一旦倒地，若无人扶，即不起毙命。我的父亲担着耩子耕地，中途晕倒在路上，幸遇人救回家中。时生产队将此类人归入重病号，每人每日一斤面，父亲吃了一个月的独灶，不仅活过来，而且体力大增。爷爷常说：一斤面，就一斤面，能活了一个人！老父年轻时个头不高，但过于老实，不惜气力，干活出死力，劲道无穷，所以生产队凡调试牛犊马匹，护马驮物等重体力劳动，都少不了他。一生焦苦，手指短粗，骨节变形，粗糙如柴，无有肉色。上高中时读赵树理《套不住的手》，当时写读后感，我得了最高分，因为父亲的手就是一双"套不住的手"。前年我将老父母接到北京小住，特意让儿子认真瞧瞧爷爷的手，并拍了特写照片。我叮嘱这个北京娃儿说：感恩和记住爷爷这双手吧！

　　由于野无田谷，人无食粮，导致狼虫野物，也处在饥饿当中，所以三年困难时期的野狼便开始吃人，漆家山就有过小儿为狼叼去。今日仍在世的长辈中，有一男一女，就是在狼嘴里被抢下来的，他们脖子上都有一道可怖的咬痕。狼性狡猾，咬啮人时并不直接和你正面开仗，而是隐伏身后，趁人不备，搭爪于背，人们会习惯回头张望，狼便一口咬住喉管，拖拽而去。此时追赶，尚可救活，倘被狼中途换口再咬，必啮破食道血管，人畜必亡。我上小学时，狼已退入山林，每晚放学后，借着黄昏的山光，常常看到野狼在路间互相撕扯追玩，但狼已经不吃人了。偶有谁在林中动了狼崽，则狼报复不已，或叼走村人猪崽，或将地里的耕具拉拽得七零八落。夜深人静之后，就会听到对面森林中凄厉的狼嚎声。

　　瞎瞎（田鼠）是小麦、当归等农作物的天敌。春季田苗，翠绿如毯，但不久绿苗就会枯死，地里出现一道又一道的虚土，这便是瞎瞎在地下作害了。它们最喜欢麦根甜甜的味道，在地下钻来穿去，专啃麦根，为害极重，但农家也有治法。生产队会专门派人背着弓箭，在山地间巡查，遇到瞎瞎肆虐的田地，就扒开虚土，设伏以待。有经验的老农，能认出瞎瞎的去路，其去后必沿原路返回，故在其暗道设置机关，张弓挂箭；瞎瞎回来触发机关，则箭射直下，有中有不中，若一旦逃脱，则再捕为难也。

　　父亲是捕瞎瞎的能手，他说这鬼东西能辨人的气味，搭弓设箭

作害庄稼的瞎瞎，但肉鲜味美

后，如果不将洞口形状复原，不将人手动过的土壤剔除，它就会闻味警戒，从别处打洞而去；所以要一点一点地挖成原来形状，且将手动过的土全部除净，才能射到瞎瞎。每只瞎瞎会计10分的大工分。那时以农家肥为主，不怎么使用化肥，所以瞎瞎肉是可以吃的。瞎瞎远大于老鼠，《诗经》所称"硕鼠"盖即此物也。褪皮将五脏掏出扔掉，脑袋洗净留头骨，以为计算工分的证据。然后再用其皮将肉身包裹严实，糊上一层草泥，埋入灶膛，候时取出，剥皮撕扯，蘸盐食之，鲜香嫩脆，乃世间绝品，至今思之，仍口齿有余香矣。

　　漆家山常年所见自然灾害，主要有旱、风、冻、雨，而人畜所患，则有猪瘟牛疫，及不时之疾、偶发之祸焉。

　　村子处在半山顶上，由东至西，自然形成一个半环形山坳，山南向阳，遮挡住了西北风，所以常年温润，最适宜小麦生长，但最大的问题是皆为旱地，靠天吃饭。故一遇旱灾，则必成荒年。春耕、冬播时旱，则地扬土尘，难以下种，种了也不发芽。麦子拔秆秀穗时旱，则秆细穗小，必然歉收。故夏日旱时，村民往往淘井打泉，呼天抢地，祭神以祈甘霖。山区多风，若麦子穗实之时，狂风伴雨而至，忽东忽西，忽卷忽直，忽上忽下，忽左忽右，则小麦、青稞、蚕豆、胡麻等就会倒伏，一旦倒伏，则秋收又无望了。

西北地寒，初夏时节才百花怒放，漆家山在公历"五一"前后，是桃杏花儿盛绽之时，但若此时下一场晚雪，百花皆闹冻而死，一年就没有杏子梨果吃了，韭菜、蚕豆、麦苗等也会大受影响。与此相对，"十一"期间，树叶尚未枯落，一场早雪，树枝不堪重压，折断拦路。而地里的洋芋、当归等，尚未挖出，一旦受冻，则枯萎淌水，既不能食，也不能入药。尤其洋芋受冻，腐烂流水，猪狗亦不愿食，对于以洋芋为主食的漆家山人来说，其受灾不可谓之不重。

常见的还有雨涝。春冬耕种时节，久雨不晴，则无法卜种，湿地种田，牛踩人踏，夏时便野草疯长，庄稼抵它不过，可就忙坏了农人。若小麦灌浆粒饱、转黄将收之时，半月淫雨霏霏，则秆枯穗黑，麦粒长芽，望望无收。即收割在镰，摞在地里，若久雨不晴，麦穗也会湿蒸发芽。好不容易搬运到场中，未曾打碾，又遇霖雨不晴，也会如此，眼看着穞子里竟能长出绿油油的田苗来。这麦子一旦长芽，则既不能存放，又不能吃，勉强磨面称为"芽面"，烙饼也不行，因为面就像糖馅，软稀无力，味道怪甜泛酸，更不能做面条，只能当饲料喂猪而已。

对于村民来说，以上都不算最可怕的，最可怖要命的是——疙瘩子（冰雹）。高原气候，自春至秋，阴晴雨冻，变幻无常。骄阳艳照之时，倏然黑云密布，暴雨迅至，躲避不及，当地人称"发白雨"。常常两家人在地里干活，路东暴雨浇透，不能下脚；路西洒落数滴，将将驱凉。古诗"东边日出西边雨，道是无晴却有晴"，便妙画此境，古人不我欺也。

电台的天气预报，往往反不如农人经验管用。如"早霞不出门，晚霞一天晴""蚂蚁搬家蛇过道，大雨马上就来到""瓦碴儿云，周天晴；疙瘩子云，打死人"等等。漆家山人多是看西南方向的南山，

割麦时若穗秆皆干，则平放在地，最怕曝晒（赵文慧　提供）

割麦时若穗秆潮湿，则立起秆儿，以便晒干
（赵文慧　提供）

捆麦秆儿，看似容易，但却是个技术活儿
（赵文慧　提供）

霖雨多日不晴，麦子便在穗上长出
绿芽

当年大崖顶上的炮点房原址，如今茂草丛生

如雾绕云行，则定有雨；若山透树绿，则必无忧。但暴雨无法预测，尤其是疙瘩子。如果在麦苗拔节抽穗时，一场冰雹，则苗折枯死，只能换种秋田。最忧心的是在麦黄收割时节，突然之间一场冰雹，三五分钟，麦子就全部砸烂塌碎在地里，眼看着一年辛苦就要到口的粮食，瞬间糟蹋殆尽，全村老幼，站立地头，悲哭长号，至惨至烈也。

70年代为防冰雹，各村都有炮点房，建立在高山顶上。一个村有长、中、短三门炮，长的两米以上，短的一米多，实际就是一根直径20厘米左右的铁管，底部一个方底焊死，然后立在地上，离地10厘米左右有个眼儿，膛内装上炮弹，将火药捻子从炮眼儿引出来，点着捻子，炮弹就会从炮筒中直射冲天，大概能打到数十米的高度爆炸，在空中炸出一团雾来。如果正好有黑云密集，打几发炮弹，还真管用，能够把黑云打散、冰雹给打消了。

漆家山最著名的点炮人是我叔叔辈的包跛子。此人右腿残瘸，平时挂棍，走路不甚利索，但点起炮来，挂棍飞跳，三五步就能跑到安全地儿；我们往往趴在窗子上，握拳瞪眼，心嘭嘭跳，紧张地看他放炮弹，点捻子，跑跳躲藏，然后望着天空等响声，充满了好奇、惊惧和期望。有时候炮虽然打出去了，但是哑炮不响；有时炮管倒地，就会打在附近土石乱飞；有时根本就打不出去，最严重的有炮管直接爆裂炸开的，那可真是危险极了。

农村贫困，既无钱买也不可能大量购置炸药和雷管，但每年白雨频发，炮点房炸药用量又大，所以各村就用木炭、硝黄、火药等自制炸药，这时候最忌怕的就是火灾。

任家门的炮点房由他们村和庄下门两位年轻人看管，他俩竟然在炮点房里生着火盆，在炕上煮茶吸"干炉儿"（用羊腿骨做的水烟瓶），而地上就晾着大量火药；二人疏忽，吹出的剩烟渣儿带着火苗落在火药中，瞬间怒爆，将炮点房炸飞，两个年轻人被烧成焦团。人们呼天抢地，将人救出送往县医院，好歹命是保住了，但手脸身体完全烧坏，手指头都粘连在一起无法分开矣。

我原以为土炮打雨，是原始落后的手段，但据说北京奥运会和大阅兵期间，也用此法在周边山上打雨驱云，才知此手段并不落后，而且实用。可惜的是，80年代以来，炮点房消失，而冰雹肆虐，常有发生，地方了无防灾措施，村民无助，就又反求诸神鬼去了。

古来治病无他术，半是巫仙半是医

——漆家山 50 年医疗卫生条件变化记

要叙说漆家山 50 年来的医疗条件，几乎无事可述，只能讲一些神神叨叨、虚虚玄玄的故事而已。

1949 年前乃至六七十年代，西北农村不叫"医生"也不叫"大夫"，是叫"先生"。那时几乎没有医生，不用说村里、大队，就是公社卫生院建立得也很晚。我的爷爷糊里糊涂就被骗加入了"一贯道"，原因是他的母亲、我的祖奶奶重病，有人鼓吹说加入"一贯道"病人就能痊愈，结果爷爷加入了老母亲也病逝了。

没有医生医院，也就谈不上什么医疗条件，就以生孩子为例。我的同龄人，基本都是在村里生的，爷爷辈、父辈更是如此。一般情况下，在孕妇临产之时，先将屋子收拾一番，门窗塞严实，炕头挂张厚单子，以遮暗风，孕妇得产后风可不得了。炕上将席子揭去，铺条小单子，再厚铺洗净的麦秸秆儿；事先准备好草木灰，用筛子筛过，以免有石子碎渣伤人，垫在草铺之下。然后请来有接生经验的老太太，烧水持剪，准备接生。没有任何防范意外的措施，所以孕妇产子，常

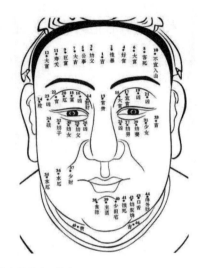

抽签桶（网络）　　　　　　　　算命脸谱（网络）

有凶险。若顺产也还罢了，一旦难产，则或舍一救一，或母子交毙。"生个娃娃捡条命"，一点儿也不夸张。在农村遇到名叫"立生""立贯"之类的，肯定就是逆生，《左传》所谓"庄公寤生"者是也。因为生孩子如此之艰难，所以婴儿死亡率就极高，在残酷自然法则作用下，祖辈、父辈的兄弟姊妹都不多。我小的时候，"死娃娃"的事情还经常出现，如果你听到一个农妇在背阴地里凄惨长号，那十之八九就是婴儿夭折了。直到90年代以后，才慢慢形成到医院生孩子的习惯，婴幼儿的成活率自然就高了。

　　没有医生，无法看病，这也就给迷信活动提供了丰厚的土壤。阴阳灾异、风水辟邪、巫术算命、打卦问仙之说盛行，从娶妻、嫁女、生子、老病到猪瘟、牛疫，再到修房、补漏、出粪、掏灰，无不找阴阳算吉凶，掐日子以行事，家家贴符，户户敬神。走在路上不小心拧了腰，崴了脚，那一定是踩到了太岁；地里干活出汗，在山脊上经风一吹感冒，那又是招来了妖风。就是婆媳吵架，小儿斗殴，也得问问神佛，究竟是哪家作怪，何鬼兴师。或是祖坟有变，先人显灵；或是饿鬼行道，渴妖撞头。总之，一定有个神鬼作祟的由头。

于是，便远访仙踪，近寻法师，算命求签，趋利避凶。或迁坟，或驱鬼，或祭神，或叫魂，跪地磕头，点上黄蜡烛，烧起黄表纸，手擎线香，许愿无数：或许高头凤凰，实则公鸡也；或许肥豚一只，即猪一口也。阴阳治病，白日不敢来，多是夜深人静，才行法事。点水撒米，念念叨叨，南北东西，出出进进，最后画符贴门，所谓"符除天下兴道鬼，普扫人间大不祥"者是也。还要忌人三日（三日外人不得入宅），如果你看到邻居家大门口放了一条长凳，就明白昨晚信过迷信，不能去他家串门。如果看到谁家大门旁边墙上挂张笊儿，那可是行了大法，阴阳先生使用笊儿驱鬼，那无论从法力还是病情，都算是升了几个等级了。

我在上初中的时候，也曾想学点阴阳捉巫之术，但这都是家传世袭的吃饭碗儿，外人是不可能传的。但因为我常走深山，多遇蛇虫，所以有位阴阳老先生怜我瘦弱无助，故授以禁蛇、咒狗、断乞丐、咒歹人诸法。其禁蛇之词曰：

> 远看南山雾子摧，老君摧我禁草来。
> 一禁蛇，二禁草，三禁花蛇儿受伤了。
> ……

此类巫祝，仅诵咒语，则法力全无，了不灵验，故尚需法器助之。须端清水一碗，燃线香一支，剪纸人三个，穿于香上，横搭碗口，又备菜刀一把，置诸碗上。术士端碗，三漱其口，面朝艳阳，吸气吐纳，另一手挽结二郎神指（中指搭于食指上，二指伸直成利剑形），直指患者伤口，画圈诵咒，如是七遍，再用刀于伤处点剁状七次（蛇有七心），烧纸人毕，令患者饮水一口，泼水埋灰于地下，方为一疗程毕。使咒打角时，要挽各种手形，有时需要借助屁股搭帮，才能挽成，所以有时农村人嘲讽说"阴阳挖尻子——没神法了"，实际是指挽指行法，这手法肯定是比较凶险的大法了。

近日美国汉学家孔飞力先生逝世，网上吊挽之作甚多，他的《叫魂》一书写清乾隆朝民间"剪辫子"等巫术流行的故事。其实这种事在农村屡见不鲜，既非特例，更无神奇。我小时候就被母亲逼迫抄了几张黄缥纸上数句"天灵灵，地灵灵……不传不抄，全家死光"之类的话，将字纸燃烧冲灰，全家喝了，而且还要再抄三份，扩散出去，才能保清洁平安，与"剪辫子"属同一类型，妖言惑众，传播极快，就是这样传开的。

此类骗人把戏，尽人皆知，所以农村也有许多讽刺骗子的笑话。例如说有个妇女胸口长疮，脓肿发炎，久治不愈。请法师来治，法师念念有词，不幸被农妇听懂，忍俊不禁，大笑不已。事后问因何发笑，她说法师念的是"上王家庄，下王家庄，没见过婆娘奶头长这么大的疮"。因大笑而脓包震破，疮竟痊愈。呵呵！嘻嘻！

正因为如此，村人一旦得病，往往先从迷信入手，驱鬼捉妖，小病误成大病，大病耽延要命。到万不得已，门板绳捆而抬送医院时，基本上就已经没救了。

"文革"暴虐，祸殃无极，是则是矣，然"文革"期间有三事，惠施于民，至今仍不能及，即兴办图书室、搞大型群众体育运动和"赤脚医生"运动。

"赤脚医生"是农村合作医疗制度的产物。据统计，到 1977 年年底，全国有 85% 的生产大队实行了合作医疗，赤脚医生数量一度达到 150 多万名。不过就紫石大队而言，才仅有一名赤脚医生，且为外地人，他叫李玉海，后来落脚在任家门生产队。我小的时候，全紫石大队仅有一名医生，百姓瞧病，其架子极大，久请不至。李玉海来到后，方圆前后村人治病，都是他往来奔波；半夜急病，农忙时分，他也不会拒绝，无论走了多少路，一定是先看病人，再歇脚吃饭，人既勤快，医术亦好。农民仍然还信迷信，但往往是白天医生来，晚上阴阳至，双方互相避忌；但玉海不计较，他知道农民的习俗，所以你治你的，我治我的，不知挽救了多少病人。可惜他后来也染了乙肝，中道而亡。前后数村民众，至为痛惜，自此而后，又无先生已久矣。

1979 年年底，我因病辍学，腊月寒天，卧炕不起，父亲和邻居，盘桓数日，走求数十里，上门恳拜，才在大年初六给我请来了一位医生，开了数服中药，吃了也不见效。春草萌发，全身红疹，痛痒难耐，饮食全废，几乎就是蜷缩耗日，僵卧等死而已。所幸上天不杀愚顽，至夏间才逐渐康复。

1985 年 1 月 25 日，《人民日报》发表《不再使用"赤脚医生"名称，巩固发展乡村医生队伍》一文，至此，"赤脚医生"一词成为过往历史。但漆家山一带村民，自李玉海死去，再无任何一位医生。村民漆胡娃，多少学了点儿皮毛，村里孩子发烧，老人胃痛，也请他看病；他在家中配了些药品，农民急难之间，就在他那里瞧病取药。2011 年胡娃哥亦迁往新疆，村民又无一治治感冒、打打针之人。"巩

赤脚医生宣传画（网络）

固发展乡村医生队伍"，对这些小山村而言，是毫无意义的一句空话。

由于人畜饮水，都在村东西两眼泉水中，极不卫生。在我幼时，根本没有洗衣粉、香皂等，肥皂称"洋碱"，香皂称"洋胰子"，脸盆称"洋脸盆儿"。随着时代的发展，这些词儿也慢慢消失了。村民洗衣多用草木灰，去污力还凑合。洗脸多半是随便撩洗一下，墙头门上，破衣烂衫，擦上两把而已。我上小学时最爱去外爷家，因为外婆会给我烙葱油饼吃，但有一件事我极不愿，就是冬天早上起来，外爷必须让洗脸，将水桶中的冰用铁勺砸开，舀出半碗冰水，刺骨寒心，往脸上沾点儿，糊弄外爷毕，便飞奔在通往小学的山路上。

平常人家，没有固定的洗脸盆，毛巾全家有一条者，已是讲究人家，搭在显眼处，而且手绢儿已经用得看不出原来的颜色。逢年过节，你到亲戚家里，都能看到这样经典的情景：先是在火盆上烧一壶子水，水开了拿过玻璃杯子来，倒水烫过了，本来应该消毒很好了，可是还没有完，这时你担心的一幕就出现了：老太太拿过不辨颜色的手绢儿来，可着劲儿里外地擦完擦干了，然后放入一勺白糖，给你倒一杯糖水，你是喝呢还是不喝呢？！

　　农民辛苦，一年四季，附着在土地上，衣衫鞋袜，灶间炕头，全是土腥土味，一件衣服，穿过半日，就已被土灰染尽。相比过去，现在已经好多了。我小时候，头上身上，满是虱子，家中墙隙缝里，壁虱更大，有如米粒。跳蚤横行，夜来袭人，起包如豆。虮子小如白点，或钻进头发，或贴在衣缝，非烫水不能亡、涂药不能灭。所以过去农村不仅有梳子，还有箆子，比梳子齿儿更细更密，主要是用来箆虮子用的。长年不能洗澡，又少衣服勤换勤洗，就给这些寄生物的存在提供了肥沃的生存环境。

　　公共卫生，无此概念。家中厕所，仍是茅坑，能挖个坑儿、搭层木板的就已经不错了。好在人畜粪便，农闲时打晒晾完了，送往地头用于施肥。农民省吃俭用，本就没有剩菜剩饭，刷锅洗碗之水，供猪食用，不会浪费。只是村头路边，多积粪坑，遇雨坑满，则粪水外溢，路面脏污。家养牛马，虽另圈另养，然终在同院，也不能说是卫生。其他生活垃圾，并不太多，所以污染的问题倒不存在。

　　近些年来，政府取消了农业税，并给农民发放低保，实行治病医保，这是亘古以来所未有之德政。但农民仍感受惠无多，治病不便。何则？最需要的低收入者反而拿不到。医保允许农民治病就近选择医院，一般对住院患者的报销比例比较大，可以在一定程度上避免因病致贫、因病返贫的情况。但报销多少、如何报销，仍充满玄机，给腐败以滋生的机会。凡一家有一重病杂症之人，则举债寻医，久治不愈，又家徒四壁矣。

　　"赤脚医生"已亡，再无驻村医生。可是，如漆家山这样有200多个村民的偏僻山村，如有突发重病者，无医生抢救，顷刻之间，命将不保，但到县医院，又交通不便，此时除了听天由命，唯有祈祷神灵保佑矣。

　　我们总怪农民迷信，可是在生死危殆之际，在漆家山这样的偏僻乡村，他不搞迷信，不跪求上苍，又能求到谁呢？不知为民父母官者，想到这些没有？！

洋芋青稞小麦盛，黄牛瘦马山羊多

——漆家山 50 年农作物与畜牧业

　　漆家山地处黄土高原，山高沟深，坡陡石多，无地无石，没有经验的人耕地，经常会将構铧打破。"农业学大寨"期间，曾大搞水平梯田，将部分土地修整成平地，但绝大部分庄稼地都是斜坡陡圯，有的地摞个稼子都无法立起来，有些地甚至连种子都收不回来。

　　但漆家山由于在山之南，村子东西及下沟皆为阳坡地，天然形成的大坡塆以及高峻的山岭，遮挡住了冬天的寒风，如果遇到暖冬，绿茸茸的麦田都不塌苗。温暖湿润，日照充足，最适宜种植小麦，与方圆几个村子相比，漆家山的土地都算是上好的，这也是过去山下的庄下门、紫石沟等地人家，愿意将女儿嫁到山上来的重要原因。

　　漆家山种植的农作物，主要有小麦、禾田（青稞和绿豆混合种）、青稞、洋麦、燕麦、荞麦、大豌豆（蚕豆）、小豌豆（绿豆）、洋芋（土豆）等，经济作物则有胡麻、油菜、大麻、当归、党参等，牛马猪羊饲料则有苜蓿、蔓菁等。

　　小麦有冬、春麦之分，以冬麦为多，产量较高，好的年景，一亩地

原始的耕地工具"耩"，自汉代至今依然未变（赵文慧 提供）

能产七八百斤。禾田面就是杂面，做糁饭最好；青稞产量较低，种于背阴高岭之地，多用于炒磨熟面；洋麦秆儿又细又长，最长者会高出两米，掩没人身，穗子也细细长长，所磨面处在小麦与青稞之间，洋麦最大的好处是它的秆儿可以用来盖房，大概从80年代起，就逐渐淘汰不种了；燕麦是秋季作物，主要做熟面，油爽香适，现在城里人以燕麦片为营养品，卖的价钱很高；荞麦绿叶红秆粉白花，漂亮浪漫极矣，主要做饸饹面（搓搓儿）；大豌豆面杂硬不好吃，但青豆可煮食，也可炒着吃，主要是冬天用以喂马骡，亦可用于榨油，为经济作物。

　　说起洋芋，最应该给这种外来作物磕头下跪，如果不是洋芋，我想我大概早饿死了。洋芋分两种，开白花的和开蓝花的。白花洋芋面细多水，蓝花的面粉劲足，比白花的好吃，煮出锅时裂口开花，惹人饥馋，蘸点咸菜或盐巴，便是人间美味。蓝花洋芋的缺点是存放期短，窖藏不易，易腐易朽。洋芋生长期间，如果根部埋土不足，就会破土而出，露在外面，阳光一晒，便成绿皮，吃起来麻辣刺胃，极难下咽；尤其饿了吃麻辣洋芋，便容易闹肚子，我至今都忘不了那种翻

洋芋开花

肠搅肚的感觉。

　　胡麻、油菜是油料作物，油菜籽出油多，但油有辣味，远不如胡麻油香。胡麻油清色亮，入锅炝烧，满院飘香，且麻秆沤泡，就可捻线，用于织布做鞋，麻秆儿还可作柴烧，可谓全身是宝。大麻主要用于沤麻，麻秆多用于引火和老人吸水烟点火，因其利火易燃故也。

　　甘肃岷县、漳县等地，土壤适宜栽植当归、党参等药材。我小的时候，当归栽得多，党参栽得少；但愈往后来，由于农药的大量使用，栽植的成活率越低，病虫害增多，当归不是起秆，就是枯死，再加上要不断地伺候，土地耽误两年，种不了其他作物，且拔地力，所以栽种得越来越少了。

　　古时中药材，家植极少，野采为多。漆家山的陡坡老林中，也多产大小黄芪、红芪、白芍、甘草、麻黄、柴胡等不下十余种药材。秋

党参、大黄芪、甘草、杜仲（左上、右上、左下、右下）

时采挖，药性最力。如甘草根极深，挖土深掘，一人深高，仍曲曲弯弯，不见根底，不知多少年岁，才能长成如此根系。但经多年采挖，现已很难再采到如此根深苗实的了。

无药医病，农民就自己想法治病，如儿童发烧，就到野外寻些柴胡草，和蜜蜂煮了喝，颇能降温。感冒咳嗽，就在新扫帚上摘些竹叶，和蜜蜂煮了，也能止咳。我记得有种小灌木叫木茶，长一种枸杞大小的黑果叫木茶果，拉肚子时吃几粒，立时止泻。现在木茶大概已经绝迹，柴胡之类，尚黄花摇摇，依稀可见也。

今日中医受到西医的排斥压制，几无生存之地，我想药材的药性降低也是重要原因之一。一方面野生中药材经狂采滥挖，几近绝迹；另一方面种植培育的中药材，本身其药力已经大减，如赫赫有名的川贝母，现在基本都是培植之物。记得有一年到九寨沟旅游，路旁有卖贝母的药材店，我当时买了一些，有朋友劝说都是种植的，和在北京买没什么区别，我说种植的这里至少也是青藏高原的，北京的还不知是哪里栽的呢。结果大家纷纷购买，可把店主高兴坏了，还给我多搭了几颗，算是替他做广告的报酬。

粮食越来越不值钱，小麦价钱不抵化肥价高，粮食入仓，农民算账，发现扣除种子和来年买化肥农药的钱，几乎就不赚钱甚至还要贴钱；尽管政府对粮价有补贴，但仍然不足以和农民的付出相抵，所以粮食也越来越没人愿意种。谷贱伤农，千年不变，今日尤甚。韩国农产品价格极高，水果更贵，在大学食堂吃半截香蕉一片西瓜，是很自豪的事情，买一只大西瓜那是相当的奢侈；而在国内夏秋时节，水果常常会烂在地里卖不出去。而当归、党参等药材，时而价高，时而如草，今年价高，明年必大量栽植，后年必贱如枯蒿，循环往复，年年如是。农民致富之路，便如亘古长夜矣。

好在漆家山地处崇岭之顶，山高沟深，地不值钱，人不觊觎，就是迁往新疆人家的院落，也是任其坍塌，长蒿满院，蛇虫蛰伏，没人清扫居住。所以也就不存在城市周边农村强征土地或暴力拆迁的苦痛与惊魂，此岂非庄子所谓无用之大用。幸也？不幸耶？！

漆家山饲养的家畜，主要就是马牛羊鸡猪了。鸡最普遍，家家饲养，母鸡为了下蛋，公鸡可以卖钱，但一年到头，自己一个蛋也舍不得吃，偶尔祭神许愿，杀只鸡煮两个鸡蛋，便是了不得的事体。老太太到邻居家探看病人，手中攥一只鸡蛋，便是极其高级的礼品。

散养咕咕的鸡群   圈养哼哼的小猪

　　鸡瘟这个杀手，像是一股妖风，无形无影，但所到之处，全村的鸡便死光殆净。因此村民很少在外面买鸡回来，偶尔祭神，家中无有公鸡，进城买只鸡回来杀了，结果两三天内全村鸡都死光，惹得喜欢骂人的婆娘，又站在高地爹死娘朽地咒上几天，生祸之家被骂得红脸粗脖子，但仍然隐忍而不能还口。有时老太太看到一只母鸡走在路上摇摇晃晃打摆子，便嘱咐赶快杀掉，放放活血，给娃儿们吃了。我很晚才知道"禽流感"一词，看到人们如临大敌，严防死守，我就乐了，曾经很严肃地说：如果看到七爷倒在地上，口吐白沫，迷昏不醒，请一定送我到医院，就说此人四十年前的禽流感病犯了！

　　猪是漆家山村民最重要的经济来源，甚至可以说一家人一年到头能不能穿件新衣，孩子能不能饱吃一顿解馋的肉，就全靠这头猪了。但全村能一年养头猪的也就三分之二的家庭，一来劳力少的家庭养活不了，二来有些懒户人家也养不了。头年腊月买只猪崽儿，养到来年腊月杀了，整整一年光景，长得膘肥肉白也不到二百斤。这猪真是能吃，每天就是吃吃吃，饿了就哼哼哼，这儿拱拱，那儿啃啃，惹人心烦，端上两脚，过会儿它又吊着哈喇子来哼哼。所以农村人骂人，经常说"比猪还能吃"，良有以也。

自春间野草长出来，就开始打猪草，直到秋尽草枯，再用胡麻麸、麦麸等在冬天喂食。可以说农民除了喂养自家娃子，就将全部精力用来喂这头猪了。凑合养到腊月，就可以杀猪了。但将一头猪全留着自家吃的，是极少数人家，多数人家会卖掉半头猪肉，甚至有的人家全卖了只留猪头下水。如果摊上你家给生产队交猪任务，这一年便没有肉吃；如果再遇到猪瘟来袭，全村便没有年猪肉吃。我曾学过禁猪瘟的咒法，但因长年在外，竟不能一试绝技，真是空有屠龙术，而"无所用其巧"也。

我上小学初中时，星期天回家，拿着书坐在门槛上看，母亲便一把夺过来扔在地上，气急败坏地喊："念书念书！能吃还是能喝？好不容易回来一天，还不帮家里干点儿活，赶紧给猪寻食去。"我就只好背上背篼去深蒿坡屲间折牛舌头草，这是猪们最爱吃的了。记得有一回我在中学做招生宣传，有位学生满含崇敬地问：漆教授！您爸爸妈妈是如何鼓励您读书的。我说母亲一看我念书就生气，父亲不知道我共学几科课程。那个学生缩颈吐舌用异样的目光看着我，好像在看一个骗子。咦嘻！嘿嘿！我爱我的父母！

包产到户以前，除了私人家养头猪几只鸡外，家畜都属生产队。早年漆家山大概有20多头牛，10余匹马、驴、骡以及上百只羊，由队里一同管理。放牧牛羊是最苦最累的活，因为无论农忙时节，还是大年初一，牲畜要吃要放，一年到头不得休息；雨注如麻，碎雪纷扬，牧羊人也在野地待着。如没看住牛羊吃了公私庄稼，要么队长喊着训，要么社员扯着嗓子骂，任你七窍生烟，也无可奈何。但这是个大工分活儿，每月30天全勤的10分工呐！

拴在山里平地吃草的骡子　　　　　　　山坡啃草的山羊群

　　我父亲曾经多年放羊，有时我放学后，就帮父亲拢牛羊。我们经常练习如何准确地将细尖小石块儿打中馋吃的头羊令它回头，如何用大石头打牛的某个部位，可令其止步又不至被砸伤；我们还用一根绳子在中间挽个套儿把石头装在里面，再转几圈儿抛出去，就可以像炮弹一样打到很远很远。夏天母羊产羔，用细草擦干，放在阳坡晒暖，一会儿就站起来吃奶了，茸茸绵绵，可爱至极；如果是在雨天，就会抓放在野窑旷洞里，赶快生火烤干，脱了破褡子包上给抱回来。要在冬天，牛羊驴马在快要生驹下崽的时候，就会专槽喂养，羊倌会格外操心，半夜都得起来看看，不然小崽生下来会被压死或冻死的。

　　马匹驴骡相对要好养，农忙时节，可以拴在平坦的野外草盛处，任其吃草；冬天野外枯槁，就在槽头喂养干草，麦秸田秆儿，铡刀铡成寸长的节儿，加些麸子，拌成半干不湿的即可。如果第二天要驮物出力，凌晨还会加半碗豌豆，以鼓劲力。驴的脾气最好，一般不会嘶啮踢人，小儿稚子，亦可跨上骑下，但犟劲儿犯了，也很难拽得动呐。

　　骑驴是古代文人的专利道具，所谓"壮士跨马，逸士骑驴"。杜甫"骑驴三十载，旅食京华春"，东坡"路长人困蹇驴嘶"，陆游"细雨骑驴入剑门"，人所共知。但王梵志诗谓"他人骑大马，我独跨驴子"，显然还是骑高头大马好，既高高在上，又稳当舒坦。没有骑过驴的人不知道，驴走路不稳，左右晃动，脊背也左右摆拐，如果骑在没备鞍子的驴背上，骑一会儿屁股就受不了了，骑驴是很难受的事儿呢。

尽管如此，我有时候仍瞎想，假设今天七爷扛着褡裢，戴着瓜皮帽，噙着大烟锅子，骑着一头毛驴从北大东门进校，将驴拴在理科教学楼门前，然后去上课，驴嘶书声，共竞起歇，该是多么惬意拉风的一件事儿啊！

上世纪 80 年代初，包产到户以后，所有牲畜一夜之间都分到家家户户。初时各家皆不成对，两三家共用两头牛、一匹马，但终不是长久之计，不是东家嫌西家用得多了，就是西家说东家用得狠了，纠纷不断，睦邻为难。于是便各自买牛拴马。但对于农家来说，买头牛可不是一件容易的事儿，相当于城市普通居民买一辆宝马牌轿车，两年收的粮食不一定能换来一头犏牛也。

养牛是为了耕地，山地石多土厚，骡马不能深耕，只能浅种。牛以犏牛为最，这种牛是黄牛与牦牛的杂交种，灵活捷迅，善行崇山陡岭；黄牛体大性乖，但身重行笨，不善山行。马骡主要是为驮物，田间送粪，秋收驮粮，进城驮物，以代人力。马力不如骡，且易病，骡以马骡为最，力量远较驴骡为大。

由于山陡路窄，牛羊滚岘甚至人失足跌下悬崖，是常有的事情。我小时候邻居二太爷就在冷水泉前崖割柴时，从数十米高的悬崖摔落直翻滚到沟底，抬回来人事不省。据说童子尿能治昏厥，大人揪着娃子的小牛牛，接着一个碗儿让尿"童子尿"，吓得娃娃们一滴都尿

山高坡陡，俗称"挂不住佛爷献不了饭"

不出来。在我的印象中，漆家山的牛只有一头是真正老死的，最后不能走路卧在场院里，专人打草喂养，直到断气。大多数牛马驴骡，除了病死，都是摔死的。所以，无论放牧还是驮物，人们都小心翼翼，在路窄坡陡之处经过，小娃子都知道这时候不能打牛羊，任其悠缓通过，以免拥挤而生不虞之祸也。

　　养牛马驴骡主要是使用，想生个牛娃子、马驹子，可是太难的事儿。一来牛马的"跑骚"（发情期）很难判断，二来这些家畜的怀孕率很低，再加上经常要驮物，"坐住"（怀孕）了的牛马常常又流产，所以牛马的繁殖率极低。农民常说让马下个驹儿，可比让人生个娃儿难多啦。

　　养羊相对简单，也容易卖成现钱。但因为没有科学知识，不掌握羊的生活习性，羊要起群也是件很难的事儿。母羊有的一年一产，有的三年都不生一只羊羔；即便到了生羔时，如果照看不周，或者难产死羔，或者羔因踩踏而死。而羊圈脏污拥挤，湿闷不通风，极不利于母羊休歇。农民迷信，就说某人养羊爱起群，某人养不起群，实际是用心的程度与勤苦的工夫不同而已。

我爷爷在旧社会是脚夫，他说最鼎盛时养6匹骡子和4头犏牛，土地承包后他觉得机会来了，念念不忘"复辟"，贷款买了一匹骒马妄图恢复"旧社会"；可惜那匹马不争气，一直未产还在拴养时不幸缰绳缠脖子勒死在野外，马肉被村人分食，有好心人煮了肉送到家里来，全家人伤心到无人愿意尝一口。我家牲畜最多的时候，大概有4头牛、1匹马、1匹骡子、200多只羊，还是未达到爷爷的理想状态。现在只剩1匹骡子，用于耕驮，老父牵出牵进，视同儿孙，好在爷爷已经鹤归，否则不知有多伤心了。

村里还养过蜜蜂，是在我家院子里，由我爷爷专养，生产队根据情况一年给记若干工分。头年留四五盒蜜蜂，到了春间四野花开，蜜蜂就开始采蜜。我特别喜欢看蜂槽口，有时端着一碗饭，蹲在槽口边吃边看，蜜蜂两腿粘着重重的、圆圆的、发亮的花蕊，或红或黄，或蓝或白，落在槽口，再钻进槽内，好看极了。

一盒蜜蜂，繁殖多了，就要出窝分家。中午时分，蜜蜂一通乱嚷，槽口往外翻涌，院子织如密网，嚷会儿后就飞出院子，用灶灰拦蜂队头追打，群蜂便或落在树杈上，或落在草稞子中，用收斗喷蜜架其上，一点儿一点儿地怂恿，等蜂王进了斗，群蜂便同时蠕动跟进，最后收束扎紧，晚上全部磕入另一盒蜂槽中，便又成一窝。一窝蜂一般会出四五窝，出的再出四五窝，一盒能子孙飚飚生出十几窝；也有不少一出窝就跑掉，飞得无影无踪的。到了农历八月十五前后，全队打蜜，

各种形状的蜂槽

能产好几百斤，部分分给社员，中秋之际，家家就能尝尝新蜜了。

　　爷爷在给生产队养蜂的同时，我家也混在其中养了几盒，不至于被当成"资本主义尾巴"割掉，每年打蜜藏存；所以我从小什么都缺，唯不缺蜜，吃倒了胃，现在一吃糖果，胃立刻反酸，可谓报应也。90年代以后，由于化肥农药的大量使用，林地花草减少，养蜂产蜜甚少，但爷爷一直坚持养，现在父亲也在养，他也总说蜂不起群，蜜产得又少，味道也大不如前了。

　　山区条件极差，又不懂忌讳，所以牛羊驴马，经常得病，或医治不时，或不治而亡。爷爷因为赶脚出身，多少有点粗浅的经验，牛胀气烧咳，就拉在我家院里，拴在柱子上。他的治法其实简单暴虐，就是将牛舌头拉出来，用火将锥子烧烫过算是消毒，然后在牛舌头上猛扎，满嘴是血，狂吼拽踢，我感觉我家房子都要被拽倒了。牲口饮食过量，胃胀得像气球，他就直接将其胃部扎穿，胀气确实是立马就消了，甚至能闻到粪味儿。有的还真就救过来了，但大多数可真就暴亡了。

让我们最羡慕的是东家坪的东老汉，他的专利是骟猪羊牛马。一年四季，他周游各生产队，每到一地，总有少则几只多则十几只羊羔要骟。他的嗜好是将割下来的羊胖子集中起来，让人给他爆炒美食一顿。农家嫌脏，不吃这玩意儿，但老头儿吃得香溜极了，我们在旁边看得口水直流。他发了善心就赏一两块儿给我们吃，对于半年没吃到肉的我们来说，也感觉的确是很香。再要，老汉还不给咧！

贫窘而能知礼，食足却鲜廉耻

——漆家山 50 年风俗变化记

　　管子曰："仓廪实而知礼节，衣食足而知荣辱。"对于我的家乡漆家山而言，此语似乎倒过来了。在 50 年的风俗变迁史上，前 30 年衣食不足，却能知荣辱礼节；后 20 年勉强足食，却开始不知荣辱了。

　　古风如何，我生也晚，不能亲身感受。打我记事时，已经是上世纪 70 年代初，"文革"正炽。我隐约记得跳"忠"字舞的样子，以及墙上画的刘少奇、邓小平、王光美手拉手的丑画儿。从我上村学开始，便"学习'老三篇'""破'四旧'立新风""斗私批修""批林批孔""反击右倾翻案风""打倒'四人帮'""拨乱反正"等，一茬儿接一茬儿，目不暇顾，接踵而来。

　　研究者认为，"文革"是导致今日人心不古、国家失序、伦理颠倒、纲纪荡然的主因，我当然同意，但也要具体而论。对于漆家山村来说，既没有恶霸地主、富农和反革命分子，更没有大资本家大文豪，因此村里并没有发生文攻武卫，也没有五花大绑开批斗会，尽管我小学与初中，是在"农业学大寨"修水平梯田与开批斗大会中度过的。

　　那时的漆家山，蓬门荜户，家贫如洗，有一间瓦房者几稀，家多草屋，栅栏围院。我家算村中"富户"，有一扇大门，几个柜子，几件家当，几双碗筷，几床被褥，不至于借碗吃饭、和衣而宿。也正因为如此，关锁大门的人家极少，顶多就是用柴棍儿插闩，以免猪狗进屋作害而已。谁家有事，托话带语，就可以到别人家去，翻箱倒柜地找东西。你当然可以认为无物可偷，无宝可盗，但对于农家而言，一个缺口碗，一把老锄头，也相当于今日一件宋代青花瓷和一辆宝马车。最重要的是人与人之间的信任、和谐与自然。

　　因为僻居山中，又十之八九为同姓，各家幼儿，互相照看。婚丧嫁娶，都来帮忙，担水劈柴，煮面烧火，迎来送往，如同一家。结婚随礼，一毛二角，也不算少；一条手绢，已然高级。家有急病，或相助寻医，或连夜门板绳捆，送下山赶往医院。探望络绎，如同身受。所以彼时的漆家山，谓之风俗纯美，守望相助，路不拾遗，夜不闭户矣。

　　如果有谁家修屋补漏，从打基子、挖石头、备土草，到和泥砌墙、搭架起梁、安门装窗、铺草盖瓦、裹墙盘炕，青壮劳力，扛锨拿镢，自来助工，竭尽其力。午晚饭餐，只不过是喝两碗洋芋糊糊，吃两个玉米杂粮的贴饼子，半饥不饱，食之难咽，但大家毫无怨言，其乐融融。外面世界的阶级斗争如火如荼，但对这个封闭古朴的小山村而言，却过着苦焦饥困而又安宁平静的日子。

　　即便是"破四旧"的年代，漆家山仍过年接迎祖先，烧香磕头。大年初一，家族男丁，都挨家磕头拜年。记得有一年，大概已经正月快过完了，我和爷爷在半路上遇到一位老者，爷爷竟然让他面南站立在路边北墙根，然后拽着我跪在雪地中给老人磕头拜年，着实让我瞠目。我对爷爷说年已经过完了，他说在二月二以前，见了长辈都应该

那时的漆家山，蓬门荜户，家贫如洗，但民风淳朴

磕头。这大概就是漆家山相传的古礼之一吧，于今也荡然无存矣。

70年代虽贫困无食，但正月过年结束，从二月二（龙抬头）、三月三（上巳）、四月八（佛诞）、五月五（端午）、六月六（天贶）、七月十二（尝新麦）、八月十五（中秋）、九月九（重阳）、十月一（送寒衣）、冬至节到腊月八，村里都要过节，简朴隆礼，不失规仪。

我的爷爷处世平和，待人公允，是有名的和事佬和婚姻撮合人。爷爷在世时周年四季炕上燃着火盆，我家厅房就是村里的谝传嚼舌根活动中心；煮罐罐茶，吸水烟，茶叶、烟丝和煤油，是我家最耗费的三样东西。但满炕坐人，也是长幼有序，年少辈小者，绝不敢上炕，边上伺候添柴煮茶而已。爷爷仙逝后，村里人都说漆家山的火盆从此熄灭了。

记得 80 年代中期有一年，大年初二晚上，和我同岁的高狼娃（嫁紫石沟）因阑尾炎误诊耽延，不幸卒于县医院。当时她的父母刚好去医院探视，半道伤痛昏厥在九眼泉路上。村人知悉后，竟然不约而同备了骡马，下山去接。我知道后在大门口高台上，和大家一起急切地向大庙方向瞭望，看到一幅今生难忘的画面：七八匹骡马备着鞍，鞍上铺着各家平日舍不得盖的花花绿绿的新棉被。只有一匹骡子上骑着高氏母亲，多人左右扶持；高父自己走着，也被一群人围着。后面一溜排空鞍的骡马跟着，缓缓排沓而来，骡马的项铃被有意卸下来，没有了往日一路铃声的欢快，人声咽泣，时继时续，在白雪皑皑的大山衬映下，更显气氛沉重，悲伤萦结。当晚全村无人燃放烟花爆竹，沉浸在悲伤痛绝之中。

我把这件事和我的爷爷、太爷老师的逝去，当成是漆家山变风俗纯美为古风不再的标志，他们带走了一个山村淳朴自然的时代。我想不仅是村里的火盆熄灭了，也是一个时代的结束和熄灭！

从此以后，漆家山也随全国城乡迅速地进入了唯钱是爹的时代！

漆家山村民，自来虽然封闭固陋，然古制尚略存梗概，新规又苛暴严酷，故遵约守规，相安无事。自改革开放起，人心浮动，欲心出膛，漆家山则先是从偷砍森林开始的。

漆家山对面骆家堡子的一面，为天然森林所覆盖，以松树、白杨与野梨、桦树等为主，到 70 年代已然森森，狼狐兔属，隐没其间。

茸茸可爱的农家小猫

　　村子的大庙下、李家沟以及背阴的牟家门方向山里，也是经多年栽植护看，松枝翠柏，绿树绕坡，这些森林分别属国家、公社、大队和生产队所有。以前不要说偷砍，就是折根松枝，也是破坏"无产阶级文化大革命"，一夜之间就会变成阶级敌人。所以无人敢入林盗伐，加上农民无力起屋盖房，因此需求量也不大。

　　自包产到户以后，农民逐渐吃饱了肚子，手中有了点儿零钱，西北民谣说"回民富了贩羊，汉人富了修房"。政府说宗教自由，农民理解为可以信迷信，于是建了大庙，但学校仍是破烂；政府说适度搞活经济，农民说那我就可以砍树。先是把李家沟分给自家的大杨树砍了，能用则用，能卖则卖；然后从近处的林子偷起，然后往对面国有林进军，偷伐倒卖椽子。有那么五六年，漆家山与周边村子最热门时新的话题与行动，都是修房砍树，倒卖椽子！

煤炉子上煮着的罐罐茶

政府当然要阻止。于是林警、派出所、巡山队全部出动，白天巡视，晚上守林，抓人罚款，鸣枪示警，同时在周边各村不时突击检查。百姓不敢将砍来的椽子放在家中，就各自放在野外私密处；但村里人都知道谁家的椽子放在哪里，于是有些不想进林砍伐的人，就半夜顺手将邻居砍的椽子扛起进城卖掉，东家偷西家，西家偷南家，相偷相骂，无有已时。到最后连庙门口的大树，甚至祖坟上的梨杨树，也被外村人砍了个精光。人神共愤，徒唤奈何！

土地承包以后，农民像得到了被抢去的元宝，死攥入怀，而且仍嫌地少不够，于是尽管政府三令五申，严惩私垦，但农民开荒辟壤，圈占不已，而已有之地，则尽量往四周侵蚀。道路两边的地头，又往路上挖占，两边侵耕不已，原本宽宽的路，成了窄窄的条儿，暴雨冲刷，就成了一道壕沟，背上一捆麦子，左挡右阻，根本无法前行。两家接壤的土地，东家往西家这边多划了一犁，西家又往东家那边划过去两犁，于是在地里开骂，骂之不够，则老拳相加，头破血流。

家家有牛羊骡马，放牧的则是稚子幼童，山羊本就灵性刁钻，一上路就抢着往地里奔去，啃叶食苗；或骡马拴在野地食草，偶尔拽脱便直奔田间，啮撕青叶。东家见了，远则叫骂，近则喊打，打牲口不已，又打牧童，随之升级，便是两家一场好打。等到牛羊归圈，翌日晨起，则骂声又起，何哉？又有人家，两只羊被人深夜偷去矣。

好不容易到了收割时节，却更让人丧心。东家到了地里，发现一块最好的麦子，已经被人半夜割去；收割完了摞在地里，等背驮搬运时，又发现麦稞子被人抽空；甚至搬运回来摞在自家场上，也被抽掉麦秆儿。于是女主人便放下镰刀，扔了连枷，躺在地里，坐在场边，拉着长声，嗓门凄厉，泪水奔涌，整天水米不进，"驴日狗养，爹死娘葬，天打雷轰，断子绝孙"，骂他个天昏地暗，日月无光。这种骂声直到"十月涤场"，这一波才算结束矣。

村子里年轻力强者，无论男女，都外出打工，留守者为耄耋幼子，相依为命。到腊月时节，无论挣到钱否，都会归来过年。这时的打扮，男娃子油头粉面，戴着墨镜，嘴叼烟卷；女娃子烫发高跟，走在山路上，可谓千姿万貌，奇态百出。呼爹骂娘，打狗使气，俨然漆家山已经放不下他们这些"洋人"，东家出，西家进，酒场一开，酩醉而归。夫妻吵架，鸡犬不宁也。

过去起屋建房，人们自来，实力助工。现在修房助活，太阳当顶，人才来到，先喝啤酒，再开工干活。谁家婚丧，招待亲戚帮忙做活的不多，凑热闹打晃子的不少；一到饭时，则人满为患，吃的闹的，喂孩子的，给家中老人端去的，而来搭礼吊孝的亲戚，反而无碗吃饭，无人伺候。提礼宾爷，喊破嗓子，无人理会。

即便如此，漆家山在方圆几个村子，已然是最好的，年轻人不赌博不行高利贷，不打麻将，偷鸡摸狗的现象也非常少。周边一些村落，打工者挣回来的一点儿小钱，过年期间赌上几把，便输得干干净净，有的借贷再赌，欠债无数。家中鸡犬不宁，或父子反目，或兄弟阋墙，或夫妻别异，或子女辍学。百怪千奇，无所不有。

忠孝仁义，扫地已尽；文明新风，并未树立。地方政府的决策缺乏前瞻性，头痛医头，脚痛医脚，甚至乱抓医方，百病无治。少数官员对待村民，俨若大敌，拘禁罚款，待如畜类。群氓无知，眼孔寸小，只知眼前小利，不图将来长久。森林毁尽，水土流失，干旱缺水，自断生路。饭吃饱了，衣穿全了，屋建好了，可是精神丢了，魂灵没了，风俗坏了，乡情失了。

育子万般苦，生儿避远方

——漆家山50年人口增减史

　　我出生于1965年，至2015年刚好50年。当时的漆家山，经过三年大饥荒后，得以死里逃生的人们，生产逐渐恢复，开始将将果腹，村子里有了生机和笑声，婚丧嫁娶，得以正常进行。1959至1961年间，全村竟无一名婴幼儿成活，大人饿死无算，甚有绝户者；1962年有一男一女，1963年有两个幼女，1964年有三男两女诞生。可是到了1965年，村里却生了9个娃儿，有漆四娃、漆金德、包春香、漆转花、漆狼娃、漆小平、漆富贵、高翻翻与漆孝顺，村里几乎一半家庭在抚育婴儿。这9个娃儿中，漆四娃生于正月初四，生日最大，所以又叫"年四"；漆孝顺生于九月初十，生日最小；当时本宗大太爷过世戴孝，所以爷爷就给取名叫"孝顺"。孝顺者，即不才永祥是也。然今日与父母隔山阻水，相距万里，不能膝下行孝，谓之逆子可矣！

　　漆家山共有漆、高、朱、包、骆五姓，外姓多是招赘于本村而生根者。根据表1中的统计，1965年全村共有13个家族25户人家130口人，其中漆姓97人，外姓33人。全村按年龄分布，共有50岁

表1：1965年漆家山户数、人口、男女比例与各年龄段统计表

家族序号	家庭户数	家族代表	50岁以上	18-49岁	18岁以下	男	女	总计	备注
1	5	漆邦生	5	11	8	15	9	24	
2	1	漆金林儿	0	2	4	2	4	6	
3	1	漆驴娃	0	2	2	3	1	4	
4	1	漆烟老	0	1	3	2	2	4	
5	5	漆润江	2	12	13	16	11	27	注
6	1	漆双禄	2	5	5	5	7	12	
7	2	漆兴昌	0	4	1	3	2	5	
8	2	漆洋人	0	4	6	7	3	10	
9	1	漆世成	0	3	2	3	2	5	
10	2	高尕老大	0	8	7	6	9	15	
11	2	朱烟人	1	4	2	4	3	7	
12	1	包团爷	1	4	3	4	4	8	
13	1	骆老二	0	2	1	2	1	3	
总计	25		11	62	57	72	58	130	

注：5号家族漆沅江家7口人、漆世保家3口人，当时已迁出，故实际全村人口为120人。

以上老人11人（按农村传统说法以50岁以上为老人），18-49岁青壮年62人，18岁以下少年儿童57人，而男女比例则为男性72人、女性58人（统计数据不完全准确，容有错讹）。这其中5号家族的漆沅江1家7口生活在本公社背后河大队，漆世保1家3口在新疆拜城工作，这10口人严格地说，已经不算漆家山人了，故全村实际常住人口为120人。

经过50年的繁衍生息，我们对漆家山总人口再次进行统计。到了2015年，这13个家族的人口累计增加为63户476人。凡女性嫁于

本村者10人、男性入赘本村者2人，共12人，去除重复后（他们均在统计表中出现过两次），共计464人；如果将招赘于外村外地的男性8人再去除之，共计456人；而这50年间共嫁往外村外地的女性约84人，如再除去，则村中尚有372人；而50年间，共计亡逝人口65人，再除之，则计有63户307人；此其中再除去因工作或迁徙等原因，在北京、新疆（非迁往新源者）、兰州、漳县县城、背后河、庄下门、沟门下等地的10户58人，则共计有53户249人。

　　在1965—2015年的全部总人口476人中，男性204人，女性272人。60岁以上老龄人口115人（按中国政府规定的老龄标准计算）、

表2：2015年漆家山户数、人口、男女比例、亡逝人口
暨各年龄段统计表（含迁往新疆人数）

序号	家庭户数	家族代表	60岁以上	18-59岁	18岁以下	男	女	总计	亡逝人口数
1	10	漆孝福	23	41	11	37	38	75	15
2	2	漆想成	4	18	3	8	17	25	1
3	2	漆红大	3	8	1	6	6	12	2
4	3	漆想福	6	12	3	7	14	21	3
5	12	漆小平	22	62	5	41	48	89	13
6	4	漆富贵	10	22	10	15	27	42	2
7	2	漆龙生	4	11	2	6	11	17	2
8	9	漆等娃	13	35	5	23	30	53	4
9	3	漆根德	5	14	6	11	14	25	3
10	7	高早来	10	36	6	21	31	52	9
11	5	朱等生	6	19	5	13	17	30	6
12	3	包得保	5	19	2	12	14	26	3
13	1	骆东成	4	4	1	4	5	9	2
总计	63		115	301	60	204	272	476	65

18—59 岁人口 301 人、18 岁以下 60 人。

如果和 1965 年对比，则 2015 年的 53 户 249 人，在 1965 年的原 25 户 120 人（不含不常住人口 10 人）的基础上，共增加 28 户 129 人，户数与人口均翻倍增长。相对 1965 年中国人口 7.2 亿，2015 年增长至 13.6 亿，漆家山的增长数量与全国人口增长数量基本持平。

截至 2015 年，在以上 53 户 249 人的全村人口中，共有约 25 户 136 人，举家于 2011 年迁往新疆新源县各地，或早数年迁往本县各处者，留守本村者尚余 28 户 113 人。较 1965 年的 25 户 120 人而言，户数略有增加而人口略有减少。而根据我表 3 中的统计数据，2015 年

表 3：2015 年漆家山户数、人口、男女比例
暨各年龄段统计表（不含迁往新疆及他地人数）

序号	家庭户数	家族代表	60岁以上	18—59岁	18岁以下	男	女	总计	备注
1	5	漆孝福	5	16	5	13	13	26	
2	2	漆想成	4	10	3	7	10	17	
3	1	漆红大	1	2	0	2	1	3	
4	1	漆想福	2	3	2	3	4	7	
5	3	漆小平	3	7	1	5	6	11	
6	3	漆富贵	4	11	6	10	11	21	
7	–	---	–	–	–	–	–	–	
8	5	漆黑娃	6	7	2	7	8	15	
9	1	漆根德	0	2	3	2	3	5	
10	1	高早来	0	3	0	2	1	3	注
11	–	---	–	–	–	–	–	–	
12	1	包得保	0	4	2	3	3	6	
13	–	---	–	–	–	–	–	–	
总计	22		25	65	24	54	60	114	

注：高早来一家户口实际也迁往新疆，但一直生活在本村。

除去迁新疆与其他地方的村民，全村留守的具体数据为10个家族22户共计114人。历史似乎给漆家山开了一个大大的玩笑，让这个小山村的家庭与人口数量又缩回到了1965年！好像发生了好多事，又好像南柯一梦，一切又回归从前。

在这50年间，漆家山累计亡逝65人，其中非正常死亡8人。这8人中1人因杀人被判死刑，2人分别在新疆与漳县打工时意外死亡，1人仰药而死，其余4人因病而夭，未能终其天年。

那么，漆家山50年人口增长有什么规律？计划生育政策在其中到底起到了什么作用？这50年生老病死都有些什么状况发生呢？

如前所述，漆家山人口以1965年为标志，走向生育高峰，这和全国是同步的。在计划生育政策执行最严苛的90年代，县里农村乡镇干部全年的工作，基本就八个字："催粮要款，刮宫流产。"且后者为主业。乡镇干部可以半夜进村，活捉女性；如果抓不到人，可以进屋拆房、栏圈赶牛、槽头牵马、粮囤装粮，无法无纪，无所不为，那时干群关系的激化，大半是因某些办事人员在执行计划生育政策中的侵害人权行为所致。

但地方政府毫不考虑与同情的是，像漆家山这样自然条件恶劣，耕作工具原始，只有出死力种地的贫困山村，一个家庭如果没有男性是无法支撑的；再加上"不孝有三，无后为大"的传统观念，每时每刻都在起作用。因此，为了能生一个儿子，我的同龄夫妇们，宁肯抛家舍命，流浪远方，以逃避被"计划"，直到生出一个儿子来，才回到家乡。尽管"六〇后""七〇后"漆家山的年轻媳妇们，绝大多数被强制做了绝育手术，但这并没有割绝掉他们的生育热情与子女人数。请看下面一组数据：

　　如果按我的爷爷辈、父亲辈、平辈、子侄辈划分为四个年龄段（不能完全按辈分，农村辈分很乱），爷爷辈的兄弟姊妹平均为 1.4 个，父辈为 2.55 个（其中最多者 6 个），我辈平均为 2.46 个（最多者 7 个），子侄辈为 2.22 个（最多者为 6 个）。

　　爷爷辈多出生在战乱年月，虽然漆家山远离战火，但极差的生活医疗条件与婴儿的高死亡率，使他们的兄弟姊妹数平均不到 2 个；父辈与我这一辈相比，父辈高出 0.09 个；子侄辈表面看起来比我辈低了 0.24 个，但他们中一半以上的人，还正处在生育高峰期，如果再过数年统计，估计与我辈就持平甚至超出了。

　　当年的计划生育政策，在漆家山既没有完全控制住人口增长，也没有提高村民的生活与生育质量，可以说是效果甚微。

昨日梁秋燕，今朝聚宝盆

——今日西北农村的儿媳妇

中国数千年封建社会里，妇女受尽欺压，有所谓"七出"之说。而婆媳关系，自古以来就如同天敌，你看看唐宋以来的各类笑话书，婆媳关系一定是嘲讽对象。只不过古代是恶婆婆，今日是恶媳妇，正所谓"三十年河东，四十年河西"也。

古代没见过，就说说我的母亲和小姑姑。我小时候母亲恨铁不成钢，一天到晚总在骂天骂地，隔三岔五总要揍我解气，但有两种情况下她打不得骂不得。当她拿着擀面杖追打时，我只要躲在爷爷身后，她便再不敢打，但可以继续骂我；如果是我外爷来到家里，她连骂也不敢，只要外爷"咦！看你个样子"，她立马噤声消失。所以，只要爷爷、外爷不在，我一般都是比较听话孝顺的，我的大名本来就叫"孝顺"嘛。

小姑姑最先出嫁在本村骆姓人家，因为一直没生孩子，就被男方折磨，经常打骂，每次打完，就会拉到我家门口，呼喊"不要了，就是母猪也能下猪娃儿，没用的东西"。姑姑坐在门槛上抹泪，妈妈替她疗伤，爷爷不说话，最后只有一声断喝"回去"！有次姑姑因病晕倒，自己打翻了煤油灯，煤油流在炕上，几乎将她半截胳膊烧残，爷爷看再不管会被活活折腾死，这才离婚另嫁。如今姑姑生有两个儿子，含饴弄孙，过着平淡宁和的日子。

如果说我的母亲还是旧式的儿媳妇，姑姑是旧式的受折磨者，那么在比我大十来岁或者我的同龄人，在西北农村娶的儿媳妇，那可是不仅翻身做主，而且将公公、婆婆、丈夫等等统统收编为奴隶，算是给两千年来的儿媳妇们报了深仇大恨！

为什么会这样？这又是一个今日中国深刻而亟迫需要解决的社会问题。我不知道社会学家和乡镇干部都在做什么，我认为这是一个和"中国梦"密切相关的大问题。

最重要的一点就是物以稀为贵，农村娶一个媳妇，是比登天还难的事。因此，娶来的就不仅仅是媳妇，还是珍宝，是稀有动物，是家庭动产与不动产的结合体，是祖奶奶。

在我的老家，三十年前的做法还很老旧：女孩子小的十二三岁、大的十五六岁，就已经有人来提亲，如果女方同意，就请媒人说合订婚，男方要送钱物若干。此后到结婚前的四五年或七八年中，男方就是女方的取款机和打短工者。这主要体现在：

其一，男方在逢年过节时除了各色礼当孝敬外，还要每年给一定的现金；其二，女方家中遇大事大故，如哥哥结婚、奶奶大病之类，男方必须再出一笔不小的礼金或助金；其三，女方家的农事百样，男方必须随叫随到，即便你自家的麦穗掉在地里，也得先给女方家去收割；其四，过年的时候，要把女娃子叫到男方家，当祖宗一样伺候，一旦姑奶奶动怒回家，男方会吃不了也兜不住。我弟弟第一个订婚的女方家，在离我家很远的山里，春天的时候，弟弟和父亲就赶着牛去给女方家种田，大雾弥漫，辛苦耕种，有时吃不到饭，还要挨骂，母亲说那时她的心中，也填塞满了浓雾。这门亲事后来也告吹了之。

到了谈婚论嫁了，男方至少要做到四点：一是彩礼钱，从三五万到七八万甚至更多不等，这是裸给女方的；二是修盖新房，没有新房，则绝对不嫁；三是新式家具，要一应俱全；四是要为女方购置12套甚至更多的四季服装，女方小手指哪件就得买哪件，不容商量。这样下来，就得十几到二十万的样子。这一切备齐，男方家已经白骨露体、负债累累了。在东部或沿海富裕农村，彩礼钱更重，新中国成立后消除的陈规陋习，又慢慢回归了！

好啦！终于结婚了。如果你以为未来双方会齐心协力，孝敬公婆，还债致富，过幸福生活，那你可错大发了！一些村民千辛万苦日思夜盼地娶来新媳妇之后，他们也同时请来了暴君、祖宗、阎王与判官的综合体。当然，懂事的媳妇有，但糟践人的也真的很多。

新媳妇娶来后，知趣的公婆会很快分家另过，以免遭受灭顶之灾；哪怕这家是独子，哪怕公婆已经是风烛残年。但不论分与不分，所有的农耕家务看孩子等，公婆仍然必须干，而且要干得好。有些新媳妇的工作就是吃饭闹事。凡点滴伺候不到，小则哭骂，大则撕打。骂得如何脏污如何恶毒就如何骂，打则无论丈夫公婆能抓则抓你满脸花，能砸则砸你腿不直。

有一年我回家，正是麦收时节，西北天气，变化无常，往往一场冰雹，就会颗粒无收，等于虎口夺食，所以家家半夜出动抢收。而邻居家有个新娶的媳妇，她家大门口有棵杏树，新媳妇上午将褥子铺在西边树荫下乘凉，下午挪到东边，既不做饭，也不收割，凉风伴眠，好不快活。未曾想有天不知怎么撞着了太岁奶奶，连哭带骂，丈夫受不过，拍了一巴掌，新媳妇立马"跑山"失踪了，全村男女老少，放下镰刀，满山遍野寻觅，女方家来兴师问罪，限期勒要活人（实际人藏在女方家），此种情景，每年都会在各村上演。

令人哭笑不得的是，新媳妇这么折磨自己的公婆，她的哥哥弟弟娶了媳妇，也会同样如此对待她的父母。家家如此，极少例外。

你问我为什么这样？你去问问新媳妇吧。

新中国最大的成绩，我个人认为就是妇女解放。从延安时期的新婚姻法宣传、《梁秋燕》《李双双》的演出，到毛主席高喊"妇女能顶半边天"，再到《红色娘子军》《海港》《洪湖赤卫队》《杜鹃山》等的渲染，将女性的社会地位提高到了空前的程度，以至于今日中国，岂止半边天，所有的天都让妇女给顶了。你看看奥运会，中国的金牌大部分是女运动员所得，就是最好的证明。所以，男人们便成了书生白面、女性装饰、走起路来手挽兰花指的"伪娘"。

我的老家流传一个解放初控诉大会上讲的笑话。说一个贫农妇女义愤填膺地控诉说："解放前，妇女水深火热，男人们把我们当褥子铺；解放了，妇女翻身解放，我们把男人们当被子盖。"笑话固然是笑话，但充分说明了人类改革最大的变化是心理观念的变化，观念一变，就可以让旧的制度瓦解，让旧的伦理荡然。

我们彻底打倒了"三纲五常""三从四德"，毫无疑问，这是对的。鲁迅的小说《祝福》，尽人皆知，小说的主旨被解释为揭露封建礼教残害妇女的血淋淋的现实，认为祥林嫂摆脱不了神权、族权和夫权的枷锁，最终导致悲惨的命运。好吧，就算你们说得对吧，我也不想多解释了。

鲁迅关于妇女解放，更有一番别样见解。例如他强调妇女要解放思想，人格独立；要摆脱依附关系，经济独立，不靠男人吃饭；同时克服自身弱点，养成健全性格。

是的，鲁迅完全是对的。在今天的城市里，教育和工作不仅给女性带来了经济的独立，也带来了人格的独立和精神的独立。她们不再依附于男人，可以嫁人，也可以不嫁，随性任意，自由自在。所以，当有人提议鉴于中国人口众多、劳动力过剩，应该学习日韩，让女士们回归家庭做家庭主妇，结果招来女性激烈的抗议，女孩子们聪明着呢！

而男性则在工作压力、家庭负担的重压之下，成为猥琐不堪、精神衰微的代名词，以至于"中国男性不配中国女人"的说法甚嚣尘上。我们也的确看到中国女性挎着白人、黑人的胳膊在大街上夸张炫耀地招摇摆过，少见中国男人挎着洋妞轧路逛街的现象发生。

再回到已婚男女。农村媳妇如前文所述，因为已经不仅仅是一个媳妇，而是稀罕的珍宝和家庭财产，貌似地位悬高江湖一统，实际仍然是物化了的商品，尽管她可以任意处置她的公婆与丈夫。那么城市女性会不会就是孝敬公婆、温柔体贴的贤妻良母呢？恐怕也不见得。我们看到很多和丈母娘生活在一起的城市家庭，但很少有和公婆生活在一起的家庭，这大概多少也能说明一点问题。而每当媳妇与婆婆产生矛盾的时候，丈夫早已不是生杀决断的大丈夫，而是两头不讨好的受气包。

记得有一年，我们一群人去香港，回来的车里，有位年纪大的老师开玩笑问大家都买了什么礼物。大家一报数，全都乐了，几乎都有丈母娘丈母爹的，都没有自己爹娘的。当时那位老师指着我们说：你们这帮忘恩负义的家伙！我当时因为刚好岳父岳母在北京，所以就给老丈人买了一块手表，给丈母娘买了什么已经忘记了。有次谈到这事，一位女老师说：你为什么不给你父亲买一块手表？我说：父亲在农村劳动，太阳不落，活做不完，他不会归家，所以太阳就是他的手表，他不需要手表。后来，这位老师到处说：漆永祥竟然说太阳就是他父亲的手表。于是这句话就成了不肖子孙的典型证据！

所以，无论在城市还是农村，大家都在伺候丈母娘，给父母买鞋缝衣、感冒送药的都是女儿，所以有儿子是"垃圾股"，女儿是"绩优股"之说。不知怎么的，我总觉得挺拧巴的，如果倒过来，大家各自伺候各自的公婆，既贴身近又方便易行，为什么要千里万里外的女儿给父母买鞋寄药，而身边的媳妇又在邮局给自己的父母买鞋寄药呢？！

为什么会形成这样类似轮回颠倒、因果报应的滑稽而无奈的状况呢？我想问题在于我们只有破坏，而没有建设。我们打倒了"三纲五常""三从四德"，但没有建设新的婆媳关系和家庭关系的样板。我们没有教育女孩子如何做一个贤妻良母的教材和实例，也没有教如何做好公公婆婆的教材和实例。我们从幼儿园、中小学到大学校园，天天教爱国主义，如今又教"优秀的传统文化"，这些虽有必要但都是比较空的东西，其实等于孩子什么也没有学到。试想，一个不爱同学、不爱老师、不爱父母的孩子，将来如何能爱丈夫、爱公公、爱婆婆呢？

大家可能认为我反对女权，反对妇女解放，不是这样的。我反对的是任何事情都做过了头，过犹不及，但中国的事情往往就是这样，从一个极端走向另一个极端。我们将传统一刀砍断，认为古人事事不如今，传统女德所提倡的清娴贞静、温婉贤惠、正色端操、相夫课子、柔德良善、择辞而说等，全部被扔到历史的垃圾桶里，将解放理解为无所束禁，将自由理解为无所不为，将忤逆理解为个性，将变态理解为常态。好的方面没有继承下来，而彩礼索要、奇货买卖等陋习，却又沉渣泛起。就以取名为例。我们看不起农村女孩子叫春香、夏莲、秋菊、冬梅、海棠、水仙、牡丹、芍药，我们也看不起古人的文秀、姝瑗、紫函、淑谨、竹涵、灵韵，我们取名叫美倩、丽娜、安娜、爱莎、尼娜、赛男、名媛、贝丝、贝蒂、克莱、鑫妹等，还有奇葩的王马结合子、爱丽丝奇拉等，可谓非今非古，非中非外也。

在古代中国，汉以来就有《女训》《女戒》，明代以来有《女儿经》等，教女孩子如何成为一个贤妻良母；我们说这是封建伦理道德，残害束缚妇女，于是放弃不讲了。旧时戏曲有《小姑贤》，专门用来教育恶婆婆；有《杀狗劝妻》，用以教育恶媳妇。现在中国每年生产和进口的影视作品上千部，又有几部反映婆媳题材的呢？我们的女大学生，一心想的都是成为CEO出人头地，学习的榜样是希拉里、英拉、碧昂丝，个个都是女强人、女汉子，我真担心这样发展下去，中国女人的雌性激素会不会越来越少，将来都变成真正的汉子；不过照现在这个样子发展下去，男人们终有一天会变成女性。是不是反正已经颠倒了，再翻转几翻也无所谓呢？

最后，请我的女性学生、同事、朋友还有女权主义者，还有老家的各位媳妇们原谅我！

我是一个好人，我爱你们。咱们是一伙的，不要打我！

乔木遥瞻故园渺，祖坟弃置不夜天

——他们为什么移居新疆？

　　移民，是中国自古以来的国策，或迁民以实边地，或移家以救荒灾。2011年春，漆家山一半的村民，在祖辈生活的屋子里，吃了最后一顿团圆饭。他们拖儿带女到祖坟烧香磕头，求祖宗保佑和原谅，从此不再在大年三十晚请祖宗回家享祭，清明节时也不能再给他们祭坟扫墓。村子里四处弥散着离别的伤感，不迁徙的家庭，以不知是侥幸还是失落的心态，请远走的邻居来吃饭喝茶，一家挨着一家，一户接着一户。迁徙者锁上了自家的大门，撂荒了祖辈的土地，扶老携幼，双眼迷离，一步三回头地离开了故土。迁移的和送行的相混相杂，从大庄里曲曲弯弯地送到庙下，再送到山底，再送到公路上，直到贴满红纸标语的车队，拉着他们奔向无尽的远方。

　　"安土重迁"是中国农民的传统，也是历代移民政策经常失败的主要原因。漆家山村民世代生于斯长于斯死于斯埋于斯，他们从来没想过要离开故土，迁向边地。那么，是什么原因导致他们义无反顾地告别祖坟，迁往遥远的新疆呢？

迁往新疆人家的院落，房倒屋塌，鞠为茂草

　　来日无望，生存艰辛，缺衣少食，干旱缺水，他们都已经习惯并且麻木了，这都不是主因。原因只有一点：村民们惊怵而恐怖地意识到，他们当年在结扎刀下舍家豁命抢生出来的20多个适婚年龄的儿子们，竟然多数都是光棍，根本娶不到媳妇！

　　让我们先算算漆家山50年来的嫁娶情状。奶奶辈人少不计，我们就算母亲辈、平辈与子侄辈的女性娶进、嫁出的情况吧。

　　我的母亲辈嫁到漆家山的共38人（以定居生活在漆家山的人数为主统计），她们分别来自庄下门6人，任家门、牟家门各4人，紫石沟、杠醋湾各 3 人，水泉儿、石沟里各 2 人，雷家坡、骆家沟、山庄里、毡箔里、立桥山、麻布地下、马家湾、马家山、盐井、九眼泉、背后河各 1 人（另有 3 人里籍不详）。而母亲辈嫁出去的共有 14 人，分别为赵李山 4 人，庄下门 3 人，谈家山、杠醋湾、马家山、麻池沟、大坪里、任家门、牟家门各 1 人。

再看看我同辈娶进来的女性共 45 人，其中任家门 12 人，本村 7 人，庄下门 6 人，杠醋湾 4 人，谷茶沟、紫石沟各 2 人，新疆乌鲁木齐、甘肃山丹、马家山、山庄里、立桥山、麻池沟、马家湾、九眼泉、殷家山、马连滩各 1 人（不明里籍 2 人）。同时，嫁出去的共 47 人，其中赵李山 7 人，任家门 6 人，本村 5 人，庄下门、麻池沟各 4 人，紫石沟、九眼泉各 3 人，新疆、立桥山各 2 人，石沟里、沟门下、马家山、马家湾、背后河、杠醋湾、骆家沟、金钟、漳县县城各 1 人（不明里籍 2 人）。

再来看子侄辈共娶来 17 人，其中任家门 3 人，本村 2 人，新疆、兰州、徽县、西和县、平道里、石川、罗儿湾、庄下门、马家山、草滩、麻池沟各 1 人（不明里籍 1 人）。同时，本村嫁出去 15 人，分别为新疆 4 人，北京大兴，天津，河北唐山，四川雅安，甘肃通渭、岷县、陇西以及本县的半磨泉、油坊下、立桥山、石沟里各 1 人。

对以上三辈人三组女性嫁娶情况的数据特点略作分析，就会发现：其一，母亲辈娶来的 37 人中，无一出漳县范围，有 32 人在马泉乡，15 人在紫石村，而庄下门、任家门、牟家门、紫石沟、杠醋湾均为漆家山周边村落。嫁出去的母亲辈，也多数嫁往母亲们来的村子。其二，在我的同年龄段中，因有北京、新疆工作以及迁入新疆的变化，因此娶入与嫁出的女性与父辈相较，有了跨省、跨县的情况零星出现，传统的婚娶不出县不出邻村的局面稍有变化。其三，在子侄辈中，虽然一大半尚未婚娶，但这组统计数字最有意趣，娶来的有了新疆、兰州、徽县、西和等省县人；而嫁出去的落脚地，由于迁移与打工的原因，女娃子15人中，11人嫁往了全国各地，可以说是革命性的巨大变化！

在这三组数据中，嫁入漆家山的以距离最近的任家门和庄下门最多，分别为19人和13人。在方圆不过十里的范围内，五六个村子互相通婚，姐妹三人、二人同嫁一村的情况，屡见不鲜，甚至其中有多对姑舅配，还有一对是换头亲呐。

但对子侄辈的漆家山男性来说，这绝不是利好的消息，出现了残酷的、不公的、单向的、不可逆转的变化，也就是只有本村的女孩子不断地嫁出去，而少有外村外地的女孩子娶进来，甚至本村的女孩子也不再愿意嫁到本村。"父母之命，媒妁之言"已成过往，飞出闭塞山村的女孩子们，知道了外面的世界更精彩，随便嫁个地方都比漆家山生活条件要强，她们就像获得天空的燕子，展翅高飞，自由恋爱，决然果敢地寻找自己的幸福去了，真应该为她们振臂而欢呼雀跃，并祈祷祝福。

漆家山地处深山老林，荒蛮遥远，王化不到，交通不便，干旱缺水。而打工在外的男娃子们，初中毕业的也极少，至多读到小学，能凑合认识火车站站名，不至于将自己走丢就已然不错。他们所干的工种，也是最苦最累的建筑、挖沙、修路、拾棉花等，无论从自身条件、文化程度到家庭环境，都没有能力和条件哄骗来其他省份的姑娘。常言说"人往高处走"，漆家山的情况恰恰相反，本村女孩子们都往"低"处嫁，无人愿意再嫁本村。就是任家门、庄下门等传统

漆家山人与图中间的庄下门、远处的紫石沟与右上角的任家门等村，相互通婚

嫁入漆家山女性最多的村落，女孩子也宁肯进城漂泊，决不再嫁上山来。

因此，在进入新千禧年的十几年间，随着子侄辈中嫁娶关系的革命性巨变，自古以来形成的嫁娶平衡被打破，漆家山的适龄女性嫁往全国各地，而适龄男性则娶不进来全国各地甚至邻近村庄的女性，村里便有 20—30 岁之间的 20 多个成年男子，绝大多数打着光棍。即使打工积攒一些钱物，修起一院新房，但放眼望去，根本就没有适龄的女性可以谈婚论嫁，这可是向来以土壤肥沃、人情温馨、名声大好的漆家山从来没出现过的巨变。这样一来，对漆家山适龄男娃子而言：

留下死守，只有无助的绝望。

而迁徙他乡，或许依稀尚存一线希望与生机。

单凭这一条，就成了他们坚执而决绝地移民新疆的最大动力！

西向磕头，我泪流满面。阿弥托福！

万事十年倏忽间，山村一夜化虚无

——漆家山从极盛至极衰的十年

从历史时期来看，无论怎么说今天的漆家山都是生活条件最好的时期。从吃的方面来说，至少温饱解决了，不再整天苞谷面贴饼加洋芋糊糊，白面（小麦面）可以随时吃了，园子里可以种白菜萝卜青菜了，虽不能天天吃肉，但想吃时也可以进城买些尝尝鲜解解馋了；就穿戴而言，衣服固然不算光鲜亮丽，但至少能遮羞保暖，冬有棉衣，夏有单衫了；就住房来说，虽非高门大院，奥室连屋，但瓦屋高墙，门窗齐全，冬可遮寒风，夏可挡风雨了。

从耕作条件的角度讲，因为崇山峻岭，地多陡坡碎石，故耕作、收割、搬运等，仍必须用人力，牛马耩子，人背骡驮，不可或缺，但打碾不再用连枷簸箕，有了打碾机器，村里有磨面机方便了磨面，就劳动强度来说远比过去低多了。

随着生活条件的改善与建筑材料的进步，原来修房所用的木梁、边檩、椽子、衬板、门窗等，逐渐被金属结构的钢梁、钢门、玻璃窗等替代。粮柜、面柜、衣柜、杂物等所用家具，也不再是自己请木匠来做，而是买新式现成的了。

通电以后，尽管仍有极贫之家交不起电费，还用煤油灯，但绝大部分人家告别了油灯，看上了电视。煮罐罐茶，熬中成药，用一只小电磁炉就可解决，既不用木柴，又干净便捷。冬天过年，也能买煤燃炉，既取暖又可烧水煮饭。这样一来，烧火盆的硬柴与麦秸、蒿草等柴草的用量，也大幅度减少了。

随着年轻人出山打工，家中只余老人照看孩子，放牛牧羊这样强体力活显然做不了，因此村里原来家家养两三头牛、一两匹马骡、数十只羊，都陆续卖光了，只留一二马骡，以代耕驮用，养羊户只余一两家，远不是过去上千只羊满山遍野啃草啮根的景象了。

包产到户以来，村民挖山、挖地、挖路甚至挖祖坟，巴不得将所有的荒山野岭都能开垦成土地，结果造成陡岇高岭，水土流失，无路可走。随着种田不再挣钱，打工成为主流，原来开垦的远山瘠地，又复撂荒，即近处背阴路陡产量极低之地，也不再耕种了。

2011年是漆家山历史上划时代的一年，因为过半人口举家迁往新疆，粮户关系也都迁出，严格地说他们已经是新疆人了。他们中的父辈与同龄人，对祖坟故土，尚有怀乡之恋，而到了子侄辈和他们的孩子，不出十年，"漆家山"将成为历史名词，二十年后可能就无人再愿踏上此山半步了。

从80年代初包产到户，至90年代中期的十余年间，是漆家山历史上最风光、最红火、最兴旺、最辉煌的时期。土地承包后的三五年间，经过村民深耕浅种，施肥除草，周年四季精心料理，长期旷芜饥废的田园，忽得滋养，肥力大增，厚报农家，庄稼疯长。而天遂人愿，要风有风，要雨有雨，需阳来阳，盼雪下雪。收割季节，麦穗垂垂，瓜豆累累，洋芋硕大，油籽鼓圆。一条麦穗，匀长饱满，粒粒赫赫，鼓囊欲滴；一根蚕豆蔓上，一溜排数十个豆荚，如珠玉晶莹。家家粮柜仓囤，满满当当，肥猪在栏，吉羊在圈。《天官赐福》的戏词儿说"空手出门，满归到家；牛羊成对，骡马成双"，竟然真的应验了！

那时的粮食值钱，农民卖了粮食、菜籽、胡麻、当归等，就能换到大把的票子。于是从修房起屋、娶妻生子，到买牛置马、添桌增柜，小到新锅新碗，新衣新帽，都改天变地，焕然一新。逢年过节，人们穿戴一新，喜气洋洋，走亲访友，磕头拜年，一派兴旺，百般和气，那些年也是村里过年唱大戏最热闹繁盛的时期，真所谓天佑功成，"既济"定也。

然而，人世盛衰，瞬息万变，盛极而衰，其必然乎！从那时盗伐森林开始，至滥垦耕地，腰斩行路，挖绝药材，啃尽草皮，十年前后，漆家山就由山清水秀、五谷丰登转而成为光山秃岭、灾害频生、干旱缺水、农田不兴，百余年祖宗培植之基业，瞬间荡尽，如卦取"未济"而万劫不复矣。

从兴旺至衰微的十年，实在过得太快，真如白驹过隙，倏忽之间。我已经说过多次历史不能假设，请让我们不妨在此还是往前回转，还原假设一下：

> 如果用钢梁结构建房起屋，能够提前十年，就能留住森林；
>
> 如果拉电用煤的历史，能够提前十年，就能留住灌木丛草；
>
> 如果外出打工的时间，能够提前十年，就能保住百草药材；
>
> 如果打碾机取代连枷簸箩，能够提前十年，就能保住柳桃李树；

近十几年来村子的植被稍稍得以恢复，又焕发出了新的生机

如果节制放牧牛羊，能够提前十年，就能保住草根树皮；

如果，如果，如果……

可惜没有如果，有的只是现实。一切都早了十年，一切又都晚了十年，政府的谋划晚了十年，百姓的眼光落后了十年，十年毁了全村，十年灭了希望。

这种环境恶化的状态，直到新世纪开始，才有了好转的迹象。人口减半，牧畜减少，用柴减少，滥垦不再，这给了早已不堪重负、伤痕累累的大山以喘息的机会，近十年来村里的大山，再次长出了青蒿红花，原来的林地也开始灌木成林，撂荒之地又见百草丛生。最可喜的是村子东边的大泉，重又有了泉水。植被恢复，原野翠绿，又给了人们以无尽的希冀，昔日五阴之"剥"，今又一阳来复矣！

　　那么，新的环境，新的时代，政府又该如何规划，村民又该如
何治理，这个古老而残破的村子，还有新的变化新的未来么?！

年年草枯黄，矻矻何所为？

——漆家山人有什么用有什么未来

记得在北京获得 2008 年奥运会申办资格的当晚，正好是暑假我回到老家，半夜一个人嗞啦嗞啦像偷听敌台似的听收音机。北京获胜，兴奋莫名，毫无睡意，我坐在大门外的土埂子上吸烟，静夜无声，劳累了一天的乡亲已沉沉睡去。此时甘肃台传出高调激越的呼喊"两千多万陇原儿女欢欣鼓舞，沉浸在无比的幸福之中"。我不觉苦笑：好吧！漆家山村民不是甘肃人！

那么，漆家山人是什么人？他们还算中国人吗？他们对国家有贡献吗？是国家的负累吗？他们活在世上就只为吃苦吗？这是我从上小学时起，就一直萦绕于心而历久弥炽的疑惑，至今纠结于胸。我从会看地图的时候，就经常站在一幅中国地图或者世界地图前边看边想，小小的漆家山在什么位置呢？地图放大到什么程度才能看到我的家乡呢？我还常常异想天开，如果把漆家山像变魔术一样从中国大地上切掉，会有什么影响？大概就像从年轻人头上掉了一根本该脱落的头发，丝毫没有影响吧。

雨后泥泞的村路，蜿蜒而去

　　让我们给漆家山人算笔账，他们忙忙叨叨，碌碌矻矻，四季所为，究为何事！

　　农村免粮税前，漆家山队每年都给国家交猪羊和公粮，可是他们交的远不如吃掉的国家救济粮多。生产队所产粮食，交公之外，硕鼠偷耗，年底分到农民手中的没有几粒。劳力少孩子多的家庭，有的年底还欠着生产队的钱粮，还有除夕晚上竟不能给娃娃烙一张油饼者。

　　所幸那时家家尚有自留地，我的父母竭力耕种，苦死苦活，所产粮食比他家为多，也就勉强支撑到夏间青黄不接之时。最贫困之家周年都吃供应粮，有的吃半年至七八个月，我家要吃三个月左右。供应粮以玉米面为主，人均每月28斤到十几斤不等（要付低价买，少数人全免）。有段时间供应高粱面，蚀心烧胃，我亲眼看到小娃儿吃了拉不出屎，憋得跳嚎痛哭，大人按着让孩子撅着屁股，拿小棍儿一点点

跪在地上烧炕的母亲

儿往外掏，就像羊粪一样硬的黑色小块儿。

再划拉一下漆家山"穿制服的公家人"，他们为国家做了多大贡献？村里先后吃公家饭的不足20人，一般上班族而已。当中腿最粗的北大教授漆永祥漆孝顺，也不过就是在国子监的课堂上愚愚痴痴地发他无尽的牢骚，还好像给国家做了多大贡献似的。

要说给国家贡献最大的，当属太爷老师漆润江。他在村里教书二十余年，给两代三四十名男男女女扫了盲，教会了他们认自己的姓名，不至于在火车站找不到站台，在城里找不到厕所。他是我心目中的孔夫子！

今日漆家山的劳动力，都在大小城市打工，搭架送砖，和沙堆泥，砌墙抹面，架桥铺路，端盘送碗，捡拾棉花。活脏活累，也就罢了，苦到年根，还拿不到工钱，甚至有被打伤致残命殒黄泉者。

各位看官！由此可见，漆家山人真是对这个国家贡献无多，真是愧对"中国人"这三个字儿。可是，话又说回来，正是和他们一样的无数农民工，用卑微的身份和低贱的身价，在各地修桥、铺路、盖楼、拾棉花、端盘子，才有了城市的霓虹彩桥、宽敞街路、高楼大厦、杯盘狼藉、暖衣柔服，城里人才有可能坐在写字楼里喝着咖啡，开着宝马狂按着喇叭，手掐酒杯狂饮大嚼，然后痛斥鄙视乡下人。

因此，从地球上将一个漆家山抹掉并不可怕，一根残发而已。但问题是，中国北京的王府井和上海的外滩，都仅仅只有一个，而大江南北遍布的山区，处处都有漆家山，如将其全部割去，那一头浓密的秀发就只剩下了稀疏的几缕，中国将不能称其为中国。所以漆家山恰恰就是甘肃，就是中国，漆家山人就是地地道道的中国人。漆家山人欢乐，就是中国欢乐；漆家山人苦焦，就是中国苦焦。

如果说中国是座宝塔，那么像漆家山这样的农村就是塔基，任你玲珑琼璜，巍巍插天，然塔基不稳，终将崩塌；如果中国是一辆豪华的大车，那么农村就是车轮，任你锃亮流美，高速飞驰，但车胎爆裂，将车毁人亡；如果中国是一件棉衣，那么农村就是里子和棉花，如果失去里子和棉花，任你面子绸缎绫绡，龙纹豹绘，仍将冰冷似铁，周身不暖；如果中国是一部书，那么农村就是劣纸，任你字字珠玑，玉签缥带，然翻页则碎，触手即裂。如果山区农村人过不上人样的生活，没有做人的尊严，他们的子女仍然过着同样轮回的生活，那么这个国家将毫无中兴之望，"中国梦"将永远是长夜漫漫，视天梦梦！

有研究者说像漆家山这样的村落，终究会灭亡。但在我的父辈百年之后，同辈打工者力弱年衰之时，仍将回到那里度过晚年，子侄辈中的绝大部分也会如此；因为他们的文化水平和从事的工作，无法让其在大城市或中小城市落脚，即便他们想逃，也无处可逃，在失去劳动能力后，必然要回到故土，化为归魂。

韩国上世纪70年代大规模开展的"新村运动"，就是将部分山顶交通不便环境恶劣的村落，强制拆迁，将百姓赶往低处，以为生息。当时民怨沸腾，但后来取得成功，因此朴正熙成为今日韩国人最怀念的总统。我走遍了韩国，韩国农村与城市的饮食起居，并无太大区别，只不过没有首尔那样时髦发达而已。

我也去过日本的小山村，凡有村落人居的地方，基本都有小火车延伸进去。藏富于民，村居舒适，交通便利，纤尘不染，这才是真正的田园生活。

那么，在尘世轮回中，一代凋零，一代又起，草枯草青，年尽年来，漆家山的未来，究竟路在何方呢？

"低下头儿细思量，解不了我心里的大疙瘩。"这是《梁秋燕》中梁老大的唱词，那么在今天，谁能解得了我心里的大疙瘩呢？！

大德高贤，有以赐我！！

中 卷

文化教育·公共娱乐·婚丧嫁娶·节日方语

村中往来者，泰半是文盲

——漆家山 50 年文化教育史

文化教育的兴衰是一个地方发达与否的主要标志。就文化程度而论，1965 年漆家山全村 120 人，只有漆润江（详见后《太爷老师漆润江》）、朱旗正 2 人相当于小学文化程度，其实也都没有正式上过学，只参加过扫盲班而已，两人后来分别在村里教书。漆保生、朱胞官、高尕老大、漆如镜等略略识字。也就是说当时相当于小学程度的有 2 人、略识字者 4 人、文盲 115 人，这就是 1965 年漆家山全村人的文化水平！

由此可知，漆家山人的文化水平，1965 年的文盲占有率在 95% 以上。自 1965-2015 年的 50 年间，漆家山全村累计人口共 476 人。其文化程度为：有研究生学历 1 人、本科 3 人、专科（含高职）5 人、高中 13 人、初中 23 人、小学程度 80 人、略识字 30 人，共 155 人，尚有文盲 321 人，脱盲率仅为 33%，文盲仍占 67%，可谓两头都是惊人的数据。

在号称九年义务制教育已经普及神州的今天，面对这组数据，我不知该如何评说这一变化，是取得了巨大的进步，还是进步太慢呢？我是一名共产党员，在此请允许我衷心地说一句："没有共产党就没有新中国！"没有新中国六七十年代普遍推行到乡下的村学、小学，我不可能读书。我不能昧着良心，像如今史学界的某些人一样来"假设没有元朝""假设没有清朝"，或者说出"崖山以后无中国""民国以后无中国""没有解放发展更快"之类的话，因为历史已经真实发生，是不可以假设的。

现在不断有人说如果国民党继续统治中国，就会如何如何。我的爷爷们告诉我，国民党时期有两件事：一是催课税，二是拉壮丁。百姓见官，望风而逃。土匪出没，全村人经常躲避，逃往村子东边的漆家堡子。土匪一旦攻克，轻则劫走粮食银钱，重则血流成河。也有研究者说，如果中国的乡绅阶层得以保留，就会形成维持稳定的基本结构，传统文化就会保留，不至于如目下人心荡尽，古风不再。但在我的老家，本就无所谓乡绅，有的都是官、匪与土豪相勾结，鱼肉百姓，横霸乡曲。小小漆家山村的历史告诉我们，民国政府的所作所为，正是他们丧失天下的最好果报。爷爷还告诉我：解放初期的中共干部，会把家中仅有的余粮拿出来给更困难的群众吃，身后跟着自己的老婆孩子追着哭着骂；只是到了今天，我们很多的党员干部，已经今非昔比了。

如果我的太爷老师他们进扫盲班，是漆家山有识字人之始；那么我在1983年考入大学本科，在这个小山村也具有划时代的意义。太爷老师教了至少两代人认识自己的名字，能够在城市准确地找到火车站与厕所；我的上大学，宣告了贫寒之家，通过自己的努力也能走向城市，成为"穿制服的公家人"。一时之间，我成为不仅全村也是全县课徒教子的典范。

请允许我再次感激 80 年代初期那个美好的时代！感激高考制度！没有高考，我现在应该也在准备去打工或正在打工的路上吧。

漆家山 1965—2015 年前后累计 476 人（迁往新疆者及历年已逝亦算在内），满打满算，因参军、上学、招工等因素，在外工作或学习的不超过 20 人。漆世保，因在新疆当兵，复员后留新疆拜城县工作，已退休。其子建新，毕业于内蒙古呼和浩特一专科院校，现在乌鲁木齐工作，建新女儿漆慧今已大学本科毕业，现在乌鲁木齐工作；建新妹建荣、建平、建红，现都在新疆工作。严格地说这一家人离开家乡已经五十余年，不能算漆家山人了。漆保生在武威九条岭煤矿工作，漆金保在漳县黑虎林场工作，朱胞官在漳县盐厂工作，三人均已物故。漆禳生在漳县某乡镇工作，朱等生曾替父职在盐厂工作。漆学民（五娃）、高早来先后在村里当民办教师。漆维成、漆东成兄弟，曾当过兵，复员后仍为农民。另漆祥军、高银龙、漆苗苗、漆巧巧四人，在读本专科（高职）学生。表面上最光鲜的漆孝顺（永祥），现为北京大学教授。漆家山村的大小人物，全部都在此矣。即便如此惨不忍睹，但比起邻近的任家门、马家湾、九眼泉等地，漆家山已经是"现象级"的了。呜呼！悲哉。

1980 年漆家山生产队先是将土地分成三个小组，我当时正因病辍学在家，和我的玩伴金德爷负责每天将耕过的土地用耱磨平，马拉着耱走，我俩一个牵马一个站耱，水平练得很高，即使坡陡 70 度的地，我们照样站在耱上还手不用拽马尾。不久，开始实行包产到户，家家分得数亩地、一头牛、几只羊，一时间像我弟弟这样从五六岁到十二三岁的孩子，一夜之间全部变成羊倌，父辈文盲尚未消除，子辈文盲瞬间产生。每晚黄昏，数十头牛百十只羊在暮色尘土中归舍，后

《高玉宝》书影　　　　批林批孔宣传画

面跟着十几个七大八小的牧童，我不知该怎样形容这幅常常被画家和田园诗人描绘和歌颂的"牧归图"！

继80年代这批新文盲之后，进入新世纪，政府又将边远山村的村学裁撤合并到所谓条件相对好的中小学，这给本就勉强维持上学的一小山村又是重重一击，直接导致又一批孩子失学，第三代文盲又在不经意间产生。

"文革"是中国历史上的耻辱，这是毫无疑问的；但各位看官可能想不到，漆家山在"文革"期间有两件事可叙：一是村里有个图书室，二是有赤脚医生制度。在我上小学的时候，每个生产队都有图书室，我们村图书室里面有《高玉宝》《化肥与农家肥》《批林批孔》《怎样养蜜蜂》等书，《高玉宝》被我几乎给背下来了，图书室后来怎么消失的已经忘记了。

总起来说，就漆家山50年的文化教育而论，虽然进步是巨大的，但这种进步远远不够，让人绝望，令人窒息！在某种程度上说，就像一辆破旧的卡车，摇摇晃晃，行动迟缓，甚至好像是停滞了！

绣完了十八省，再绣上康熙爷

——漆家山文化娱乐生活

说到漆家山人的"文化娱乐生活"，我自己先乐了，觉得太过书面语和正式，因为"文化娱乐"，对他们来说实在是太奢侈也太遥远了。

如果说与文化相关的，就是村里的学堂；学堂除了教书外，也是村里开会、唱戏与嚼舌根的所在地，更是漆家山的人民大会堂。70年代生产队的时候，孩子们不用放羊，会走路了就送到学堂来，既是学校又具有托儿所性质，所以反而是漆家山村学的兴盛时代。

孩子们虽然送到学校念书，但大人们对娃娃们学得好坏并不关心，能认几个洋码字儿，写得自己的姓名，就已经了不得了。我们学的只有语文、算术两门课，课本还按时来不了，也没几个家长能买得起课本，一帮孩子就坐在院子里，拿小柴棍儿画字而已。

百姓屋里，家徒四壁，但再穷人家，正堂墙上也要贴张毛主席像，有时好几年不换，把老人家烟熏火燎得都看不出模样儿了。过年时，讲究人家会买两张《红灯记》《沙家浜》《智取威虎山》之类的年画，也只贴在厅房，只有一副春联，贴在大门上。此外，会给祖先买

《红灯记》（年画）

《智取威虎山》（年画）

《沙家浜》（年画）

几张纸，纸质极劣，裁剪后打成纸钱，大年初三晚上烧掉。此后一年，许多人家就很难再找到一片纸了。

过年扫房毕，想糊墙也找不到纸；与公社、大队干部有亲戚关系的，会讨要来一些旧报纸，贴在墙上，那是相当时髦又有面子的事体。我上小学时，爱读书得要命，但就是无书可读，一旦到亲戚家，看到没见过的年画，以及墙上贴着的报纸，就兴奋得不得了，顺着倒

报纸糊墙，被褥暖炕

着看个过瘾。把家里的年画上的注释文字看完了，就数四四十六个画框里，共出现过多少人，数完了又数总共出现过几次铁梅、几次李玉和、几次李奶奶、几次磨刀人、几次鸠山队长，现如今我专业是研究考据学，看来这是命中注定，我小学时代就开始搞考据了。

那时农民吸烟，整盒买不起，就用劣质的烟叶搓碎了用纸卷着吸，可是推倒一面墙也找不到半张纸。最奇葩的是有一个当爹的，每天娃子回家后就问念完哪一课了，然后迫不及待地将学过的课文撕下来卷烟，到期末考试时，这个娃的课本就只有三张"生字表"了。

漆家山和全国人民一样，家家有一部"红宝书"——《毛泽东选集》，百姓既不识字，又不敢用此圣物撕来吸烟。虽然也让背诵"老三篇"，但在漆家山面对文盲真的无法执行，走走样子也就是了。有胆大的老太太就用来夹鞋样子和五色丝线，被公社干部发现后，把老

话匣子（有线广播）

太太给斗了一回，大家就只好供在桌上，遮灰挡尘了。

　　我十来岁时，村里架设了有线广播，家家拉了一个简易的话匣子，生产队长家有一台收音机，将全村的匣子串在一起，每天早晚会响，听着播音员振奋的播报，就知道"祖国山河一片红"，"农业学大寨"运动又取得了重大胜利，全国粮食又获得了大丰收。然后侧耳听听革命歌曲，就在美梦中睡着了。

　　如果一定要说文化生活，看电影和演社戏应该是最正宗的。那时大概一个大队每年平均能演两场电影，邻近的城关公社的马家山、牟家门演，我们也会去看。晚上心急火燎吃完饭，一帮小娃子就在夜幕中出发了，高级的有个手电筒，大多时候就在山路间摸黑磕绊前行。等电影散场，夜深风凄，鬼魅出没，后面的娃子紧着往前面赶，一个超越一个，就像一股小旋风，一会儿就从山下刮到了山上，寒冬腊月，跑出一身的热气蒸腾的汗来。

好不容易轮到漆家山放电影，那可是全年少有的节日。生产队会派五个壮劳力去抬电影。什么叫"抬电影"？村里没有电，要用发电机发电，而发电机是一个很大很沉的铁疙瘩，需要四个人抬到山上来，而另一个人背电影片子。放映员穿着制服，像公社书记一样背着手、留着分头跟在后面，你要伺候不好这家伙，他还故意不好好放给你看呢。后来发电机高级了，就叫"背电影"，一个人就背回来了。

到了晚上，在学堂院里挖好的坑里竖起高杆，绑上幕布，发电机放在学堂背后，因为声音太大，近了根本听不见电影中的声音；还得有人守着，一则看顾，二则怕阶级敌人破坏。四邻八亲的全都来了，满院子都是人，小娃子在大人缝里窜来钻去玩。年轻媳妇小姑娘，还穿上新衣，像过年似的。正式放映前，先要放幻灯片，都是"千万不要忘记阶级斗争""扭转南粮北调""农业学大寨""合理密植，增产增收"等。然后接着放新闻纪录片，比如毛主席接见阿尔巴尼亚朋友之类，或者是农业科普片，等到真正放电影的时候，大部分小朋友已经熟睡在妈妈怀中了。而且电影经常放得时断时续，要么发电机坏了，要么放映机坏了，要么片子放倒了，要么片子烧断了，磕里磕巴电影演完就到后半夜了。电影中说的是普通话，老百姓听不懂，就看鬼子是否打死了，土匪是否剿灭了，哈哈一乐，已经足够说半月二十天的了。

村里的文化亮点，恐怕就是正月里的社火与唱戏了。《绣荷包》曲儿，唱的是"一绣一只船，绣在了江边前"，最后是"绣完了十八省，再绣上康熙爷"。已经是二十一世纪了，在这个僻壤陋乡，唱着的还是康熙时的社火曲词儿，让人倒流穿越回到三百多年前，这就是我的故乡文化生态的真实写照！

唱尽古今不平事，赢得头颅白雪来

—— 漆家山社火与村戏

　　每年过年的时候，也是漆家山最热闹最喜兴的日子。吃好的，穿好的，走亲戚，拜新年，而最让大家期待的莫过于社火与唱戏了。

　　尽管是"文革"期间，漆家山的唱戏与社火的目的都是一致的：敬神是里子，娱乐是面子；敬神在暗处，娱乐在明处。村子里所敬之神，主要是当地的九台山、马泉山与土地诸神，每年村民从东到西有三户人家轮流做"花头"。所谓"花头"者，即当年主要负责为村里社火、演戏等采办材料，安置诸神牌位等事。牌位敬奉在三家中屋子较多且相对隐秘的人家，不能让大队、公社干部知悉，其他收攒钱物、准备木柴、收购棉花（做蜡烛用）、购买矿蜡、整理戏服、搭建戏台、烧水备茶等工作，皆由此三家人为主办。各家各户还要按人头公摊一些钱物，每人平均三五毛钱，各家再提供些煤油、棉花、清油、木柴等，用于浇灌蜡烛及演戏期间所需，由花头背着背篼拎着油葫芦去各家收来。

　　社火主要是耍狮子、跑灯和唱社火曲儿。狮子的身子是用大麻编成，年深日久，已成快褪光毛的老狮子了。狮头只有个架子，每年在上面再贴得花花绿绿，由两个壮年男子穿戴装扮，便威风八面。初时有两只狮子，后来因为买不起大麻扎狮身，就只剩一只；再后来等我们的戏唱得正红的时候，干脆就不耍狮子了。

　　每家都有一把跑灯，灯为四方倒梯形，用一根可拳握、二尺长的木杆穿撑在灯上，四面用白纸糊好，上面或书"毛主席万岁""农业学大寨"等字，或贴牡丹、石榴、人物红绿剪纸，蜡烛衬映，华灯昏明，好看至极。

　　初四五日，社火先出。这天中午，在锣鼓狮子西瓜灯带领下，到各家各户巡游。狮子在各家门口讨要吉祥，主家就将油饼、馒头等放入狮口，再由装扮狮子的人传入后面专人负责的背篼中，等戏场开了就是演员们的夜宵。有两三个年轻人，锅墨抹脸，将自己遮盖得严严实实，手提装满了草木灰的篮子，隐身在后，遇到年轻媳妇或同龄人，尤其是漂亮女娃子，就抓一把往人家脸上新衣裳上乱打乱撒，被追撒者连喊带叫，但不能动怒，则亦有吉利意也。

　　到了晚上，在锣鼓引领下，耍狮人引领狮子在前，二十来把纸灯的灯队在后，从村子东边先迎了神，然后从庄头家起，挨家敬神祭祖，以祈来年神鬼不侵，五谷丰登。队伍进门，家长焚香烧纸，磕头跪迎，灯队亦跪，一跪一兴，跪拜如仪。狮子简单跳跃，绣球翻飞，然后灯队中闪出或二三人，或五六人，在院子中间扭动舞步，开始就唱曲儿，皆是吉利富贵之语。如：

　　　　进的门，往上观，这是一家老富汉。
　　　　银子多来钱儿广，一股子银水往里淌。

　　然后锣鼓齐鸣，咚咚锵锵，众人欢呼，好像真有一股银水淌进了这家似的。全村各家拜到了，最后集中到敬奉诸神牌位的花头家，复一跪一兴，唱曲毕了，第一晚的社火即告结束，已是乙夜十分了。

　　自第二日起，即转至学堂院中。先在院子中间燃起旺火，烤鼓醒锣。大鼓口径三尺有余，先烤鼓圈，再烤鼓面，牛皮紧起，嘭嘭咚咚，脆响如雷。舞狮子时，引领人要会点拳术，动作麻利，身形漂亮，手持西瓜灯，犹如绣球，两只狮子，随灯做出各种动作，转踏摆摇，飘忽无定，观看老幼，无不喝彩。农民腿脚僵硬，又无武术功底，也没练过舞狮，两个舞狮人经常不合拍，你往前跳，他往后蹦，就会一个把另一个拽倒，观众看到真人，就喊着名字嘲笑，一场哄闹，喜乐无极。

　　再下来是跑灯。观众尽量贴墙边站立，腾出最大的场地来；原来是在学堂院子里，因为太小曾经一度转入生产队的大场中，包产到户以来，大场被分成数块，就跑不成了。跑灯就像打仗，二十几把灯，人各持一把，初由一人持西瓜灯引领，或走直线，或绕圈形，或贴边疾进，或直插中路，此为登山渡水，行伍行军；继而分做两队，迎头相向，如结草绳，交叉换位而行，此为结阵扎寨，以竖篱笆也；再时疾时徐，时走时停，此观察料度，准备迎敌也；再两队分离，变换队形，健步如飞，队形纷乱，此则两国交兵，捉对厮杀也；最终复成一队，由远而近，由外而内，急促飞行，绕数圈后，在圈心合围，在灯头率领下，举灯高呼"吆吆！"喻敌人大败，欢庆战功也。相传此为诸葛亮之八阵图，引领灯头，祖辈相传。时数九寒天，滴水成冰，初跑时众人身冻手僵，跑灯结束，则个个头顶冒汗，周身暖和矣。

　　唱的社火曲，也是古老相传，有《迎神曲》《绣荷包》《五更盘道》等。《绣荷包》欢愉乐怀，其词曰：

> 初一到十五，十五的月儿高。
> 春风儿摆动了，杨呀么杨柳儿梢。
> ……

而《五更盘道》则为悲苦之声，传说此为秦始皇将儒生填埋后，下令架牛拉着石碾子在上面反复碾平，碾场人当时唱的曲子，后演变为货郎子做生意之词。其曰：

> 一更里思想好作难，手儿里无本力又单。
> 清早间出了门山路间转，眼看着日呀么日落了西山。
> ……

到了正月十五日，晚上"倒灯"（故意把灯纸捅破）以后，有"燎山""烧高山"之俗。大家举着灯从村子山顶东头往西头进发，有人专门举着扎好的长火把，里面包裹一些莜麦面，以便燃烧更旺，一路引燎枯草，山火夜明，焰升天空，一路狂呼大叫"吆吆——吆吆——"，以驱鬼禳灾，顺和四季。又传为刘伯温见西北有王气，遂出此策，火烧龙脉，北人无知，代代相传，故文脉断绝，日渐式微也。

元宵夜也是煮下水啃猪头的日子。如果当晚瑞雪飘飞，则意味着"正月十五雪打灯，今年的庄农满收成"。穷年已过，欢愉有时，焦苦劳作，复望望将至矣。

前述耍狮子、跑灯、唱社火曲儿，算是暖场。到了正月初六日，

碾场用的石碾子，也叫作碌碡，牛拉而行

正式大戏才拉开帷幕。唱戏始于 50 年代，最繁盛的是 70 年代至 90
年代 20 余年，这期间又分两个段落：一个是 70 年代父辈为主角的时
段，一个是 80 年代我们这辈人挑大梁的时段。

　　戏场最初时搭建在学堂屋里，用各家老人的棺材板，以及卸下
来的门板、椽子搭架铺垫而成，半个身位高低；因为搭得不结实，演
员或踩在缝里，或踏塌木板掉下去，动辄伤人，危险至极。台前拉上
一条条缀结在一起的晒粮单子，就成了幕布。

　　80 年代初，规模有所扩大，戏台建在学堂东头露天，且用土台
夯实，有了两道从两侧拉合的幕布，才有点大戏台的样子，再也不用
担心踩空木板伤人了。村里有两盏气灯，有专人负责打气添油。这灯
极难伺候，经常要么不亮，要么风稍一吹，纱罩一破，灯就灭了，所
以有时候得把蜡烛插在台上四周，昏黑暗亮地唱戏。直到村里拉上了

20 世纪 90 年代建的戏台，比我们当年高级许多

电，这才有了电灯，那可就明亮堂皇多了。

漆家山唱戏，道具非常简单，一面铜锣，一面小锣，两面小鼓，两把板胡，一把二胡，又敲又拉，哇啦乱响，乐器就齐备了。我们这些小字号的，为了能够晚上待在戏台上，晚饭没吃完就赶紧去戏场，抢只小锣站在台上，表示我也是打锣的，这样就不会被赶下台去，那天晚上可真是相当拉风露脸了。

唱戏的戏服，样板戏的服装比较简单，多是八路军、新四军和日本鬼子的军装，也不怎么分得清楚，领章帽徽有时就剪一小块红纸，贴在上面，或者用红颜料染一下；能穿全身一套戏服的，基本也就是主演，大多数演员能穿一件戏服就不错了。后来古装剧开禁，戏服购置不起，基本上都是由漆润江（太爷老师）根据县剧团的服装样子做的。他自己设计画图，用各色颜料绘制龙袍莽袍，令旗扎靠，花冠凤

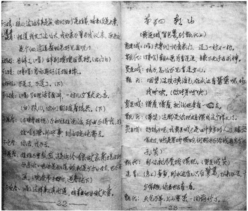

我初一时抄的秦腔《三滴血》剧本（漆小平收藏）

簪，夜来穿戴上身，花翅乱颤，熠熠生辉。

70年代全国人民看电影、演戏基本上都是样板戏，如《红灯记》《智取威虎山》《沙家浜》《海港》《奇袭白虎团》《红色娘子军》《白毛女》等。漆家山演戏，最拿手的是《红灯记》和《智取威虎山》，《沙家浜》与《海港》偶尔唱唱折子戏。还有《梁秋燕》《李双双》也唱得比较多，因为是眉户剧，所以也更擅长些。但后来眉户剧也成了毒草，就不让唱了。

打倒"四人帮"，古装戏解禁，漆家山传下来的剧本极少，队里派了我去庄下门抄剧本，他们是从县剧团抄来的；当时可以一天记10个工分，这是一个重劳力的满分工分，让我备感荣光。我们或抄或买，就有了《十五贯》《三滴血》《游龟山》《劈山救母》《铡美案》《赵飞搬兵》（《升官图》）、《大登殿》（《五典坡》）、《辕门斩子》《拾玉镯》《柜中缘》《拾黄金》《黑叮本》（《二进宫》），眉户剧《屠夫状元》《花

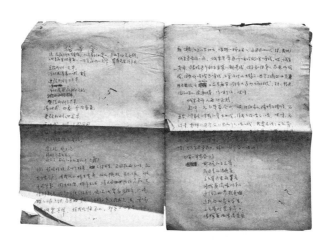

我当年凭记忆编写的秦腔剧本《拾黄金》（漆小平收藏）

亭相会》《杀狗劝妻》《小姑贤》《卷席筒》等剧本，个别还是上世纪50年代出版的，都是繁体字呢。当时紫石大队十个生产队，只有紫石沟、庄下门和漆家山三队唱戏，相互不服，各胜其场。比如说漆家山擅唱文戏，庄下门擅唱武戏，紫石沟是大队所在地，当然从戏台到服装，那就要更上一个档次了。

　　腊月是农闲时节，所有正月大戏中有演出任务的演员，可以不干农活，都来学堂"拉角子"（排练），而且还记工分。唱戏是为敬神，所以不允许有女性演员，以渎神灵，所有角色都由男性承担。农民十个有九个不识一字，所以台词都得死记，我们这些小学生也会到场，负责给大人们教词。太爷老师和会计高爸爸是导演，尤其是太爷老师还集主演、明星、导演、化装于一身，是村里大戏的主心骨。老师咬着舌头拽着演员，反复演示说解，如何走路，如何使身段，如何唱词儿，十遍八遍，终是不解，他气得火冒，就骂"还不如给猪教经"。

他既是权威，又是长辈，大家也不生气，呵呵乐着任由他骂来喝去。

由一群目不识丁、说着漆家山土话的农民演革命现代京剧，你可以想象会出什么奇葩滑稽的效果。首先，敲锣、打鼓、拉胡琴、打竹板的是完全不通音理的农民，他们甚至没看过一场京剧，只是偶尔看过电影，就学着胡拉乱敲，基本上是演社火跑灯的节奏，有点像现如今城市广场大妈舞的敲鼓声。演员上台后，念白乃漆家山土语，唱腔介于京剧、秦腔、眉户和花儿之间，是一种漆家山"四不像花调"，可谓独创的剧种。可惜那时没有录像，如果能录下来，不仅是生动活泼的农村文化史影像，说不定还能成网红呐。

无论是唱全本还是折子戏，都不会很顺畅，因为演员经常会忘词儿。比如《海港》中的韩小强有两句台词："我要是早生二十年，也会用它打工头、打美帝强盗。"一个演员我白天教他几十遍，记得清清楚楚，可晚上登台一紧张就又全忘了。

我从小学时候起就负责在台上幕布后盯词，如果演员在台上忘词了，就会想办法转到靠幕一侧，我就小声提醒他唱什么词儿；演员本来就词不熟，又非常紧张，所以说几遍也听不清楚，急了就会脱口而出嚷嚷"大声点大声点"，可台下的小朋友已经听得非常清楚，就会边起哄边把词儿说出来，惹得观众一阵哄闹。

有时还会说乱串了词儿，本来是《红灯记》，演员就会突然来句《智取威虎山》的台词，让下一个人接不上来。演员急了还会瞎编词儿。比如演《大登殿》，王宝钏"绣球择婿"一场，有甲、乙、丙、丁四个无赖子上场，各有一句念白，分别是"二月二日龙抬头（甲），王三姑娘上彩楼（乙），但愿绣球到我手（丙），要学那卷毛狮子滚绣球（丁）"。但演员上来，第一个的词儿是对的，后面就全不对了，成了

"二月二日龙抬头，王三姑娘嫁干部，我给娃子抢绣球，他家狼狗叼走了"。满场皆欢，无法再唱，老师在后台断喝：滚下来！台下起哄：胡编词了，胡编词了。噢噢！

又如座山雕和杨子荣对暗号，"天王盖地虎"，后句应是"宝塔镇河妖"，却对的是"我来捉个妖"。《柜中缘》里的许钱氏一出场，开场白："小女今年十六春，日拈彩线弄金针。说与富家她不愿，只愿配个读书人。"演员上来，头两句还记着，到了后两句就变成"嫁个地主她不愿，一心要嫁庄农人"。每次错词儿，台下都是一场哄闹，戏外戏，可比戏里戏更有趣好玩也。

因为要给演员不断提醒台词，加上我又无书可读，对剧本竟然痴迷般热爱，于是村里演的剧本我都能背诵；等我能穿起戏服，上台开始演戏的时候，我们这帮中学生、小学生的优势就显露出来了。我们识字的唱一句，然后悄声给后面唱的人说一句，比如演《黑叮本》，我扮演的是杨波、李彦妃、李良、徐彦昭的台词，全都要我给他们提着。如果说我多少有点文学素养的话，那就是这些剧本给我打下了最初的基础，而且那时就已经接触到了繁体字。

早期漆家山的戏，以《红灯记》最为主打，主要角色有铁梅（漆润江）、李奶奶（高尕老大）、李玉和（漆双禄）、鸠山（漆如镜）、磨刀人（漆三娃）等，可谓阵容强大。太爷老师演女主角，有铁梅、阿庆嫂、梁秋燕、李双双等。他演的铁梅，从扮相、形体、唱腔到台步都极具明星风范；当他手擎红灯，咬着辫子，在一串急切的剪刀步后，走到台口中间，一字一顿地吐出"咬住仇，咬住恨，嚼碎仇恨强咽下，仇恨入心要发芽"时，我们便感到周身的紧张，握着拳头，咬牙切齿，阶级仇民族恨在胸中冉冉升起。革命教育，大获成功！

板胡教材，我的音乐启蒙书

到了古装戏开禁，介于太爷老师和我们之间的"五〇后"，如漆秉祯（李慧娘）、漆驴娃（李三娘）、漆维成（刘彦昌、包拯）、漆大大（油葫芦）、漆孖口（王桂英）、漆孟老（孙悟空、穆瓜）、漆胡娃（二郎神）等，和太爷老师们一起，演得悲欢离泣，大起大落，文唱武打，可谓盛极一时。

从小学时代起，我和早来、金德、四娃、富平、碌碡、小平、小龙、三娃、等生等一茬儿七八岁的孩子，就跟着大人从小八路、新四军、匪兵甲、小鬼子、小猴子、英哥、冬妹、小李晚春、小沉香等演起，到逐渐替代太爷一代。这批人都是中小学生，能识字，记性强，对演戏有兴趣，甚至可以说是热爱，学起来也像模像样，十四五岁时我们就已经成主角了。

按照太爷老师的意思，我应该是演李晚春等小生的路子，但我不喜欢演白面书生，而一方面特别喜欢拉板胡，一方面喜欢演丑角。上了高中，县剧团就在一中对面，我们经常偷摸进剧场看戏。我一般会坐在左前方，当看到幕侧拉板胡的演奏者摇头晃脑沉浸其中时，就羡慕得不得了；平生最喜欢音乐和体育，玩过板胡、小提琴、口琴、小号等，尤其板胡和小号一直玩到大学，可惜没有一样玩通玩好的，这也是我一生之憾事也。

太爷们日渐淡出，我们就成了导演、主角、编剧，除了白面书生外，我专门挑丑角演，先后演过丑角如娄阿鼠（《十五贯》）、穆瓜（《辕门斩子》）、淘气（《柜中缘》）、胡三（《屠夫状元》）、曹庄（《杀狗劝妻》）、张苍（《卷席筒》）、胡来（《拾黄金》）、赵飞（《赵飞搬兵》）等，娄阿鼠、穆瓜等没几句话儿，很不过瘾。当时在县剧团看了《赵飞搬兵》，实在是喜欢至极，连看三遍，回家后就自己又蒙又编，靠记忆编出一个剧本来，再把《二进宫》等折子戏嵌进来，就成了全本。我一人演好几个角色，大获成功，远近闻名矣。

大戏从初六开演，一直要唱到十五，连演十日，这是漆家山过年最隆重的文娱活动。远近村子，携幼扶老，四邻八亲，皆来观看。每到晚上，戏台下人头攒动，热闹非凡；男女老少，都穿得体面，媳妇女娃子们，更是新衣头巾，打扮俊美，雪花膏儿，涂抹一新。台上吼得来劲时，台下一片叫好；台上"刘彦昌哭得两泪汪"，台下也攒眉愁忧；台上李慧娘游湖闹鬼，台下掩眉惊怵不敢睁眼；台上淘气儿打妹子，台下笑呵呵乱指点。数九寒天，雪花飞飘，观众冻得耳朵脚跟发疼，哈着气儿坚持，一场戏散，顶风踏雪，笑笑说说，满意而归。

十五晚上是收场，演两个折子戏。最后是《天官赐福》，由一位装扮成天官，净说些吉利词儿，以祝愿漆家山"老的眼明耳亮，小的脚轻手快；空手出门，满载归家；骒马成对，牛羊成双；厉恶不兴，全村清洁。由本神将诸小巫恶鬼，一袍袖带上天空"。台上台下，众人俯地而跪，随着演员挥袖同喊"将诸小巫恶鬼，一袍袖带上天空"。于是，人神皆喜，妖氛尽扫，全村老少，极欢而散也。

我上大学后，离开村子，头几年我回去还演出，或者是拉板胡助兴。到后来回去得越来越少，往往大年初四戏场未开，就不得已离家外出，既不能看，也不能演，后来有些戏他们就不再唱了。

我们当年唱过的秦腔剧本（漆小平收藏）

戏台在学堂屋里时，演员扮戏的后台就在狭小的草料棚里，是临时腾出来供使用的；后来戏台在外，后台就在学堂屋内，相对宽敞多了。两三条长桌子，上面摆几盒各色的油彩，就是化装台了。演员先在脸上轻轻抹一层食用清油，卸妆时便容易洗干净。有经验的演员就自己勾脸涂眉，没经验的请稍懂行的给化装，几支秃毛笔，甚至小竹条上缠点棉花，就左勾右抹开了。戏服、纱帽、胡须、刀枪棍棒，都挂在周边墙上，随需穿取。地上架着火盆，燃着旺火，烧着开水，煮上茶叶，里面再扔进去几颗红枣儿，七八只茶杯小碗儿，也不分你我，谁在歇台的时候就抓紧喝几口，既暖身子，又有润嗓功效，已然极高级了。

后台屋内本就烟熏火燎，再加上劣质烟卷的味儿弥漫室内，就更是呛鼻辣眼。雪天寒冻，老人小娃儿，有时也挤进来围着火膛，烤烤脚，暖暖手，喝杯热茶，拉拉家常，人太多时，花头便来轰赶，以便演员活动。到演出结束，几个脸盆儿掺上热水，大伙洗去脸上的油彩；几条脏毛巾，已然不辨颜色，你牵一头，我拉一头，胡乱擦几把，就算卸妆了。大伙儿再抽几口烟，吃一两口馍，喝两口茶，就虔诚佛喜地归家了。小娃子们好不容易上台演一回小猴子，就故意在脸上留一点油彩，第二天行在村中，高扬着脸表示自己是演员呐。

村里唱戏原始的目的是敬神，90 年代以来，虽然村中修建了大庙，重塑了泥胎，但学了文化走进城市打工的年轻人，早已不像父祖辈那样虔诚，他们知道神救不了他们，神不可能给他们建房、贷款、娶媳妇儿；唱戏也不像我们那样喜欢，那样认真，那样卖力地表演，戏也就慢慢地唱得不好，看的人也就少了。村里通电以后，电视逐渐普及，村戏的原始落后，与电视中的诱惑时髦，根本无法抗衡。戏虽然还照常开，但大家既不排练，也不对词，去绕个转场，演一个折子戏，就草草收场了。场下也没几个人看戏，大人孩子的眼睛，都盯着电视屏幕，给本已衰微的村戏以最后的一击，又一个时代落寞而去矣！

我每次回到村里，总要去学堂院子里一个人坐坐，清清静静，点上一根香烟，看着已经斑驳残破的戏台，屏息呼气，侧着耳朵，闭上眼睛，静下心思，仿佛就能闻到蜡烛、煤油、火药和油彩的味道，听到七齐八不齐的锣声鼓点和聒耳的板胡声，看到屋里旺旺的炉火和煮起泡沫的茶水，看到台下踮脚张望的稚童、幕侧盯着剧本喊词的小学生、台上可劲儿献丑取乐的赵飞。这是我家乡的味道，故园的乡声，更是我的过去、现在甚至未来。

我非常怀念20世纪80年代前期的中国，80年代的农村，80年代的自己。那是一个欢乐的时代，一个向上的时代，一个充满希望的时代！

纳礼说媒谋喜事，好生侍候盼婚期

——漆家山 50 年婚娶谐趣之一

女娲娠人，周公制礼，《易》之下经，以《咸》为始。所谓"天地氤氲，万物化醇；男女构精，万物化生"。夫妇之际，人道之大伦。漆家山虽地僻民贫，然婚媾孕育，接代传宗，承继家门，乃首要至重之事也。

自《梁秋燕》的热演与新婚姻法的公布，"看了梁秋燕，婚姻不包办"，人尽皆知；但对于漆家山人来说，天恩未洽，仍是老套。六七十年代，无自由恋爱，如果谁家女娃子和哪个汉子勾眉搭眼，那就是伤风败俗，万人唾骂，父母兄弟都无法在人前抬头，被人背后戳戳点点"跟人婆""嫁汉的""背后沟里的"，以示恶意和轻蔑。

我在统计漆家山婚嫁人口时说过，村里的婚娶对象，基本上围绕周边任家门、庄下门、紫石沟、牟家门、杠醋湾等村寻觅，毫不夸张地说村村都是亲戚，是你中有我我中有你的血缘关系，平常见面不是姨父就是舅舅，姑舅亲、姨舅亲、换头亲也很常见，即便偶尔双方打架，过年还得去走亲戚磕头拜年的。

　　家中女娃子到了十二三岁甚至更小，就会不断有人上门或明示、或暗示，说某村某家不错，门风好，人缘好，家中有瓦房，有农具，有面柜，有大门，男娃子人实诚，能种地，能打柴，会算账；反过来说到女方，就会说家中负担轻，父母人瓷实，不挑事，女娃子人贤惠，知孝敬，会做饭，会纳鞋底，会擀长面，会过日子。这是五六十年代的标准，水涨船高，越往后来，从人品家产到家具嫁妆，就要求越来越高了。

　　因为各村都是亲戚，谁家好谁家歹，谁家殷实谁家贫迫，谁家娃子乖实谁家刁蛮，谁家父母和善谁家难缠，大家都心知肚明，所以媒人在很多时候，只是起象征性的作用。如果双方父母看上眼，女娃子也不表示强烈反对，这门亲事就该进入正式程序了。

　　先是要定亲。男女双方的属相，是相配还是相克，已早算清楚了，选个黄道吉日，男方带四色礼当如烟酒糖糕等，拎两只鸡，本来应该是鹅，农村不养此物就以鸡代替。女方会将外爷、舅舅以及同族长辈都请来喝定亲酒，男方要逐一向长辈敬酒。酒喝几盅后，媒人问女方亲戚父母，女方表个态同意，这门亲事就算定了。

　　双方订婚以后，就以儿女亲家相称往来，女方家有大情小事，男方必须无条件从财力与人力方面资助，体谅男方者适可而止，如果女方欲壑难填，男方就怎么做也不合心意，这亲事也就别别扭扭，时好时坏；但迫于舆论压力，哪头也不好意思说毁婚，尤其是男方打死也不敢吐这样的话，否则女方立马变脸。这时候做媒的可就苦了，男方抱怨女方太贪，女方怪嗔男方太抠，媒人两头说好话，两头不讨好，也有中间换了媒人继续受夹板气的。

　　男女双方到十七八岁二十来岁，就该谈婚论嫁了。男方要备彩礼钱，从早期的数十元到现在的三五万、七八万或者更多不等；男方要修盖新房，最好是独门独院，和老人兄弟分开；新式家具，要一应俱全；要为女方购置若干套四季服装。这样下来，就得十几到二十万的样子，这一切备齐，对男方来说是要掉一层皮要一场命的事儿。

在早期悔婚是绝不允许的。我记得老院里漆翻花，当时许配给任家门任球儿，球儿在炮点房失火、炸药爆炸时容颜俱毁（就是我前面提到过烧伤的二位中的一位）。翻花眼见未婚夫烧成这样，当然就不愿意出嫁，这要在今天，就是热恋中的情侣，十之八九也要分手，大家也会理解，没有人说女方有错。我记得当时议婚时，任家门队长带着球儿父亲等一帮人，来到翻花家里，我们一帮小孩子在窗下院角听热闹。翻花哭着嚷嚷不愿嫁，被她父亲"狗吃的狗吃的"厉声痛骂，我们吓得不敢喘气儿，最后翻花只好嫁到任家门去了。好在嫁后夫妻相敬，子孙长成，他们好像搬家到其他村去了，现在也已垂垂老矣，愿他们安好！

但 80 年代以来，订婚后悔婚就成了家常便饭。若男方悔婚，一般情况下所送财物多是收不回来；若女方悔婚，则折钱退赔，吵吵闹闹，可忙坏了保媒的。今天出门打工的女娃子，多通过自由恋爱远嫁全国，真是替她们高兴，但她们所嫁也多是农民，希望她们幸福、康乐、平安！

骑马盖头山路绕，唢呐声里娶新娘

——漆家山 50 年婚娶谐趣之二

　　在男女婚前的头半年甚至几年里，男方就开始备礼钱、修房子、积烧柴、存粮食、置家具等，媒人这时候要忙一阵子，就像两国谈判，双方榷商彩礼诸般。男方和媒人商量一个能接受的底线，到女方家中探口气，多数女方还是通情达理的，不会胡乱要价，因为女儿嫁过去还是要过日子的，不能逼死人呀。但也有不少的女方父母觉得，这是最后一次要威风，不把男方榨个底儿朝天是不放手的。第一次谈判往往女方漫天要价，男方就地还钱，自然说不到一起。媒人两边穿梭，鞋底跑穿，最后谈出个双方能接受的价钱，此事就算成交。然后就开始找人算喜吉日子，结婚仪式就紧锣密鼓地开始筹备了。

　　农家结婚，虽清贫如洗，但也是百般热闹，红红火火。70 年代绝大多数家庭没什么"新房"，或者凑合搭间草房，或者在老房中挪腾出一间来，修补一下门窗，将窗子用红绿各色纸贴了，再贴上喜联，就喜气充盈了。喜联当然都是毛主席诗词，如"虎踞龙盘今胜昔，天翻地覆慨而慷""红军不怕远征难，万水千山只等闲"等。一般都会

一对镶边嵌锁的箱子，在当年显得非常高档（郭强 提供）

盘个新炕，烧热烘干，铺张新席子，在炕头挂个红绒单子，那可就讲究透顶了。

办喜事前，女方要来"看房子"，其实男方家里有几根筷子，都知根知底，没什么好看的，走个过场而已，一般不会刁难；但也有看完临走，扔下一句没这个没那个就别想娶之类的话儿，那并不意味着女娃子要变卦，而是女方嫌彩礼钱太少。媒人听罢，闻风而动，一番好言香语，再稍微搭高点儿礼钱，也就是了。

彼时结婚的家具，不兴什么大衣柜、小衣柜、梳妆台，兴的是一对木箱子，四五尺长，二尺来的宽高，用红油漆漆过，就已经相当高级；如果再能画上几枝石榴，两朵牡丹，配一把西洋锁儿，那可就是顶配了。就这么一对箱子，也是极其难得的，多数人家用杨树木板来做，两三年后就缩翘变形、裂缝开洞了。

三面新的被子（网络）

　　新郎官儿如果有一身的毛蓝布衣服，就已经很好；女方一般会穿红绒衣、绿裤子、花头巾，像是梁秋燕一般俏丽。新娘子两根辫子梳得油乌发亮，脸上让有经验的老太太用红纸给染点胭脂模样，嘴上叼根绳子勒勒脸儿，就娇嫩水灵、百媚千艳了。

　　被子床褥，最讲究人家是"三面新"的被子，就是新面子、新棉花、新里子。但能做到的人家也极少，因为光棉花就买不到，多是旧棉花拆补，旧里子洗洗，有一条新面子就相当好了。如果有两条绒单，一条晴纶的毯子，那可是照天的晃亮闪眼了。

　　细心人家，结婚前早就已经请邻居拾柴磨面，称菜换油，将各色需要的用品准备齐全了。结婚一般要两天，头天叫"代劳"，至亲近邻都来帮忙，双方主家准备招待来客各色吃食，如煮蕨菜、洋芋、萝卜、白菜等，蒸馍馍，支锅借碗，搭棚起架，打扫房屋，担水劈柴，热热闹闹，兴高采烈。虽然穷家焦苦，但毕竟是儿女结婚大事，转挪借腾，都要给四方亲邻弄碗儿菜粥喝。困难时期一般是打两瓶散酒，给送亲的女方亲属喝两杯行行规矩；香烟我记得 70 年代有"双鹿""双羊"等牌子，五分钱一包，全是烟梗儿，点着不吸就灭了，抽一口能呛得你半天喘不过气儿。

男方的高级箱子和被褥衣物，在头两天要从男方家背到女方家去，结婚当天再背回来。城里人休要笑话乡里人，兹事体大，这点儿宝贝要两家都放在院子中间显摆，让大家看看这场婚礼是如何的隆重奢华，男方是如何的金贵富裕，老婆婆小媳妇儿就会这儿摸摸，那头捏捏，不住地连口称赞，啧啧惊呼；如果枕头上的花儿绣得粗粗歪歪不成样儿，那说明新媳妇儿的女红可不怎么的。

背箱子是件苦差事，因为既不好背，还怕磕碰把漆给擦掉了，那可既晦气又心疼，所以得找诚实可靠的年轻人，用破布单子或破衣服给包好了，再用绳子捆上，经过漆家山的坡陡山路，背到新娘的娘家村里。到了结婚当日，要在迎亲队伍前头，把箱子什物再背回来，所以背箱子的人一定要伺候好吃饱了，不然背到半道可就没力气了。

在旧社会娶亲是用轿子将新媳妇抬回来，但新社会除旧布新，不允许抬轿，于是农村改革，在我们当地用马匹代替（"文革"期间一度马也不让用）。这马匹的选择是极其严格又讲究的：要下过马驹的骡马，以讨吉利，表示女孩子嫁过来后，很快就会生育。而且这马还得要乖，不踢人咬人的，如果一响鞭炮就容易惊吓，乱踢乱咬，那可不能用。有时一个村里找这样的三匹马不好找，往往会去邻村借马。男方家去两匹马，一匹接新娘子，一匹驮男方家的伴娘，在当地叫"娶送"，女方送新娘时也有一匹马骑女方的"娶送"。这两个"娶送"

漆家山"媳妇崖"，像娶亲时骑着马的"新娘"和"娶送"

也有严格的条件：一是和新媳妇儿同辈，一是生过孩子的年轻母亲，也寓意早生贵子也。

娶亲当日，婆家娶送骑马在前引路，新媳妇儿盖着红盖头骑马在中间，娘家娶送的马在后送行，有人牵马，有人扶护，后面跟着浩荡的送亲队伍，马铃脆响，唢呐声声，一路欢悦，沿山路盘桓而行。但经常发生意外，娘家人希望婆家的娶送掉下马来，婆家人希望娘家的娶送摔个跟斗，大家都不怀好意地期待着发生点儿什么。

农村女性平常不惯骑马，而专门供人用的骑鞍是很不好找的，骑鞍前后凸起，人骑在上面夹在中间，那就十分稳当。而农民常用的是驮鞍，前后无挡头，再在上面铺条花被子，人骑在马上就很难控制，要是和马走路的节奏不相合，很容易掉下马来。如果送亲时娶送摔下马，就会成大家取乐的笑话，够方圆几个村子的人谈笑一年半载的；要是新媳妇儿掉下来，可就丢人丢大了，也不吉利。记得有一次我也在送亲队伍中，在一个小下坡，马习惯性地俯身往下颠儿颠儿地小跑，不幸的是刚好把新媳妇儿给摔下马，滚落在旁边的荞麦地里，本来新媳妇儿正在马上泣泣诉诉地假哭，这下摔疼了，再扶上马，一路摸着屁股呜呜咽咽可是真哭，双方都尴尬极了。

鸣炮披红贵客至，山茶疏粥敬亲朋

——漆家山 50 年婚娶谐趣之三

结婚这天是大喜的日子，要掐着新郎新娘生辰八字算良辰吉时，运气不好的，也会遇上风雨交加或鹅毛大雪的时候，但无论如何喜事不能耽误，得照常举行。一则喜日难逢，二来愆期可不是什么好兆头，所以一般是不挪日子的。

新郎官儿家，大清早摆上香案，献上祭饭香钱，磕头拜祖，祷祝告庆，然后迎亲队伍穿戴一新，早早出发，去的人数必须是单数，回来算上新媳妇儿就是双数了。

女方家里最忙的就是上午，也要祭祖磕头。新娘子收拾停当，出家前要吃离娘面，娘哭得稀里哗啦，新人半泣半喜，但因为古传要滴几滴"离娘泪"，所以就是不愿哭，也要抹点哈喇子抽抽泣泣做做样子。

等男方人马到了，亲戚们接在正房招待，新郎官儿磕头下跪，敬酒献茶，各件礼仪毕了，拿个二毛五角的，将新娘子的闺房门骗开了，新人盖上盖头，由舅舅、姑父等长辈背出来扶上马，一声炮响，唢呐

金德爷和他的唢呐（漆金德　拍摄）

呜咽，吹一支离娘曲，全村老少，皆来送行，迎亲的送亲的合成一队
人马，离了村子，渐行渐远，浩荡而去，女方家的亲戚乡邻们，也就
慢慢散了。等到下午，女方家恭喜的亲戚们也基本上走光了，就剩下
失落的父母，心中空落落的。

　　迎亲队伍到了男方村头，也是火炮齐鸣，村口道边，人头攒动，
到了新郎家大门口，唢呐可劲儿吹"喜相逢"。两个婆送接下马来，
和送亲队伍另行好吃好喝招待；主家坐不下，往往邻居家也打扫净洁，
专门用来招呼至亲远客，送亲的伺候不周，一旦发起脾气，小舅子会
生梗子，可不能马虎了。

　　新媳妇儿还在马上，怀中抱个四五岁的小侄儿，旁边就有人给
娃子手里塞钱，新娘头顶盖头看不到，娃子就会悄声说："姑姑！五
分钱。"新媳妇不吭声，双手紧扣不松手，就只好再给钱，给到一元

农村新式婚礼（拍摄于骆家沟）

左右，才放手让人把娃儿抱下。如果女方仍不松手，就得继续给，也有狠角色就把娃给活生生拽下来的。马的一侧放条长凳，下面铺点红布以示地毯之意，新郎官儿（或长辈）将小娘子抱下来，这时脚千万不能踩到实地上，否则不吉利。新媳妇儿被抱到新房安歇，这婆亲过程就算是新吉和喜地完成了。新房里全是女眷伺候，嘘寒问暖，男性除小娃子，成年人是不允许入内的。

从上午开始，新郎官儿家里就亲朋不断，敞亮处支一小桌，事先订好一个小本子，用红纸条上书"喜礼帖子"，有专人持笔坐在桌旁，收记亲朋礼钱吉物。最隆重的是外家舅舅之类的亲戚，持两条被面，一篮喜馍，成群结队，举族来庆，大门口鸣炮相迎，唢呐声声，新郎跪接，被面斜扛在身上称"披红"，像斜挎的绶带，左右交叉，亲戚多的，新郎就被披成了狗熊，披红越多越好，以示亲戚阔绰与人气旺盛也。

亲朋送礼有重有轻，有钱有物。70年代，百姓穷困，搭礼一毛、二毛都算正常，五毛以上就算至亲，一元、两元可就是重礼，必是吃公粮的耍阔；送物的有被面、脸盆、手巾、帽子等，都摆在院里，供人啧啧，偶尔疏忽也会被人顺走一顶帽子。一场喜事办下来，也就收个二三十元、十来顶帽子、三两条被面，这已经算是豪华厚重了。

除了收礼的，还有两位重要人物就是"提礼"，也叫"宾爷"，是负责当天各项活动的"主持人"；主家手忙脚乱，顾不过来，也不好使东骂西，一切大小事务，就全靠这两个人来张罗，一般都是村中威望较高会办事的人承担。无论何方亲朋，来了先磕头拜祖，讲究的还要给炕上长辈磕头；年长重要的亲朋，请入上房招待。院子里摆上几张桌子，磕头毕了，马上就会有人敬上一根点不着的劣烟，煮上苦茶端来，熟了一锅粥汤，便招呼张罗亲朋入座，喝碗菜粥，吃块苞谷面饼，用袖子擦擦嘴，这"门事"就算行过了。闲人们坐在不挡人处凑一堆儿谝传，活忙的就告辞下地去了，也有没吃饱的"二五眼"，瞅空子再坐一桌，补两碗粥把肚子给安稳妥帖了，才鼓腹而归。

最辛苦的是吹唢呐的。亲朋一到，无论一人两人还是成群结队，只要有人来磕头，就得吹起，所以有人专门侍奉，烧水煮茶，递烟端饭，如果伺候不好，唢呐会在节骨眼儿上"坏了"，可就吹不响了。

到了傍晚日落，亲戚们该来的都来了，该走的也都走了。这时男女双方才要拜天地、拜公婆、夫妻拜、入洞房。对于年轻人来说，前面的程序都不感兴趣，最火急火燎的就是——闹洞房。

新郎、新娘入洞房后，还有一项手续要走，那就是"扫炕"。有个长辈（多数为女性），拿一把新笤帚，新郎、新娘坐在炕上，老婆婆撒点核桃、红枣等物，四角扫来扫去，念念有词，如"双双核桃双双枣，生的娃儿满炕跑""炕上放着一页砖，养的娃娃做高官""炕上放着一颗米，养的娃娃心疼得美""会爬了，会走了，他妈肚里又有了""核桃多，枣儿少；儿子多，女儿少""核桃枣儿平着来，儿子女儿匀着来"等，无非早生贵子之类。还没等唠叨完，炕下的年轻人便抢了核桃枣儿，把老太太赶下炕去；新郎官儿在扫炕结束的瞬间，就会弃炕抢步，夺门跳窗，逃遁而去，一旦逮着，那可就惨了。于是人马分成两路：一路搜村寻户找新郎，新郎官儿有时候可怜地躲在牛羊圈里；另一路可就在新房闹腾开了。

　　新婚之夜襄房叫"砸房"或"砸炕"，并不叫"闹洞房"，那是洋词儿。农村有农村的规矩，凡长一辈的人之间，任何时候都不能开玩笑，否则目无尊长，极是失礼；但同辈与爷孙辈间，可随时开玩笑，所以闹洞房的都是新郎的同辈或爷孙辈的人。看官可能不明白，祖孙辈不是差几十岁么？非也。农村辈分，七奇八怪，例如我在村里的辈分就极低，原因是我家祖上是长房。俗话说"长房出小辈"，到我这辈就多出两辈人，村里小不点儿都是我的父辈，和我同岁的金德、小平都是我的爷爷辈，还有比我辈分更小的元元，几乎村中无论大小，即便穿开裆裤的也是她的爷爷、太爷，那真是"惨不忍呼"也！

花烛洞房闹嚷罢，一夜折腾到天明

漆家山人在方圆几个村子里，算是比较和合文善的，武风不盛，所以打架斗殴惹是生非，都不怎么在行。在闹洞房上，也相对斯文，不会太出格。有些村里闹洞房时，把阿公、阿家婆脸上涂上锅墨，面如包公，拉出扯进，形同游街，漆家山从来没有闹公婆的风俗。

闹洞房主要是闹新媳妇儿，所以在扫炕结束时，新郎搏命而逃，拉扯的人也就半推半送，任其逸去。有经验的主家，会在闹洞房前派一位新媳妇儿的女性长辈，或者是大妈、二妈，或者是妗子、姑妈，和新人同坐炕上，这一招其实挺管用的。因为前已述之，闹洞房的都是新媳妇的平辈或爷孙辈，但他们恰好和炕上的大妈差一辈，不得开玩笑，所以他们的动作就得收敛些；如果遇到过分的行为，大妈还可以虎起脸开骂。此位长辈会坐在炕后，用自己的身子把新媳妇儿从后腰紧紧环抱，这样一来新媳妇儿就不用怕后面偷袭，可以集中精力对付前面伸过来的无数咸猪手了。

如果从人类学和民俗学的角度来说，闹洞房可能是抢婚制的遗习吧。新媳妇儿到了男方家后，可不能矫情，必须吃饱肚子，因为晚上还有硬仗要打，完全是力气活儿。婆家也会安排些年轻媳妇和女娃子，帮忙准备晚上闹洞房时防护用的"凶器"，常见的有顶针、缝衣针、鞋底子、竹签、短擀面杖甚至锥子、剪刀之类。这些什物都藏在新炕的被里墙角，以便随时取用，给来犯者以痛击。

当满炕都是躁动如发情公牛的年轻男性时，新媳妇儿便真如虎口之食。一般情况下男性总是先从请新媳妇儿点烟剥糖果开始的。如果是小朋友或者抹不开面子的，点根烟给块糖就心满意足，退后观热闹了。但嬉皮笑脸的无赖们，这根烟要么是已经折断的，根本点不着；要么是新人刚把火柴擦着了，就会有人给吹灭了。于是就开始推搡，摸摸脸的，揪揪头发的，够不着的就从人群中伸出手来，在人家身上乱摸；还有提出无理要求，要亲个嘴儿、摸个奶子之类的，新媳妇儿可以随意娇骂，当然也不能骂出格的话儿。

看官可能觉得农村人闹洞房，真是野蛮！且慢，其实也有规矩在里头。就是男性使用的力道与动作，不能出格，不能乱摸乱抓不该摸不该抓的部位，且以不伤新人为止；但新媳妇儿这天晚上有无限的"开火权"，她会戴上好几个顶针握双拳乱砸，用鞋底子乱抽，还可以用针在这些"公牛"身上乱扎。男人们抢走了她的凶器，她就会拿出新的继续战斗，逼急了就拿锥子戳，用剪刀扎，所有工具都没了，就用嘴咬用脚踢蹬，身后的大妈也会拿着擀面杖，边骂边当头劈脸地乱敲。所以，男娃子们往往会手破腿伤，待宣泄一毕，便满足地退下火线。

等闹上一个时辰，新媳妇儿香汗淋漓，娇喘不止，满脸妆容都花了。最可怜的是那个长辈，为了护花，不惜气力，被娃子们误抓误伤，身腿脸手，青一块紫一块的。等到外面主事的感觉差不多了，就会站在院里开骂："行了! 行了! 你们这帮狗吃的刀剁的，还有个样子吗? 都什么时辰了? 滚回家闹你妈去! "头遍无人理，骂上两三遍，再把带头主闹的几个给轰出来，这"砸房"就算是圆满结束了。

看官可别小看"砸房"这件事儿，在农村可是鉴别男方家在村里是否有人缘的重要标志。如果闹得太凶，伤着新人了，那绝不行；如果没有人闹，冷冷清清，那更不成。既要闹得热闹，又要把握分寸，还真是有点儿难呐。

还有一点也很重要，就是如果新媳妇儿长得水灵俏丽，性格活泼，人见人爱，那可能就闹得欢实一些；如果新媳妇儿长得欠了一点，而且打也不动脚，摸也不还手，那闹的人就意兴阑珊，也就闹不起来了。

闹毕洞房，"公牛们"叼根烟，唱着曲儿散去。有人通风报信，新郎官儿满身羊粪味儿从羊圈回来。劳累了一天，新郎官儿磕头晃晕乎了，新媳妇儿打仗累瘫了，你以为就可以合枕欢愉地"春宵一刻值千金"了，那又错了。为什么呢? 这炕上的新床被褥，当天摆在院子里夸耀的时候，就有诸多祸事者，在被子里塞上燕麦绒毛(沾身奇痒)、小核桃、杏核儿甚至大头针之类的；所以一对璧人得先整理被褥，一点儿一点儿地索摸，将藏在里面的"暗器"一件一件挑出来，再重新打扫被糟蹋得乱无头绪的新炕。农村人都是土炕，是用土坯盘的，中间空心，稍微用力，就会踩塌，俗谓"砸炕"，端是不虚。经常会有把炕踩塌的，害得新婚夫妇不得不半夜补炕，烟熏呛咳，和衣而坐，以待天明呢!

到了婚后第二天，新媳妇儿要做"试手面"，给公婆至亲尝。一来表示感恩，二来要看她是否会擀面，是否会切长面，是否会调羹汤。正所谓"未谙姑食性，先遣小姑尝"也。

到第三天，娘家就会发来一拨女眷，这叫"访三天"，看新媳妇儿到婆家生活好不好，适应不适应，是不是受遭磨了。再过些天，选个好日子，娘家兄弟就牵着马驴来接新媳妇儿回娘家，是为婚后第一次，娘家接待也要隆重。

再然后就是新年的大年初一，新郎要到岳丈家拜年谢恩，俗称"新女婿"，老丈人要给新喜钱；新媳妇儿也要在村里各家轮流被请吃年饭，讲究殷实人家，也会给钱，以示隆礼。等新年一过，新人的新气儿才算完了，这对夫妻就与其他夫妇无别，开始过平凡的日子；再有喜事，就是给他们所生头一个娃子过"初月"了。

死生灾病凄凉度，幸有祖坟埋尸骸

——漆家山 50 年丧葬史

在我印象当中，漆家山的老人们，早年活到 80 岁以上的并不多。但尽管如此，老辈们多是老死，很少有得恶疾者。因为医疗条件与家庭财力所限，很少有老人的晚年是在医院度过，更没有去世在外的。这些老人家，勤苦一生，心血耗尽，犹如烛火燃尽，风蚀自灭，这未尝不是一种修来的福分！

对于农民而言，没有"退休"这个词儿，只要还有一口气儿，他们就不会停止劳作，能下地则下地，腿脚实在走不动了，就看门护院，照顾孙儿，用自己微残的气力，为子孙们做奉献。大多数情况下，一旦老人们卧床不起，也就离弃世不远，很少有久病炕头、三年五载而不起的。我只记得立桥山的姑太太，每年麦收时节，就会有人带话说老太太不行了，于是大家扔下镰刀去看她，结果又好了，往复好多年，大家都不去了，结果就真过世了。这样的情况很少出现。

对于农村老人来说，没有因为肥胖引起的疾病，他们都是骨瘦如柴，青筋外露，一生强体力劳作，使他们全身骨骼肌肉，都因过度使用而残朽不堪，看起来半人半鬼；但他们的生命力又极其旺盛，腿如麻秆，胳膊如小棍儿，仍然能背着大背篼喂牛养马，烧炕晒粪，而且耳聪目明，生活尚能自理。我同族大老太太晚年，还能在大门口一眼认出对面小山上是谁家的牛，而我戴眼镜也只看到一头牛的轮廓。爷爷晚年眼睛已经完全花了，但耳朵极灵，一只轻絮般的小鸡跳到屋里，他躺在炕上连喊带叫，你不服不行也。

　　农家老人一旦得病，子孙们或者买几片感冒药，或者抓两服治胃疼的草药，吃完了好则好了，不好则拖着病休，继续劳作；到真正不行了，四方亲朋，皆来探望，孝子顺孙们就会买点好吃的，可老人也吃不下去。而不孝之家，则任其苦痛，冰身冷炕，能给碗儿饭吃，就已然不错了。有的老太太临终前家人问想吃什么喝什么，她往往会说：我要喝背后沟里的凉水！小孙子就会拎一个瓦罐儿，去给奶奶打山泉水，或喝两口，或沾沾唇，即合眼而逝。其在世未尝有一日之歇息，未尝有一饭之美食，而死时所思者，不过一口山泉水而已。呜呼！悲哉！

　　老人病重不起，如果住在别房，就会赶快移到主房，并且把早已准备好的老衣穿上，因为万一绝气，慌忙之际怕穿不上衣服尸体就僵硬了。所以农村人迷信，如果洗的衣服没干，是不允许穿的，因为"湿衣"就是"失衣"，怕老来失衣。有的寿衣都穿脏了，又好起来了，就把衣服洗了继续放着待命，火烧蹭破的，就再给换身新的。

　　老人临终前，就会把能叫来的子女和至亲都叫来守候，一则尽孝，二则在老人谢世前见个活面。有经验的人会摸脉搏，脉浅脉急，都是不好的征兆；有时候脉没有了，但并不代表老人已经过世，会用新棉絮放在鼻子下，看有无出气儿，这也是古礼就有的。眼见要断气了，就会拿着老太太的衣服，到屋子西南角去叫魂，向天呼喊："奶奶回来! 奶奶回来! "如是往返三次仍不见效，也就不喊了。在老人临伸脚咽气的瞬间，孝子顺孙们就要齐哭，否则老人魂魄不散，子女颇为失礼丢人。

老人一旦离世，丧葬诸事就同时展开。给死者再擦洗身子，嘴眼合好，嘴里要含饭，不能空着，把尸身平顺，双腿胳膊扎住，否则会慢慢弯曲分开的，农村人骂人说"把你扎住了"，是很恶毒的一句话呢。把尸身抬放在长供桌上，没有供桌的赶快借邻家的抬到正房支好了，枕头放好将尸身平躺下，枕头旁边放一碗满满高高的米饭，里面竖插着一双红筷子，筷子上用红丝线拴一只铜钱。这就是为什么我们平常吃饭的时候，不能把筷子直插在饭盆里或者碗里的原因，是大大的忌讳也。

老人停放好了，在尸身前面吊一条长长的暗色单子，将尸身掩藏在里面，这样一来遮身，二来不至于吓人。乡邻闻哭声，便皆来奔丧。丧主家其实也早有准备，提礼宾爷，早都请好，然后吩咐众人，各司其职，开始帮忙布置丧场。

如果老人因病突发而走得急，家属没有做好各种准备，甚至棺材衣服也没有，那可就够呛，或者借寿衣穿，但这不吉利，非嫡亲一般借者不好出口，被借者也不会借给。棺材板或者临时去买，或者亲戚转让。甚至磨面、拾柴、买菜以及各种什物，立马安排，人马四出，打凑筹备，全村上下，可就忙乱开了。

婚丧嫁娶，人生大事。对漆家山人来说，真正是山高皇帝远，直到上世纪 90 年代，老太太们还以为皇上是毛主席。但村民对敬神可是极端的虔诚，就是在"文革"十年"破四旧"的年代，也从未真正地将农民的"迷信"活动完全禁止。伟大领袖毛主席教导我们："村上的人死了，开个追悼会。用这样的方法，寄托我们的哀思，使整个人民团结起来。"但既没人教，也无人愿意学，农家老人过世，还是要行古规，埋到祖坟去的。村子山高路陡，公社干部不大愿意来，"农业学大寨"修水平梯田，许多村子的祖坟都被刨平用以修整土地，但漆家山的祖坟基本都保存下来了。

老人过世，新规不许做纸钱，不许戴孝，不许祭奠，但村子里还是基本按老规矩办丧事；虽然尸体存放不了几天，人们还是偷偷戴孝，烧纸钱。棺材不让画得那么花哨，不允许写"福如东海""寿比南山"，就写不着四六的话，甚至有写毛主席语录"排除万难""不怕牺牲"的。有一回庄下门有家老人过世，公社干部来宣示政策，严禁披麻戴孝，差点儿被主家痛揍，所以公社、大队干部一般知趣，假装不知道，不干涉，但也不来吊丧。在送丧时，孝子顺孙们也是挂着丧棒，吹吹打打送入坟地埋葬。没有香蜡，就用卫生香顶替，棺材埋好，也就入土为安了。

老人过世的日子，最忌讳三伏天气。一来大热天，尸体放不住会发臭；二来正是夏忙时节，是收割麦子的紧要关口。所以农民吵架会咒"你会死在三伏天里"，也够恶毒的。如果老人真在三伏天里过世，丧家也觉得好像是做了亏心事的报应；若此时老人病重，就会尽量打针吃药续命到秋后，万一去世了，有时候就先把人埋葬了，再进行各种丧仪。夏收忙月时节，若老人去世，孝子要戴孝到各家各户大门磕头报丧，农家就会扔下地里的忙活，前来帮忙吊孝，即古人所谓"奔丧"。奔者，子女得凶讯后一路哭奔家中尽孝治丧也。戚属友朋，再忙也得来吊孝慰问，不得推诿。结婚可以委托友朋捎礼，主家不怪；

而吊丧则不能托付他人代劳，必亲至存问。否则，至亲可以不认，好友可以绝交矣。

秋凉之后老人过世，就不怕天热了，但最好的时节是正月过年时。看官可能不明白，过年期间不是喜庆吉乐欢度春节么，怎么是老人过世的好日子呢? 在农村，一家老人过世，往往全村不举火，代劳帮工，吃在丧家。如果在冬月比如十一月农闲时，那主家就得费很多的柴油粮面，花销不小。如果在正月初老人过世，这时候家家都有些好吃的，娃子们也都吃得鼓腹满肠，丧家的吃食不如自己家的好吃，所以反而可以省很多粮食呐。

农村灵堂也很简单，老人尸体扎捆停放好，前面的障单子挂起，这时候门板就会卸下，在老人埋葬之前，再没有关门之说。地上铺厚厚的一层麦秆儿叫"草铺"，亦即古礼所谓"苫席"，孝子顺孙们此期间内就坐卧在草铺上，不能随意走动。承重子的孝布为不缝不剪的原始麻布，还要"鞔鞋"，就是用白布将鞋面包一层以示重孝，直系子孙出嫁女儿等要全鞔，其他亲属半鞔。现在简单了，穿上白色球鞋就行了。

凡亲丧期间服孝的叫"热孝"，凡直系子孙女婿女儿等称"重孝"，凡老人过世在三年内的，直系子孙皆在正月初一至初三不走亲戚。孝服和鞔鞋，凡重孝在身也需一年以上。丧葬门上所贴楹联，皆用白纸，且三年之内正月过年也不可用红纸，窗花灯花皆同。一年内不举办婚事，如果在议婚期间，家中老人病危，则往往抢在老人去世前先办婚事，然后再办丧事。如果本来是准备办婚事的，结果突然老人过世，那可就把喜事办成了丧事，这是最晦气最闷心的事体。

孝布按五服等级长短不一。如果老奶奶过世，那么四世孙所戴孝额上缀一小块红布，称"喜孝"，表示这家已经四世同堂，是悲中有喜之事，故也称为"花花孝"。俗谓"红白喜事"，红事当然指婚庆诸事，但白事也称为喜事，似乎颇不可思议，其实就是指这样的丧事，也称"喜丧"；一个老太太活到八九十岁，人丁兴旺，四世甚至五世同堂，恩泽绵长，寿终正寝，是一件既可悲又可喜的事儿呐。

喜丧的气氛比较轻松，不那么悲痛沉重，现在甚至可以有赌场。但如果是青壮年或暴病而亡，或遇祸绝命，称为"凶丧"，丧场气氛就沉重悲哀，来吊者亦悲泪涟涟，丧事也办得非常快。有了子嗣的人，才有资格埋入祖坟；少儿夭亡的，找个僻静背绝处，挖个坑儿埋了，也就是了。

"散孝"是有一定之规的，一般情况下，只有亲戚关系五服以内的，或者女婿外家戚属才戴孝；如果丧事隆重，或丧家阔绰，则散孝范围甚广，凡来吊孝之四方亲友，皆挂孝。吊丧者来时，外家等重要戚属就会以唢呐在大门外迎接，用木盘装上孝服孝布，由孝子端着跪迎；吊丧者当场或穿孝服，或戴头孝，或跪或伏，匍匐哭入丧场。如果是出嫁女儿远路来奔丧，则未见其人，先闻其声，山梁之上，深沟之旁，尚未露头，就听到长号悲痛之声，乡邻女眷们赶紧去搀扶而来，披头散发，戴孝而入，呼号痛踊，甚至有气绝不醒者，掐人中，灌蜜水，捶胸搓背抢救，半晌才呜咽苏醒矣。

丧仪是中国人最隆重也最排场的仪式。婚庆礼隆，也就两天，而丧事少则四五天，多则十天半月，所以耗费钱物量大，且规矩礼仪甚多。因此，丧仪的"提礼"（主持主事人）就非常重要。丧事主家尤其是承重子，要不离草铺，且行各种丧仪，无暇过问具体事情，就全委托提礼备办，除了大主意要丧主拿之外，其他物品仪节都由提礼安排。好的提礼不仅可以把丧场主持得井井有条，令各方服气，而且还可以给主家省钱省物，量力料度。在烟酒茶菜柴米油盐诸方面，会办事的真能省不少，而不会办事的也真能糟蹋不少呐。

丧场一开，丧家便如集市，人来人往，物出物进。进城购货，驮粮磨面，打柴送料，担水做饭，洗涮桌凳，招待戚属，接应吊客，夜晚守丧，都得安排得当，不能有误。丧事中花费多的比如香烟，会办事的提礼，就会派专人盯场，吊丧者来了，递上一根即可；即便摆酒席招待的人家，也至多一桌拆一包香烟，盛在小盘子摆桌而已，吃席毕了就会被众人哄抢而光，或叼嘴上，或夹耳际，或装口袋，或者赶快多吸两口，再来一根。如果毫无计划，看护不周，或者过于大度，则一箱香烟，瞬间即散，整条整包，都会顺走，那主家的花费可就成倍地往上翻了。

丧仪中的五作艺人，尤为重要，必须另为伺候，那就是阴阳、木匠、画匠、唢呐手和厨子。阴阳看坟打卦，可以断定哪天地利，便于葬埋，如果得罪，他可以说今年祖坟不利，只能寄厝他处，俟后再迁坟，那可就让死者不得安宁生者多多花钱；就是他让你多延几日，也是要花不少钱的，何况丧仪期间，阴阳先生在许多场合都要出现，是实际的幕后操作者。可以说活人方面的丧场是提礼协助主家办理，而死人方面的阴曹诸事，则全是阴阳说了算。

木匠要做棺材，是否按时完工，是否严丝合缝，是否榫卯合扣，都是关乎死者尊严、丧家脸面的事。棺材最后完工，还有一个仪式叫"截材"，就是将盖板最头一块多余的木材截掉，承重子要跪哭拜谢，并呈钱物。

唢呐因为要连续吹好几日，所以也必须烟茶酒肉，吃饱喝足了，常言说"饱吹饿唱"，吹活是体力活，吃得好才能吹得好。

如果是简单的丧场，就没必要请专门的厨子，自家举火的时候，邻居也开两三家灶房，帮忙烧汤蒸馍馍；吊者来了端上一碗玉米面糊糊，放上两块热馍馍，或者杂面贴饼，吃完抹抹嘴一走了之。如果讲究人家有钱有粮的，要摆祭要吃围桌饭，那就得请专门的厨子。好的厨子会根据主家提供的食材，设计出几盘几碗，有汤有菜，做出让亲朋满意的吃喝与祭物；杀猪宰羊之家，就得考虑如何让来客都能尝得到鲜肉，还能支供到丧礼结束。如果主家吝啬，把肉藏匿部分，或者厨子马虎，三五天肉就用光了，甚至没入自己囊中，那主家会被四邻戚属骂惨的。

画匠有两种：一种是请到家里去做纸活，一种是开店专干此营生等人上门请买。六七十年代不敢做纸活，这些技艺几乎丧失，改革开放以后，又死灰复燃。早先有所谓"三人一马中木材"就已不错了，就是扎三个纸人、一匹马，配合一具中等材质棺材；再讲究的就是"五人双马上木材"，更往上还有"两道材""三道材"之类，这些也都是古礼有说法的。农村不兴扎花圈，纸活儿有衣服、被褥、纸花、纸人、纸马、马夫、纸驴、火盆、木炭、水烟瓶、洋火、火钳等。冥币也有两种：一种是传统的串钱，是用纸又专门打造；另就是"冥国人民银行"货币，分一角、二角、五角、一元、二元、五元、十元不等，和阳间所用币值一致。更往上就看主家钱多少了，纸人纸马更多，还有四合院、楼房、裘皮、火炉等。

90 年代以来，在城镇便有了扎做汽车、电视、冰箱、洗衣机甚至美女的，已经不满足于纸活，而是木材雕做、栩栩如生了。冥币则更有欧元、美元、人民币等，而数额则动辄伍百万元、一千万元等，

农人打制的旧式串钱纸钱

面额巨大的新式冥币

新式纸活的四合院和楼房，奢华高档，映射着当代人的贪婪（漆小平 提供）

已经没有一角、二角的了。老人生前，既不会开车，也不会使用冰箱，至于美女，简直是污辱逝者了。更有趣的是，可以想象祖先们在那头，物价应该比我们涨得更快，恐怕一套房子得数万亿欧元，一棵白菜也得百万美元了。人心贪婪，在冥币模板和币值上可以看得淋漓尽致。

马匹与火盆等，得有人经管，所以有专门扎的纸人就是马夫和答应，会在牵马和笼火的纸人前胸别个纸条，上书"周马夫""王童子"之类，死者在阴间，就可以呼喝他们了；如果忘记写名字，可就白烧了。有一年我回老家，邻居家在烧纸人，我说既不逢年过节，也非逝者周年忌日的，烧纸人做啥，回答说当年过世时纸人没有书名，老人托梦说没人听他使唤，骑不了马，所以赶快给烧新的。其实，不过是活人知道此事，心中总觉亏欠惦念，所以才有梦来，正所谓日有所思，而夜有所梦也。

最无趣的是这些木艺纸活，有钱人家，竞相攀比，上万甚至数万元花费，各色什物，扎摆满院，任人观玩，以显阔气与孝心，到最后抬到坟园，一把火烧个精光，纸灰飘浮，随风而去。灰飞烟灭，虚无缥缈，谁死谁生，亦真亦幻矣。

丧礼中最有意思最具表演成分的是哭灵与祭祀。我们知道人在最悲伤的时候，往往是哭不出来的，即便哭也是泣咽欲绝，只有小朋友要好吃的不给时，才会躺在地上耍赖呼号，而丧礼中的哭则必须出声，而且该哭则哭还要哭得恰到好处，不能哭时绝不允许哭。老人断气瞬间、停尸安位、入殓盖棺、起灵出门、棺材入土时，都必须哭，且可踊哭；而凌晨昏时、半夜人定之前，也需要哭几声，白天因为祭奠不绝，哭声不断。总之要时时有哭，又有不时之哭，一场丧事，就成了哭哭泣泣、吹吹打打的表演秀。

丧场安置妥当，孝子成服之后，就要设丧主牌位。亲朋吊丧分两次，一次为丧礼期间设位以祭，一次入葬当日皆来再吊。前次最重；远路亲朋，后次可以不到。亲朋来吊，有专人负责在大门迎接，盘捧赙礼，唢呐声声，咽如悲笳，吊者入门行香蜡跪拜之礼，提礼高喊"孝子泣，看亲戚"，则草铺之孝子皆哭，承重子孙则叩头答拜；吊者兴，则提礼喊一声"齐"，则孝子们再不许出声，若还哭，有时还要招来骂声。

　　吊者倘是至亲男性，则象征性地干号两声，否则也是失礼；如是女眷尤其是老太太，那可就哭个过瘾，一个人跪在草铺一角，絮絮叨叨、时停时唱地哭个不停，中间偶尔还会和旁边人搭句话儿。老人家会哭唱："我的大哥哥呀! 你怎么就丢下了我呀，你怎么就狠心地走了呀，你怎么真就亡故了呀，我的大哥哥呀! "这时会有一串长声的呼号和泣咽，呼天抢地，捶胸击头，悲痛欲绝，旁边任你是铁石人儿，也会落泪。接下来老太太进入平缓过渡阶段，就该哭自己的心事了。比如她会哭诉："大哥哥呀! 我的难过淹过心啊! 我家老二还没媳妇，大儿媳天天虐待我呀，无人管顾，好不可怜呀，你知不知道，我的大哥哥呀! "此时暂至高潮，再来一段长号短泣，旁观者听了，却都忍俊不禁。等哭上一阵儿也累了，就会有人在旁劝解，假哭的就顺势止哭起来找吃的去了；若是真伤心的，拽不起来还要哭会儿，劝者也在旁边陪同流泪。我的母亲经常就是这样的角色，劝别人不要哭了，自己流的眼泪却比哭主还多，眼睛红肿，身体发抖，饭食不下，难过至极矣。

　　是否给死者摆祭，要看主家的经济情况，因为这是要花不少钱的，摆祭得有宾礼，还得阴阳先生扶助行仪。最简单的杀只鸡儿，往上杀只羊儿，再上杀只猪儿，最隆重的就是杀一猪一羊，这在古代已经算是"少牢之礼"，士大夫的顶级规格了。摆祭一般都选在晚上，这是摆阔显富的场面，也是顺孙尽孝的隆节，既仪式肃穆，又如同大戏，全村老少，四方亲邻，都来观看。院子中间放置高桌，承重子带领各方亲戚跪拜行仪，先是子孙，再是外家，再是姑舅，再是女婿女孙等，根据亲疏排次，轮到谁时则谁带祭物登场，唯独承重子必须全程陪祭跪拜。戚属是穷是富，是好是歹，也都体现在各自的祭品上。

猪羊牺牲，糕点水果，蒸馍肉菜，酒浆米糖，高桌低凳，杯盘满院，生时无人过问，死后备享哀荣。

祭文事先写好，或是子孙，或是宾爷阴阳，呜咽宣读，农人不能知书，所谓祭文也就简单两三句，最后来一声"呜呼哀哉，尚飨"就完事了。然后白纸书写，贴在大门外，任亲朋观览。祭事一毕，也就葬期不远了。

孝子顺孙们的活动主要在草铺，如果离开要拄丧棒，多是半人高的柳杖，上面贴些白纸条，以示哀毁骨立，需扶杖而行；走路不能直身，需要躬腰扶棒，做出好像马上要倒下的样子，以表悲痛尽哀。幼儿稚子，尚不知人间大悲，有时就两两持杖对打玩耍，被大人们训斥一番。扶丧棒最后都插在新坟上，如果老人过世在春夏，这些柳条就会生根发芽，老人骨血，生成肥料，滋养树根，长成大树，这是最吉利的，也是坟场多柳树的原因。

死者入殓时，棺材四周要放置四枚古钱，以为压棺的定。我的爷爷、外爷和外婆在世时，母亲就开始存钱，她捡到一枚好看的，就换掉其中一枚不好看的，如此反复直到把三位老人都送到坟园。过去农村古钱很多，茅厕地沟，时常见到，踢毽子的包底儿也是古钱，现在已经很稀见了。

敛棺是非常重要的一环，会有提礼和至亲参与，外人不得入场。一是可能会放置些"贵重之物"，怕有觊觎之心；二是毕竟是死者，怕他人受惊吓。棺材中一般是铺褥子，女儿越多的褥子越多；身上盖被子单子等，四角用多余的衣物或纸钱塞紧，以免抬棺行路时死者身子晃动挪了位置，如果死者躺偏甚至翻趴，那是很忌讳的。

假若过世的是老太太，那还有很重要的一关，就是娘家戚属要验棺，比如死者遗容是否安详，老衣穿戴是否合适，棺材的材质是否高级，棺内铺盖是否足裕；如果是突发病暴亡的，还要看是否因殴打仰药致死，当然也有再见最后一面之意。一般情况下，娘家舅舅是不会刁难的，但也有两家本来就不睦，这时娘家正好有借口，挑是闹非，拦棺不允起灵的；有的会劝解作罢，有的外甥就会揍舅舅一顿，或者姑舅兄弟，大打一场，本来老太太过世，双方嫡亲戚关系就已经淡薄，这样一闹之后，双方从此就成路人了。

棺材合盖，也就意味死者与生者从此阴阳两隔，永难谋面，因此在盖棺瞬间，孝子们要踊哭，因为这是与死者的最后告别，千酸万悲，涌上心头。子女们会围棺痛哭，旁边会有人赶快拉开，真伤心的往往会撕心裂肺，惹人泪眼。但这时绝对禁止眼泪掉在死者脸上，这样不仅不吉利，而且死者会因挂念生者，魂灵不走的。所以女眷往往不让太靠近棺材，小娃子要保护，由大人抱着远远地萌萌地观看，不知道爹妈为什么如此伤心。农民吃饭碗都没几个，所以棺中无金银财宝，也就是放个茶盅、小碗儿，故农村很少发生偷坟盗墓的现象。

棺材合上盖子，嵌入木卯，轻轻敲击合卯，木匠的工作才算完成。棺材上盖与四周，会画些各色图样，或是寿字，或是卍字，或是松柏，或是文字，或是八仙，或是寿星。子孙有功名者，其绘画的规格也随之升高，不能僭越，如果雕龙附凤，那不仅是越等犯礼，也是对死者的大不敬，死者押受不了，会在来世不安宁的。

棺材是榫卯结构，绝不允许钉子铁物入棺，因为棺材是木头，年深日久就会随死者身体朽化在坟中；铁物是不会朽的，农民迷信，认为如果死尸和棺材不朽，必是不吉作祟。有时家中诸事不谐，就会算命问卦，阴阳先生说是坟中有故，需要桃坟，这可就麻烦大了。主家就会选一个黄道吉日，再选吉兆，将父祖坟挖开起骨，迁往另选之地。有时真会遇到棺材与尸体都没有腐烂的，就认为卦算得真灵验。这时候阴阳先生要用三昧真火将尸体棺材烧焚，实际是放火烧的，甚至有过倒上煤油烧的，哪里来的三昧真火，真是糟蹋辱没祖先啊！

下葬之日，亲朋早到，茶饭一毕，棺材绑好，一声"起灵"，承重子手捧"尸盆儿"，由甥侄女婿等搀扶，佝偻伏地，号啕大吼，孝子齐哭，扶榇出门，向坟场缓缓而去；前有引魂幡引魂鸡，棺木在后，孝子随棺，纸活人马殿后，邻居扛锨跟随，准备埋坟。棺材一路换人来抬，无论狂风下雨，暴雪大雾，都不能停歇，更不能歪斜摔棺，否则皆大不吉。凡经过村中人家门口，皆烧纸钱叩头，一则示敬以送死者，二来点火驱赶阴魂，以免死者魂魄入室勾留，那可是大大的麻烦。一路之上，凡遇岔路，都有人路祭，行道恶鬼善神，皆须避让，又怕死者魂灵走错，故有此祭也。

到了坟场，坟墓事先早已打好，先将倒头饭安放在事先挖好的墓壁小洞，然后大家抓绳，尽量将棺材平置。此时承重子站在墓中，扛着棺材，垫着劲儿，缓缓将棺木降往墓中，快落底时，孝子钻出倚在旁边，帮扶摆正棺材；阴阳先生搭罗盘校正位置，四周邻好，握锨拿铲，只等一声令下。等罗盘方位正了，孝子出了墓穴，阴阳道一声"正好"，随即锨动土落，开始埋棺。此时孝子们一齐呼哭，泪下如雨，香蜡冥币，纸人纸马，一时并焚，灰扬尘飞，阴魂入墓，孝子顺孙，磕头跪拜，深谢四邻。等坟堆拥起，将扶丧棒插在新土之上，齐叩首毕，依依别去。从此之后，连棺材也看不到，真正天人隔绝矣。

死者埋葬，入土为安。孝子返途，不许再哭，否则死者灵魂，将不能入墓，会跟随归家。回到家门口，有烧火跳过者，有放一盆水一把刀，洗洗手拿刀点剁几下，表示刀割水洗的。大事一毕，拆棚撤架，为善后诸事，亲戚友朋，也各归各家，折腾多日，终于收场了。

"七七"之祭，本出佛家，非儒者之为，村氓不知，亦有此俗。自头七、续七一直到七七，每至七日则烧纸钱祭奠，女眷会哭，到了七七为最后一次，从此不再烧纸祭奠，所以也称为"断七"。老人过世的第一个新年，被称为"新纸"，四方亲戚，都要来拜新纸，主家除了给祖宗设祭外，会专门为新死者再设牌位，新年一过也就是清明上新坟了。

"文革"期间，清明前后，公社、大队干部会到处乱转，看谁家祖坟上有新培之土或者烧过纸钱，献过祭饭，一旦发现，会开批斗会，全村不宁。尽管如此，人们还是会上坟，黄昏时候三三两两到了坟园，打理荒了一年的坟园，拔拔坟头野草，象征性地在坟堆尖略上些新土，若有若无。然后拿出香蜡纸钱，分散到坟地树上挂挂，吃食儿挑撒四处，献祭毕，纸钱烧了，将纸灰埋在地下或者扬入深草丛中，磕头一毕，再悄悄分散回家，也就是了。

此后死者的生日、忌日，子孙也会焚钱祭奠。然后还有办周年（一年）、三年、五年、十年之举，有办有不办；如果要办，就会声说带话，至亲好友会来奠祭，办的或者扎些纸人纸马，或者做些饭食，请亲戚邻里来祭。十年以后，讲究人家还有办十五、二十年之类的，那就相当少了。一般情况下，死者进入祖先行列，就不再享受单独的祭享了。山野农村，本就没有宗族祠堂，就更无所谓祧庙之举了。

对于漆家山的老人们来说，穷山恶水，没有给他们带来福禄与荣贵，祖祖辈辈，生于斯，长于斯，死于斯，化于斯，家家都有祖坟，一代一代，排列整齐，一旦埋满"出穴"了，就再觅一处山坡稍平之地，另辟新坟。大山以其宽怀慈悲，将逝者纳入黄土之中，坟地不用花钱，否则真不知几家老人，将抛尸野外。古诗云"青山有幸埋忠骨"，对于漆家山的老人们来说，实可谓"幸有青山埋骨骸"，此不幸中之万幸矣！

《左传》曰："国之大事，在祀与戎。"祭神祀鬼，敬祖宗先，死者不安，生者不宁，古今各邦，莫如中国。丧仪是中国人最隆重气派的摆阔仪式，也是比赛谁更有钱、谁更能花钱、谁更会花钱的逗秀场。

国人做事，自古以来，注重面子，不要里子，反映在孝道上，也是如此。帝王临治，必以孝倡，谥号亦必有"孝"字；权臣贵胄，莫不以孝廉称，国家用人，黜陟赏罚，是否孝顺，一票否决；即小民百姓，穷乡恶壤，孝也是评价村民人品的重要标志。

厚葬之俗，由来已久。《论语》记载"颜渊死，门人欲厚葬之"。汉代王充曾论"薄葬"，晋皇甫谧有《笃终论》，清代张尔岐有《后笃终论》，历代有识之士，都对厚葬之风严加斥责，认为伤风败俗，莫过于斯。朝廷也引导民众，希望移风易俗，但帝王陵墓的奢华气派，恰恰起到了带动民间厚葬盛行的示范效应。

厚葬豪奢，金银珠玉，万方奇珍，皆入土中，皇甫谧所谓"而大为棺椁，备赠存物，无异于埋金路隅而书表于上也"，这又导致盗墓成风。今日考古发掘，泰半为帝王陵墓，即近日万众瞩目的海昏侯墓，虽为一代废帝，而墓中金饼鼎彝，珍琛琳琅，民脂民膏，尽散入棺，令人结舌炫目。民间黔首，又有多少家庭，因厚葬而倾家荡产，或因财物不备而使死者棺椁孤悬，久厝而不能入土。

西北农人常说"活人看的死人意"，又反过来说"丧场做给活人看"，丧礼不仅是一场丧事，也是村民尽孝、社交与地位的角力与象征。有产之家，会极尽所能办一场隆重铺张的丧事；无产之室，也会四出借贷，负债累累，办一场表面看来风风光光的丧仪。折腾半月，吃光喝尽，一抔黄土，无数金钱，死者入土之时，也是生者破家之日。

一场丧事，往往会成为家族分裂的肇端。即有钱有势之家，父子兄弟也会因丧事中摊派钱财多少而起家务，白天坐草铺行孝子礼，晚上吵架争钱议物，以至有老人不能入殓者。亲戚友朋，也不能幸免。如果丧主家丧事隆重，则外家女婿等，必须要有与主家相配的赙仪。假设老太太过世，三个女儿出嫁，倘若其中两家富好，一家贫迫，则贫窘之女儿女婿，周转借挪，受尽白眼，几不能为人，这个女儿哭起娘亲来，那可真是悲从中来泪线不绝矣。

比拼财力，角胜赙仪，都在暗中，外人不知；而丧仪缛节烦琐，过程复杂，远非常人所能堪。尤其承重子、承重孙等，又要草铺守丧，又要磕头谢客，又各种祭祀场合，都要出场表演，白昼无歇，夜来守灵，还不能吃饱喝足、暖炕安眠、补充体力，精神极度衰疲。古人常用"哀毁骨瘦""形销骨立"等词来形容孝子顺孙，用农人的话来说就是"死人埋进土里，活人也将入土"了。

这些极尽能事绘声绘色的表演与哭唱，无非就是给四乡八邻留个"孝子"之名声。而吊丧亲朋，都是看客，懂行的还要欣赏，在逝者埋葬后的一段时间内，大家会议论这场丧事花了多少钱，招待亲朋是否尽心，哭踊祭奠是否合仪；如果没有太多挑剔的，那就会得到赞扬，孝子们就会被称孝顺，至亲邻里，与有荣焉。

但最大的问题是，这些过世的老人，其中泰半在活着的时候，却未曾有半日之休歇，也从未享用过他死后享祭的那些肉菜糕点和烟茶好酒。老人生前，未曾有人端过一碗凉水，送过一碗热面，给过一件衣服，烧过一次土炕，给过一片感冒药片，往往是远嫁的女儿，得空时回来给老人洗洗涮涮，做口热饭吃。因此，在农村不断有老人上吊、喝药、投梁的，甚至有的老人在除夕晚上欢天喜地的爆竹声中，悬梁自尽，以结束孤寂悲苦屈辱无助的一生！

可是这些活着无人管顾，甚至上吊而死的老人，死后的丧葬却仍然隆重成礼，花钱无数；摆祭吹打，热闹非凡；桌案所供，百色十样；精洁珍馐，生时未见。孝子们照样哭得死去活来，呼天抢地，悲恸异常，表演得活灵活现，人间大戏，还有比这更精彩的么！

我们打倒了"二十四孝"，说那全是封建毒草，害人害己，的确有埋儿奉母的郭巨，有卧冰求鲤的王祥，无有人伦，不可理喻，但孝的精神与传统也被扫地无余。再加上两千年来，孝多停留在表面，停留在给活人看，而如孔子所谓"色养者"几稀。今日社会的问题，城市乡下，更为严重，空巢老人，越来越多，"常回家看看""打个电话给父母"都成了孝道的标志，何遑其他！

孔子曰："父母之年，不可不知也。一则以喜，一则以惧。"《韩诗外传》云："树欲静而风不止，子欲养而亲不待。"这是何等的殷殷孝心，何等的人性光辉。而今日夸夸其谈率性使气的帅哥美女们，又有几人知道父母的生日呢？！

八道鬼神祀脍果，四山野菜荐饥肠

——漆家山节日与饮食

　　漆家山虽僻处深山，礼乐不兴，王化不到，但亘古以来，流年所传，年节四时，敬祀天地，配祭方神，献歆祖宗，以求护佑。究其根源，多与北方习俗相合，故我们也不刨根问底；讲某个节日的缘起变化，某种食物有何含义，仅就漆家山50年节日礼俗说叨一番。

　　中国是一个遍地美食的国家，其花样繁多，食不厌精，脍不厌细。历代美食，从伊尹、孔子的珍馐至淮南王刘安的豆腐，以至东坡肘子，随园食单，满汉全席，八大菜系，皆有品不尽的美味，尝不完的珍异。而王侯公子，逍遥逸士，莫不著书品介，彩色图鉴，诸般菜谱，惹人馋虫。唯乡野农家，野蔬山菜，无人问津，粗茶淡饭，世人不知。然农家园圃，四季野果，亦酸甜爽口，自有其味，只不过没有文人骚客，品赏载记，故名不出闾里，味不传闹市。今略为记录，使知穷乡僻壤，也有世间珍味也。

　　要叙述漆家山的节日风俗与饮食诸节，若依次序来说，我们不能从正月开说，得从腊月谈起。

腊八节

腊月是冬春之交新旧接替之月，或田猎以祀，或大祭以报；腊月又是闲月，四山冰封，大地银裹，农人无事，正好备年货、礼亲戚，稍舒气力，以为喘息。进入腊月的第一个节日是腊八节，用以祭祀祖先与神灵，以祈丰庆。古来此日要喝腊八粥，也叫"七宝五味粥"。但对漆家山人来说，黄土高原不产大米，家中偶尔买三五斤也舍不得吃，到了这天拿出来已是陈米味变，煮至米烂，兑洋芋、白菜、萝卜等切成炒好的小疙瘩块儿，至多再加一撮猪油渣、几颗红枣，带汤带水，热气蒸腾，便是上上之味也。

祭 灶

（腊月二十三日　糖瓜儿　杂面糁饭）

腊月二十三日，是祭灶的日子，所谓"古历腊月二十三，灶火婆婆要上天"也。灶王爷在漆家山是祭火婆婆，灶神大概是诸神中最重要却最不受重视且最被糊弄的。宋代祭灶，还有将灶门涂抹酒糟，试图将灶神灌醉以免上天乱言的做法。后世祭物中糖瓜儿（就是麦芽糖）不可或缺，形制似甜瓜，因为粘牙糊嘴，灶火婆婆吃了上天后便不能开口说这家人的坏话了。

头年在城里请来一张灶王像，贴在灶台后墙上。如果是粗疏人家，那张纸早已不知去向何方；细心干净人家，尚留在墙。当晚揭下，又供奉一张新的，主妇端来茶水，献上饭食和糖瓜儿，点香焚纸钱，嘴中念念有词："灶火婆婆! 灶火婆婆! 来到穷家，辛苦一年。守家护

适软喷香的糁饭

舍，饿肠饥馋。猪拱灶台，鸡啄米面。狗叼骨头，虫蚀油捻。大锅不净，小锅不干。破碗残筷，七长八短。婆母嘴碎，小姑泼烦。嚼人舌根，说人闲言。灶火婆婆，肚大如天。耳根清净，不躁不嫌。吃个糖瓜，糊粘嘴甜。上得天去，多多好言。万事拜托，普降平安。"念毕，焚了旧纸，磕头如仪，贴了新灶王爷，就算祭灶完毕。还有一个习俗，就是买来的灶王爷，回来要数图里面的人头，如果是单数，则意味着这家或要添丁，或将娶媳，大大的吉兆也。

　　此外，当晚农家多做杂面糁饭，面是青稞和青豆的混合面粉，做馍不大好吃，但做糁饭是最好的。等水烧开了，将杂面洒水搅拌，如糨糊状熟了，微黄蒸腾，馨香诱人，盛碗如玉，撒盐一撮，上铺酸菜一层，再点缀咸菜几茎，挖一勺油泼辣椒，筷子贴碗，如勺状舀食，边吹边啜，啧啧有声，软香嫩美。常吃糁饭的人，食毕碗净，再如黄狗一般，将碗底用舌头捋上两口，舔干净了，才算完美。糁饭是冬日雪天，最为常食的，一碗下肚，肠热胃暖，最为舒坦矣。

杂面除做糁饭外，还做搅饭，也称搅团，做法和糁饭大同。将糁饭用勺子团成大饺子一般，置入早已炝好的葱花浆水汤中，汤清油亮，葱香扑鼻，拌咸菜辣油，有吃有喝，呼噜下肚，爽透肺膈。搅团多在夏月暑期、农忙收割时节食用，不仅疗饥，且最为解渴矣。

扫 房

腊月扫房，或曰为二十四日，但并不一定；因为要动陈年旧土，怕惊扰了土神，所以是要看日子的。选一个黄道吉日，将尘封了一年的灰土打扫干净，来迎接新年。如果这天运气好，是一个晴日，那就好多了；如果是大雪或者狂风日，则寒冻难耐。农家虽穷，但家中坛坛罐罐，亦复不少，搬出搬进，墙角旮旯，老鼠洞口，穿风残角，皆"塞向墐户"，弄严实了。房梁高墙，尘灰高吊，亦扫去无遗。等扫房完毕，则鼻黑目迷，嗓子冒烟矣。

扫房也有除旧布新之义，兼具除污去垢、扫灭鬼怪之举，还有送穷除晦的意思。韩愈有《送穷文》，清戴名世有《穷鬼传》，管同有《饿乡记》。清初归庄，家徒四壁，然大揭楹联于门户曰："一枪戳出穷鬼去，双钩搭进富神来。"联虽颇类谐趣，然人皆愿富不愿穷，于此联亦可见矣。

杀 猪

血腥原始的杀猪场面（郭强　拍摄）

　　农家一年只养一头猪，待到腊月初始，就陆续开始宰杀，因为冬日无食可喂，早杀为宜也。多数情况下，在腊月二十以后的数日为多。这是一年中的大日子，主家欣喜，亲朋来贺，一锅烂肉，饱食一顿，为一年辛苦之报酬，其热闹欢喜程度，可与除夕相比。至于杀猪之准备及宰杀过程，可详见拙文《杀猪》，所叙所述，且详且尽也。

备年货做吃食

　　农人过年，虽少菜缺肉，但也简朴而隆重。腊月二十五六日开始，主妇们便天天忙碌，无一日空闲。先要炸菜，如干蕨菜、洋芋、白菜、萝卜等，要各煮一大锅，捞出盛大盆中备用。洋芋粉是自家早做好的，加矾炸一锅粉条，皮亮味香，软硬适中。有余力之家，还会炸一锅丸子，但至多加点肉丝儿，实则菜团子也。

　　西北人以面食为主，花卷、馍馍（馒头）是必须要有的。小麦面少的人家，只蒸一两屉花卷，以招待贵客，不能放开来吃。其他的就基本上是苞谷面、杂面馍馍了。花卷中若加入姜黄或捣碎的胡麻籽，便金黄油香，余味在口。平底鏊是一年仅用一次的，村中极少，大家排队鏊饼。发面饼在入鏊前，用花夹子夹出各种花纹，等鏊成以后，便色泽金黄，纹理清晰，外焦里嫩，不亚于大都市的高级点心。也有讲究人家用点心模子打点心，但漆家山人尚未高级到如此地步，所以很少有人家做小点心吃。

血馍馍是值得大书特书的。杀猪当日，将猪血接在盆中，兑水猪血和荞麦面蒸成发面厚饼，冻放在大盆中。等到过年，再切成条块热食；过年招待亲朋，血馍馍是当肉来重视与对待的，虚软嫩香，可算美味。

最为讲究与神秘的有两件：一是炸油饼，一是酿醪糟（甜醅子），因为这两样多少都有点技术活儿。炸油饼就是城里的炸油果子，可以炸成面包卷、蛤蟆、油条、交花肠等形状。先将油倒半锅，大火烧滚，然后等油温稍凉，将发面做成各种形状，依次放入锅中，待一面膨胀上色，用长筷子翻炸另一面，熟透捞出即可。如果油温掌握不好，或扑油伤人，或炸干发面，或油入面中，不仅色香味效果极差，而且浪费清油。水平不高的主妇，一般会请人来炸；炸前要敬神，邻居闻到隔壁炸油饼的香味，就自觉不去打扰，否则若炸不好，就会说你带来了毛鬼，要担责的。小娃子也被赶到别的地方，不允许在厨房出入。第一锅出来，先敬神灵祖宗，再请家中老人品尝，这是一年中最高级的吃食，故敬慎戒惧如此。

酿醪糟的粮食，最好的是燕麦，其次是青稞、洋麦和小麦等。用臼将麦皮臼褪，煮熟晾案板上，醪糟是否甜的关键，是酒曲本身的质量和投放量的多少，以及酿的过程中温度的控制。粮食放入酒曲拌匀后装入盆中，用单子棉被等包严实封好了，放在热炕上，什么时候热，什么时候温，什么时候凉，这就全凭经验了，谁也没有必胜的

炸油饼

把握。所以煮醪糟前，也要敬神祈祷，秘密进行。最后酿成时，结果有甜、酸、苦三种，甜酸两种常见，至于苦的有时甚至苦到猪都不吃。记得有一年我家酿的就苦如黄连，猪狗不闻，倒了可惜粮食，就一直在一个大缸中放着，未曾想到了来年春播时，挖出来一尝，甜如甘饴，爽如冰糕，人皆抢食，以为珍馐，诚可怪也。

　　如果谁家的油饼和醪糟都成功了，那主妇心情大好，来了亲戚，无论你吃不吃，都要端上来显摆，一双筷子，推来让去，你必须得尝两口才行。如果这两样都不成，主妇就很犯难，心情郁闷，娃子们走亲戚都没什么好拿的，给娘家亲爹娘送两碗也拿不出手，东怪怪西怨怨，好不犯难也。

旧时炸油饼，还有"幌子"之说。就是主家在炸油饼的时候，会炸一个直径尺把大盘子大小的油饼，过年期间亲戚来时，就将此"幌子"端上来，同时也将其他吃物拿上来，但幌子只可看，表示主家之富有，而不能真吃，真吃的是其他的东西。如果谁将主家的幌子真给掰破了或者吃了，那就太不像话了也太失礼了；因为很可能主家根本就没有其他的油饼了，只有幌子端来端去，用来撑门面，如果碎了或者没了，那可就麻烦大了。

剪窗花　贴花墙　糊花灯

北方农村，窗户都是纸糊，红黄蓝白绿各色，混搭贴在窗格中，再请高手剪了窗花，有石榴、牡丹、仙桃、花瓶、钱串、花鸟、寿字、缠枝藤儿、八仙人儿，各色十样。房间墙上，或贴学生课本，或废纸贴糊，如果能用废旧报纸贴满一屋，那简直就高级得可以和县城人一比高低了。有钱人家，买来一些花墙纸，再用各色纸裁成边栏，四角剪成云雷、卍字、钱贯、福禄等形状，沿炕贴一圈儿，中间再贴两个大"寿"字。墙高处则贴年画，很少有成排贴满的，顶多有三四张，分开均等贴了。一般来说，只有厅房主炕，才有此待遇，花墙花窗，新洁喜气，其他房间，多是原始土墙；精细人家，会把去年主房的年画揭下来转贴在其他房间，也算是装饰一新了。

花灯有两种。一种是用来挂在大门或其他门上的，一种是用来跑灯敬神的。挂灯多是红色西瓜灯，跑灯则为竖长方形，四面白纸糊了，再贴精细的各色花卉。大门上的灯笼过年头几天是不灭的，但没有那么多的蜡烛，就在里面放一盏煤油灯，以便延时而已。

剪纸和贴窗花糊墙，一般都是手巧心灵的女娃子干的，我家没有女孩，母亲又忙出忙进顾不上管这些，所以我虽然极不情愿，但也不得不干。我耐性极差，往往是刚开始还认真细致，等到后半程，就歪七扭八地往上贴，因此经常被母亲训斥，不是这朵花贴歪了，就是那张画贴斜了。这时候，爷爷总偏向着我，眯缝着眼睛乐呵呵地说：好看，好看，真个好看，贴得好得很，端端正正，纸新年新，好兆头好兆头！

写春联　书"福"字

在我的记忆中，村里能写春联的也就两三个人，当中属太爷老师最具权威。进入腊月，他比平常更忙，因为他要为村里唱戏设计制作戏服，给社员排练演戏；他还会剪窗花灯花，会扎灯笼，感觉世上就没有他不会做的东西。他的脾气有些古怪，你拿着纸去求他的时候，不管有没有人等，他都会耽延，嘴里不干不净地数落你，然后才写。

有一年我正打算到太爷家去写春联，爷爷说，你也是五年级学生了，你自己写吧，字写得好不好的，别写错不就行了。从此以后，我就开始写春联，一直写到我来北京前。每年我会准备几大瓶墨汁，几支毛笔，写三天左右。不仅写春联，还要写"五谷丰登""四季平安""幸福人家""春满人间""福""禄""寿""财"等相当于门神的方格字，以及"槽头兴旺""出门见喜""抬头见喜""清洁平安"等吉利语。

农民不识字，对联贴错贴倒，中堂贴反，都很常见。所以我每次写的时候，如果一家写三副，就写七字、八字、九字不同字的三副，而且在背后打上个记号，这样贴的时候就不至于错了或者倒了。即便这样，也仍然经常会出笑话。有一年我们大年初一到同族大爷家拜年，正吃喝间，一后生突然笑喷，手指指着我的身后，我转身一看，炕头赫然见"槽头兴旺"。原来大爷把"槽头兴旺"和"抬头见喜"贴反了。"槽头兴旺"本是贴在牛马圈里槽头的，"抬头见喜"是贴在大爷炕头的，大爷不识字就给贴反了。他倒觉得没什么，乐呵呵地说："我一年干的就是牛马活儿，还不如牛马，说'槽头兴旺'，正合适正合适呐。"

陇上人家，家家有过年挂中堂、贴四调子的风俗。70年代还没有卖中堂的，所以我也给村里人写中堂，多是毛主席诗词，如《长征》《沁园春·雪》《人民解放军占领南京》等，后来也写古诗词。我家的院子，腊月底的几天，人来人往，络绎不绝，写对联的，打纸钱的，灌黄蜡的，烤火谝闲传的。人人喜形于色，个个欢悦无似。我到了北大以后，一方面回去的次数极少，回去也到除夕晚上，村人早都写好对联了。另一方面我的毛笔字并不好，对联贴不到一个月就会风吹羊啃不见踪迹，甚至除夕晚上贴了，初一早上就被羊给啃去半截，而中堂要挂一年甚至几年，乡亲们不识字的好歹，来个亲戚就可劲儿地吹这是我们村里孝顺写的，那可是北大教授的宝墨。我觉得实在担当不起，怕给北大丢太多的人，所以就封笔横竖不写了，由子侄辈的孩子们写去了。

除　夕

（啃骨头　吃长面　贴对联　迎祖先　守岁）

　　过年是孩子们的节日，巴望着巴望着除夕的到来。村中人家，上午就开始剁肉，肉带骨头，煮满满一锅。我的爷爷因为没牙，最喜吃猪蹄的炖子，清早起来就将猪蹄放小锅在火盆上开炖，到下午捞出来晾好了，就切成白嫩滑爽的炖子，炝油浇辣椒调料，便成人间绝品。

　　大概到太阳将落之际，村里就开始陆续炮声不绝，牛羊早早入圈，饮饲喂足了。骨头煮烂了，先捞出两块，敬献在供桌上祭祖，再端上半碗汤水，由小娃子端着，在院子四角，大门外边，到处浇浇。传说屋檐下面，滴檐水坑，院落四角，大门外面，大道小路，都有无主饿鬼和赶路孤魂，大过年的人神鬼魅都要照顾到的。

　　这时候把打好的纸钱和刷印捆扎好的冥币，整齐敬献在桌上，再献上三小碗各色菜及水果点心之类，摆上三双新筷子，如果没有新筷子也得挑一色一样长短的洗干净，否则不够精洁和虔诚。各色十样摆好了，男性们跪在地上，由长辈焚香烧纸，奠茶祭酒，然后三跪三兴，行礼如仪，这就算祖先迎接到门了。磕头一毕，才能贴对联门神，如果祭奠前先贴，门神把持，祖先就进不了宅了。对联贴好，娃子们立刻手持燃香，跑出大门，鞭炮齐鸣，爆竹升天，彩花怒放，小女娃子，站立远处，掩着耳朵，嘻嘻观看，满村炮响，香蜡硫黄味儿，弥漫村中，这就是浓浓的年味儿，年来也！

　　全家团圆，围炕而坐，大碟盛骨头，小碟小碗儿盛辣椒葱蒜酱醋等，山中无他调料，然亦足矣。老少男女，开怀大嚼，骨头扔在地上，花花狗儿，摇着尾巴，咯吱咯吱，也啃得欢实。当晚一顿排骨，为一年仅有之一次，鼓腹胀肚，方才歇手，狗也是一年中吃得最饱的一次呐。骨头啃罢，主妇又烧锅下面，臊子长面，复端上桌，讲究人家，还有菜角儿（饺子），一来祭祖，二来祝寿，小娃子们已经脑满肠肥，吃不进肚里了。

长面吃罢，已是夜分，撤去碗筷，擦净炕桌，油饼花卷，瓜子糖果，各样水果，堆叠桌上。火盆添柴，捅火明亮，搭水烧开，换茶再煮，头杯敬祖，二杯敬爷。薄酒开瓶，烫酒温热，倾满一盏，恭献先人，然后子敬父饮，孙复敬子，即年迈奶奶，锅前老母，也可抿嘴儿尝尝。酒香氤氲，年味十足矣。

这时主妇和搭手帮忙的女娃子，也终于闲了下来，有了可以坐下来喝茶品酒、吃点瓜果的闲暇。一家人围着火盆，说说笑笑，谈地论天，直到乙夜方罢。此即所谓守岁也。

大年初一

（点头蜡 拜年 吃火锅）

大年初一，城里人都争抢着点头蜡，以祈吉利护佑，有前半夜即冒寒排队者，如北京雍和宫等处是也。即穷乡僻壤，亦有此俗。漆家山村东有庙，新中国成立后泥胎被从庙中抬出，掀滚下山，庙院只剩残垣断壁，苦度岁月。村民正月初一，即到此庙院点蜡，以求神佑。点头蜡者，亦需三更以后，如去得太早，则还在旧年。而且还有一个极为恐怖的传说，说某年有人急于点头蜡，三十晚未过半夜即到庙中，见到一个女性正在梳头，则此山所谓马泉山神为女身，此时前半夜还未转身成功，此中有佛身女像的影子在焉。

所以，我每次点蜡时，都非常害怕，跪地磕头时，总觉得背后有半人半鬼的女性在看着。我只有一次，和金德爷相商，凌晨去点头蜡，终于如愿。大概到弟弟长到十来岁后，此项工作就由他来做，我俨然退休也。

点蜡回来，东方发白，天在将亮未亮之间，了无睡意，就火盆生火，烧水煮茶，热饭摆祭，此为新年第一次敬献祖宗，之后开门放炮，举村皆兴。家中男丁，无论年长幼儿，都得起来，穿戴一新，即无新衣者，也缝补洗拆，干干净净，齐跪桌前；长者上香焚纸，三跪三兴，给祖宗磕头。磕完了再依次给全家长辈磕头，然后略略进食，就开始拜年。全族男性，集中在一起，从年纪最长的一家开始，依次磕头拜年。主家即将油饼糖果等各色吃食，尽摆桌上，煮茶敬酒，以庆丰年；略尽杯酒，再转至下一家，等各家串到，已近中午时分矣。

年初一中午，殷实人家，一般都是主吃火锅。锅子也是一年未用，拿出来刷洗干净，将梨木炭火，装入炭筒，杂菜鲜汤，粉条精肉，热气升腾，香飘四溢，端上炕来，花卷白馍，也热得洁白软香，汤酒献茶，一番饕餮，果腹打嗝，可谓年丰味足也。

大年初一走亲戚的都是嫡亲，女婿来拜老丈人，侄子来拜姑父、舅舅。这天有两类特殊的亲戚。一是新女婿来拜丈人，头年女儿出嫁的，"新女婿"必须在初一来拜谢岳丈岳母大人，老丈人还得给新女婿红包，这也是最后一次，以后就没有了。另一种是主家老人过世了，大年初一嫡亲要来拜"新纸"，但不再哭哭泣泣，只是行规矩而已。

凡家有丧事者，新年所贴窗花、灯花、墙纸、对联等，皆不用红色，素色对联要连贴三年。自我二十多岁开始，因为家族中老者较多，一位去世，未及三年或刚到三年，又一位去世，所以接连十来年没贴过红色对联。家有丧事者，尤其是丧主的嫡子、嫡孙，三年内大年初三前，也不走亲戚，因有热孝在身，于别家有不吉利之义也。女性眷属，大年初三前，也不串门，不走亲戚，初四以后才可以走亲会朋矣。

大年初三

（送祖先）

自初一至初三，是过年最重要的三天。初三晚上，也是主吃长面与饺子。头锅面煮好了，先盛少许，献与祖先，然后众人吃完，净手磕头奠祭毕，就开始分纸钱。纸钱、冥币原是连缀成沓，不利引火，所以要一张张分开，找干净背篼背了，手擎香蜡，吹吹打打到某一固定的烧纸钱地点，举族围聚，将各家的纸钱拢作一大堆，奠茶酒餐饭毕，众人再磕头后，开始焚烧纸钱。男娃子们开始放炮，村子东西，路口坟间，处处如篝火，在在似打仗。等纸钱焚成灰烬，将茶酒饮食泼入灰中，西风时至，纸灰扬空旋转而去，众人欢喜，以为祖先取钱者，引首再拜毕，各自回家。以迎祖先始，以送祖先迄，三天穷年，已然过去也。

大年初四

（回娘家 初五不出门）

初四是出嫁姑娘回娘家的日子，路上处处可遇新媳妇儿，涂脂抹粉，头脚皆新，或丈夫作陪，或家弟来接，牵骡引马，提篮背包，怡怡然往娘家而去。初五号称"五穷"，无特殊情况，一般不走亲戚。传说唐朝秦琼蒙难之时，曾救唐王李渊，渊追问壮士名姓，秦琼不欲知之，打马飞奔，伸出一手，示意不必再追，回首喊"秦琼"；李渊只听得一个"穷"字，看手势以为穷爷行五，遂称"穷五爷"。故秦琼此后五年，当双铜，卖黄膘马，穷迫流浪，几不能为人，所谓天子金口玉言故也。所以民间谓初五不吉，不得出行也。

大年初六
（社火来 初七大戏开）

漆家山的社火与大戏，在方圆数村，大大有名。初六社火先出，初七大戏登台，至十五六日，连演十日。见前所述，此不另表。

大年十五 元宵节
（雪打灯 炖猪头）

正月十五元宵节，这天是炖猪头的日子。老太太将猪头煮在锅里，差不多了，就闷火去看戏，戏散回来，全家人乐乐呵呵地啃猪头肉。如果有人恶作剧，到老太太家锅中切块猪头肉或者割半只猪耳吃，主家也不怪；但如果全给人家偷走，则会骂个驴死肝子烂。如果没杀年猪，或者猪头也卖了，那至少也要留一副肠肚煮了吃。农家穷年，多数人家不到十五，好吃好喝的基本就光光净净了，过了十五，这年就算过完，该干活儿了。

十五晚上，也是社火的最后一晚，如果当晚多少飘点雪花，甚至大雪纷纷，是最吉利的征兆，也就是曲儿唱的"正月十五雪打灯，今年的庄农好收成"。群灯在雪花中跑舞，正是小山村最美的风光与年景。因为是最后一晚，所以在跑完结束时，大家互相捅纸灯，称为"倒灯"，这也意味着今年的社火结束，收灯放好，再待明年了。

二月二

（龙抬头　吃炒豌豆）

俗话说"二月二日龙抬头"，山乡寒冻，进入二月也开始百草萌苏，路边野草，露尖出头，农民开始积肥送粪、准备春播了。正月不许剃头，这时也可以剪发拾掇拾掇了。当地的习俗，二月二吃炒豌豆（蚕豆）。炒法有两种：马马虎虎的主妇，就会随便拿出些豌豆，炒熟吃即可；细心之家，就会先拣大的饱满的豌豆，泡水晒干再炒，炒出来既好吃也便于剥皮，老人也可以放在嘴里嗑嗑。有小娃子的家里，还会用线将豌豆穿成长串，娃娃们挂在脖子上，犹如佛珠，边玩边吃；如果有一长串豌豆带上出门，那是相当光彩有面儿的，还可以比一比谁的串儿长呢。

吃了豌豆唯一不好的就是容易放屁，如果再喝上两碗凉水，肚子一胀，那就会一路放下去，而豌豆屁是屁类当中最臭的之一，广众大庭如有一人放豌豆屁，会熏死满室人的。嘻嘻！

三月三

三月三日上巳节，据传是轩辕黄帝的诞日，但漆家山人可不懂这么多，相传是祛除灾病的节日。三月三村里祭神，仅仅是杀只鸡，祭毕将肉分成二十来份，一家一份。可是一只鸡才一把肉，怎么个分法

嘎嘣脆香的炒蚕豆

呢? 就是把鸡肉做熟后, 切成小碎块儿, 烙几张小麦薄饼切片, 每片包一撮碎肉, 正如同食北京烤鸭一样, 卷成二十多个小卷儿。主事者会在村头高喊:"分肉了! 分肉了! "如果大家忙, 就会装在竹篮中, 呼喝着挨家发放, 馋嘴的小朋友拿到手中, 一张嘴就顺进嗓子眼儿去了。有时半道就偷偷吃了, 家里兄弟姐妹尝不到, 连哭带叫, 父母问了, 娃子怕挨打, 就说没有见到肉, 坚不承认, 有时还会引起两家吵架, 甚至动手呢!

四月八　佛诞节

漆家山人嘴里经常念叨的不是"天爷"就是"佛爷", 但"佛爷"是什么人来自什么地方, 他不一定知道也不必知道, 但从过完年至今, 已经没吃过肉打打牙祭了。对于小山村来说, 四月八、五月端午、八月十五这样的节日都是大节, 是要杀羊敬神的, 大家也乐得尝点肉味,一解小馋也。

　　这杀羊可不是捉来就杀的，先要供上诸神牌位，茶果纸钱，各样祭品，然后把羊领到供桌前，来领神意。实际就是羊要不由自主地抖身子摆耳朵，就等于是神认领了，然后才能宰杀。这事你说没神吧，有时候也很奇怪，好端端一只羊，它真的就会抖身摆耳，大家欢呼牵出；但有时候从大清早直到日落西山，它就是不摆，一点儿招也没有。如果是本生产队的羊，就再换一只来；如果是买来的羊，就只能双方僵持着，逼迫无奈，就会给羊耳朵里灌水，羊受不了就会摆耳朵。可有时这羊还真就绝了，耳朵灌满水它也不摆不抖，只好放养起来，选个好日子，再接着来。

　　但一般情况下，日子都是选好的黄道吉日，非在当日杀不可；如果不在当日杀，等于没有给神落实，那可不是闹着玩的，等于没有兑现，空许了口愿，会遭到惩罚，所以还得再杀一只，那可就麻烦大了。最后实在没招了，就抓住羊头使劲儿摇，羊被摇晕了，你放开它的头，它就不由自主地摇几下，大家就会异口同声地喊"领啦！领啦！神领啦！神领啦！"然后抓出去宰了。我很怀疑孟子和齐宣王的对话中，宣王称对于将杀之牛"吾不忍其觳觫"之"觳觫"，并不是恐惧之义，实际就是抖身子摆耳领神而已。

　　羊杀好后，先煮一锅杂碎羊汤，祭神毕了，就舀给村里的馋嘴娃娃们喝。常言说"吃肉不如喝羊汤"，羊肉汤是最好喝的，如能泡个白面薄馍，那可是尧皇舜帝的日子了。然后把生肉分成二十余份，喊家家来人拿肉。我小时候，端一个碗将肉分来，怕苍蝇作害，母亲会让我到村里二太爷家的花椒树上摘几片花椒叶来。那可是全村唯一的一棵花椒树，是他家重要的经济来源，所以村人都很自觉，就是在秋九月花椒熟了，也没人好意思偷摘，只摘几片叶子洗洗，煮在锅里和花椒的作用是一样的。新鲜花椒叶味重，将肉用椒叶盖上，苍蝇蚊子之类，还真就不敢来了，既保鲜，又防虫，造物主真个神奇矣。

母亲会将羊肉煮熟了，用白菜、萝卜等炖一锅烩菜汤，再蒸些馍馍，全家人美美地咂巴着嘴吃一顿；孝敬的老娘还会留出几片肉，第二天遣我送往任家门，给外爷外奶奶品尝个新鲜呢。

四月八还有一个习俗，就是娃子们戴手框儿（手链）。农民清苦，家无余财，没有什么金银手镯儿，就是给孩子在头上、手上、脚脖子上系红头绳儿，没有红头绳的，就用红纸将棉线染了，戴在手上、脚上，出汗或者湿了，就会抹下一圈儿的红颜色呢。

所以，《白毛女》中杨白劳给喜儿扎红头绳时唱"人家的闺女有花戴，你爹我钱少不能买。扯上了二尺红头绳，我给我喜儿扎起来"，现在城里的孩子们看了，觉得不可思议，但我们小时候真的是连二尺红头绳都扯不到。因此杨白劳给喜儿扎头绳时，我便感到周身的幸福，和喜儿的感觉是一样儿一样儿的。

新蕨菜

蕨菜是大自然给漆家山人馈赠的宝物，一般在四月间随草萌生，春霖滋润，万草齐长，当蒿草长到没膝深的时候，也就是蕨菜生成之日——尺把长，筷子粗，未散叶，色翠绿，这时的蕨菜是最嫩最脆的。林荫深蒿、酸刺灌木中最为密布，胖嫩可喜。半天光景，就可以折一背篼，虽衣破手伤，饿累疲顿而不顾也。切成寸长，翻捞煮出，炝油冷拌，添醋加蒜，便是人间至味。若待蕨菜长高，开枝散叶，即

蒜拌蕨菜，世间美味

成烧柴，不能食用。所以，蕨菜的可食期是非常短的，这也正是藏存的好时候，过水捞出，搭绳晾晒，干如柴棍，即可藏放，腊尽年来，即成为招待亲朋之佳品也。

乌龙头，在当地称"木龙头"，采食期稍晚于蕨菜。老家阴湿山区多有，如大牡丹树，枝秆高耸，满布小刺，乌龙头长在树枝的分叉间或分枝上，大拇指大小长短，色泽褐红中透着翠绿；与蕨菜一样，一旦开枝散叶，即成老柴，不可再食。其含苞状或叶稍萌透时，采摘下来，可以药、菜两用，极其名贵。根茎可入药，其味甘苦性平，有健胃利便、活血止痛之效。洗净煮熟，凉拌如蕨菜，入口清脆，略带苦涩，也可晒为干菜，或腌成咸菜。乌龙头树极少，不易找寻，我小时候老家远山里多有，现如今已经基本绝迹了。

五月五　端午节

　　端阳节是大节，家家户户，要插柳秧、撒灶灰的，据说也是为了避邪驱鬼。家家会从背山里割来柳枝，插在各屋门顶，这柳枝还能起一个特殊的作用，就是能把满屋的烟引出来。我家的主房是西房，夏日太阳一照，爷爷的火盆一烧，满屋全是烟，呛得咳嗽不已，插上柳秧，烟就会顺着秧条秧叶出屋，奇乎怪哉！撒灰是簸箕里端上灶灰，不能是炕灰，因为只有灶膛里的灰是干净的；在檐下墙角，大门内外，处处撒到，吸潮驱鬼，都有用呐。

　　端午节漆家山吃食最讲究的并不是粽子，因为多数人家没有大米，母亲会从米罐里扫出些碎米，煮成米饭，给我倒小半碗蜂蜜蘸着吃；我从小什么都缺，唯一吃厌吃坏了的就是蜂蜜，因为爷爷给生产队养蜂，我家南屋的大缸中全是蜜呢。所以我的胃不能吃甜的，吃了甜食胃里会反酸。漆家山人吃的主要是腊肉炒韭菜，即便买不起川里人的好韭菜，自家园子的韭菜也下来了，虽然细窄且有腥味，但配腊肉炒了，再配上几个油花卷儿，那就是端午节最好的珍馐了。

　　山野农村，气候高寒，头刀韭菜长出二指长时，川里的韭菜已经割过两三刀了。我家园子里栽了几排韭菜，因为在大杏树下，树荫遮蔽，韭菜细细窄窄，且稍有辣味，但仍不妨其鲜嫩美味。头刀韭菜割下来，是要做韭饼的。韭菜摘叶洗净，切成寸段，调入油盐和简单的调料，讲究点儿的炒入两个鸡蛋，和面擀成薄饼，铺一层韭菜，上面再盖一层薄面饼，入锅烙饼，翻过两翻，上涂胡麻油再出锅，其香扑鼻，引人馋虫。能与其媲美的，是五月份第一个菜瓜长成后，烙的菜瓜油饼，酥软更胜韭菜饼矣。

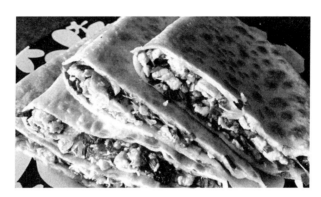

滑嫩清香的韭饼

如果是烙韭菜猪油合子，则面饼要较韭菜饼稍厚，也较小，不是再盖一层，而是一层，半边铺韭菜，半边合过来形成半月形。合口处可以捏合，还可以锁边成花棱形，下锅几翻后，外抹猪油，则出锅后外皮酥脆，内瓤适口，余香袅袅，数日难忘也。

鹿鼻子（羊肚菌）

夏初草嫩，阴湿之地，尤其是坟地，偶尔会采到鹿鼻子，此乃极珍极罕之宝物。其形状如宝塔，表面坑坑洼洼，小儿拳头大小，喜嫩不敢触摸，唯恐坏其形状。采一两只归家，割园中山韭两把，炒盘鹿鼻子韭菜，异香扑鼻，不舍下咽也。

地垃儿（地荳）

地垃儿即地衣菜，多生于背阴湿地，以山屲羊肠小道台间和荒地滩子为多，雨过天晴，地上将干未干之时易于采拾；若太湿则地衣粘贴于地不好采捡，地上干了则地衣亦干寻找不见。地上半干状态时，地衣被水泡涨，浅黑色贴伏地面，亮晶晶，水灵灵，大者如墨水瓶盖，小者如拇指甲盖。小女娃子拎着篮子，半晌即能捡拾大半篮，男人不成，心粗手拙，根本就看不到也寻不见。捡回来洗净了切碎，萝卜擦丝儿，搅拌混匀了，包成水饺，爽滑适口，清香留齿，可是在城里吃不到的绝品。

六月六　晒衣服

六月六日，差不多入伏了，天气热起来，要晒晒衣服。农家虽穷，但破衣烂衫，也要翻出来抖晒一番，就如同阮咸晒裈，多少也就不失规矩了。我家在村里算"富户"，院子里拉起绳子，像爷爷、外爷、外婆的老衣，舍不得盖的棉被和羊毛毡，其他衣裤鞋袜的，能晒个满院花；怕别人瞧见"露富"，还要把大门闩上。想来怪有意思，活人没有穿的，却给尚存于世的老人，先准备好一身的行头，天长日久，或糟或朽，或虫蚀破洞，只好让老人们当在世的衣服穿。没有两件老衣放着，老人可是心中不打底，只有亲自看了，死时才会瞑目也。

烤青麦

小麦、青稞在灌浆粒圆、尚未面生、正青不黄之时，捡鼓涨长穗，掐节折断，十来穗扎成小把，野地生火，架火烧烤，边烤边转，只听噼啪作响，外皮即焦未焦之时，摘穗放在手中，边揉边搓，皮糠吹去，只剩麦粒，入口嚼食，甜香焦脆，尤以青稞为最。一旦面生穗黄，颗粒变硬，则不能再食也。

青稞还可炒了吃，或者装在口袋里，边玩边吃。生产队时，青稞都是在地里偷摘来，或连穗炒熟再去皮，或去皮后炒，皮麸穗秆赶快塞进炕洞，以免干部发现；娃子也只能待在家里吃，想装在身上出去给其他小朋友显摆，父母不让，那种锦衣夜行和不能显摆的感觉，比吃不到炒青稞还让人挠心，但青稞味儿香诱飘飘，张家炒青稞，李家一闻便知矣。

那年招生期间，我们可爱的小汪毅和她妈妈带了两包炒青麦，犒劳招生组师生，捏在手心尝了几粒，一下就让我回到过去，想到少年时偷青稞的光景。岁月啊岁月，七爷哟七爷！

烧洋芋 煮洋芋 洋芋粉

洋芋是漆家山人的主食，现在四十岁以上的人，都应该给洋芋修庙磕头，如果没有洋芋这个外来品，我们泰半会饿死。山村地寒，差不多要到收麦时节，洋芋才会有拳头大小，这时就可以烧着吃了；如果太小，一则浪费，二则面气未生，水稀不香。有经验的人会在洋芋根茎的围土堆中看自然裂口，将裂口扒开，必有大洋芋，单个儿摘下来，也不伤其他还在长的小洋芋。洋芋烧法，有明烧，有暗闷。架火燃了，将洋芋煨在火膛中，过会儿再翻翻转转，皮焦味出，剥皮烫啃，面粉味香，焦中带脆。若里头未熟，还可接着再烧。另一种烧法，是在野地挖出锅形的坑儿，将洋芋搁里面，再用干土埋严实了，在底下架火烧烤闷熟，则外干内酥，面粉爽口，皮也不焦，比直接烧更好吃。若挖回家中，可放水煮食，洋芋熟时，裂口如花，剥皮咬食，最为酥爽。还可以捣碎，调少许清油，拌咸菜食盐，当饭来吃。然既不能空腹吃，也不能吃太多，否则胃辣难受呢。

面饱裂口的煮洋芋

过去洋芋有白花、蓝花两种，蓝花的个大面粉，比白花的好吃，但冬天窖藏存放，蓝花的最容易先朽。到了庄稼收割上场，农事稍闲，就可以用礤子搭盆，将洋芋擦成细末，沉淀洗捞，即成洋芋粉；和矾匀粉，或压或切，做成粉条，挂晒晾干存放，逢年过节，就是上上的吃食，虽品相不如机器做的好看，但比城里买的要好吃得多呢。

七月初七日　乞巧节

七月初七日乞巧节，是女娃子的节日。牛郎织女的故事，对既不浪漫，也不能婚姻自主的娃子们来说，真是远在天上的往事。这天，未嫁的女娃子们凑在一起，纳花鞋垫儿，或者是枕头挡儿、小弟弟的花花帽儿，已婚妇女则纳鞋底儿，缝缝补补。过去判断一个女娃子是否贤惠方巧，针线活儿可是重要的面子工程。折子戏《小姑贤》中恶婆婆刁难儿媳妇、夸自己闺女时说："你看我娃纳的鞋底儿，横是行行，竖是样样，就像是韩信点的兵；你看你纳的鞋底儿，横不成行行，竖不成样样，就像给马王爷画的胡子。"今日女汉子，都是《儿女英雄传》中的十三妹，舞刀弄枪的出身，马王爷的胡子也画不成呐。

七月十二　吃麦蝉儿

七月十二日，是当地尝新麦面的日子，好像在全国各地，别处没有这么一个节日。辛苦一年，新麦打碾毕了，淘晒干了，向生产队借头毛驴，驮几十斤麦子，进城磨面，这过程本身就充满了喜吉。磨回来后，母亲会用死面（不是发面）烙饼，然后切成四份，分别切割出身子胳膊，再用顶针或夹子，做出头脸，状如蝉飞，烙熟后就叫"麦蝉儿"。其味清面香，脆爽甘饴。有女娃的细心人家，还会采山丹丹花（当地叫簪簪花）晒干存着，这时拿出来碾成粉末，和在面中，做成蚕豆大的面馃馃炒熟，颜色花黄，既好吃，又好看，小娃子拿在手

丰收新味兼有新喜的麦蝉儿（赵文慧　提供）

上，没有的孩子哈喇子和下巴一齐都馋得掉在地上了。

八月十五　中秋节

蒜拌茄子

中秋节是一年中的重大节日，村里当年要杀羊庆祝，年景好时还会杀头猪呢。中秋赏月，对漆家山人没有任何吸引力，他们甚至不知道世上还有这么一项高雅的活动，月亮对他们来说是寻常所见，没什么可赏的。月饼是既不会做也买不起，也是不吃的。这天的主要吃食是蒜拌茄子。头天大家会进趟城，买些新寺等地产的茄子和辣椒，打瓶醋和酱油；其实茄子已经快收尾是老茄子了，但对山里人来说，多数当年还是头一回吃。将茄子煮熟了，用手慢慢撕成小条儿，炝了清油，用盐、醋、蒜做主要调料，就成了蒜拌茄子，酥软滑嫩，香味扑鼻，这是我爷爷一生的最爱。茄子炒辣椒也是当天的主打菜，如

软嫩适口的蒜拌茄子

果再搭点儿腊肉条儿，就更美味了，可惜大多数家庭这时候已经没有腊肉可吃了，那放几片猪肉渣儿也就顶肉了。

漆家山中秋节前的最大活动是打蜜，也叫杀蜜。当地养土蜜蜂，全村的蜜蜂都在我家院子里养着，这是爷爷一辈子喜欢干的营生。到了中秋前后，百花已枯，而每盒蜂槽中的蜂蜡，都已经灌满了蜂蜜；生产队会选择一个月黑风高的夜晚，像做地下工作一样地酿蜜。村里的酿蜜方法非常残忍，是将蜜蜂与蜂瓣一齐铲入锅中，然后赶快盖上锅盖，逃飞出来的蜜蜂就会疯狂蜇人，所以当晚会有不少人被蜇。每到这天晚上，我老早就用被子包得严严实实躲藏起来，但总会有几只蜜蜂钻进来，强力报复我这个无辜之人，或者脸蛋或者屁股，只要蜇一把，第二天就肿成了油葫芦。

蜜制成后，就会存放在我家南房的两只大缸中，中秋节前队里会根据全村人的工分，给各家各户发放；大家拿着瓦罐碎碗儿都来分蜜，或者几斤，或者半碗儿。中秋当天，家家会给娃子们尝个鲜，油

圆形蜂槽

饼或者花卷儿蘸新鲜蜂蜜吃，那是何等的土豪啊！

　　未熟的原始蜂瓣中的生蜜，远比熟蜜要清香甜冽，但有蜡味。土蜂蜜比如今城市超市买的蜜要好吃得多，不掺假的好蜂蜜，用勺子舀起来往下流，蜂蜜是会打堆儿的，而且有如沙状的颗粒，可以放若干年，并且沉淀如膏。蜂蜜最怕水，一旦沾水，很快就会发霉味酸，所以洗沾了蜂蜜的器皿根本不用洗涤料，用凉水冲洗，便干干净净，热水洗反而越洗越黏。蜂蜜不能和生葱、生姜、韭菜、豆腐等一起吃，蜂蜜如果倒在葱管里，葱立时裂破矣。

九月九　重阳节

　　九月九日是重阳节，但在漆家山既无菊花可赏，且家在高山顶上，更无高可登，所以也没有登高的习俗。这天出嫁的姑娘无论年轻还是老的，哪怕已经做了奶奶，但只要娘家父母尚在，就得回来给老人过节；竹篮子提几个花卷儿，啤酒瓶中装半瓶儿清油，头巾中包几个鸡蛋，都是竭尽了家中的珍稀。家境好点丈夫通明的，还会给老父母称二两茶叶，买一包烟叶，打半斤点心，做一双鞋子，缝一件衫儿，置办一件棉衣，或者买一顶帽子，只要上述诸物中有一种一件，就已经非常隆礼而有光彩了。如果半道遇上熟人，还会拿出来夸耀一番，见者则啧啧称羡，直夸孝心感天，这个女儿没有白养呐。

　　无论多大年纪，回娘家就是女儿，都是兴高采烈的。有大孩子的由孩子背着扛着抱着，有小娃子的怀里抱着背上背着，浩荡而来。一进家门，水米未打，先拿出来衣服鞋袜，让老人试穿，老人心疼女儿又破费了，口上说花了钱了贵了不值了，但脸上和心里可是乐开了花儿，一年也就值钱这么一回也。

老人有三个女儿的，姊妹们虽然嘴上不说，但暗地里都在较劲儿，看谁花的钱多，做的买的东西好；父母眼中都是一样，但在嫂子弟媳妇眼中可不一样，所以对待穷姑姑和富姑姑的眼神也不一样。因此，家中窘迫的出嫁女儿，是最怵重阳节的，又想孝敬老人，又拿不出像样的物件，又不能不去，去了又得受委屈遭白眼，那心中可不是一般的难受了。在娘家受了委屈，遭了白眼，回家抱怨丈夫两句，说不定还得挨顿打呢。

人世亲情，转眼即缺。中国人常讲"五服"，其实"亲不过三辈"，女儿出嫁了，随着光阴的飞逝，娘家父母过世，这亲情就已经大减，再也没有揪扯着女儿逢年过节迫切回娘家的心情；同辈的兄弟如果再过世，侄儿们尊敬姑姑的，可能还偶尔会回一趟，如果不怎么来往，日子又过得紧紧巴巴的，或者人家红火自家过得可怜的，这亲戚也就有一搭没一搭地逐渐淡了；等到这个出嫁女儿再老去鹤归，娘家人在下棺前再耍最后的一次威风，以后来往就更少了；等姑舅侄子辈再百年后，更小辈的基本上就快成路人了。上下三辈人，还是至亲，到了四辈、五辈就连亲戚的家门都摸不着了。

十月初一　烧寒衣

俗话说："十月里，十月一，孟姜女儿烧寒衣。"传说这天是孟姜女给夫婿范喜良烧寒衣的日子。后来就民间通用了，成为给祖先托梦还愿烧寒衣的日子。对于漆家山村人来说，腊月二十三日祭灶，七月七日的乞巧，重阳节给父母尽孝和十月初一的烧寒衣，基本上是女性主打的节日。有人会到祖坟去烧点纸钱，给祖先接济点儿，这个时候他们在阴间可能正青黄不接，自从大年初三烧过纸后，估计祖宗们钱也花得差不多了。多数人家，会零零碎碎在路口、门口或村口烧些纸钱，女眷们会烧扎好的寒衣，讲究些的还会烧个火盆、水烟瓶之类的。女儿最想的永远是妈妈，她们会常常梦到妈妈在那边缺衣少穿，醒来后就会哭着许愿，所以有些女眷还会在这天给娘家过世的母亲，遥遥远远地烧寒衣呢。

十一月　冬至节

冬至节一般都在农历十一月中下旬。古时以冬日至，要祭拜天神人鬼，以祈福与消除疫疾。古人特别重视冬至，这是一年中的大节，有所谓"冬至大如年"的说法。明清两代皇帝均有祭天大典，谓之"冬至郊天"。长至日寒，年关将近。讲究人家，炸萝卜拌猪油渣儿做馅，包菜角儿（饺子），再来一碗长面，过节兼解馋，一举而两得。对农村娃子们来说，这也是最难熬的一段时间，天寒地冻，万里雪飘，新衣未成，旧衣不耐严寒。农村进入农闲时节，村人也修整农具，走走亲戚，一则稍事歇息，一则为来年春播做准备也。

年复一年，日复一日，流光易逝，光阴难再。无论王公世胄，还是下吏百姓，都不能回避岁月，归终要老去，正所谓"公道世间唯白发，贵人头上不曾饶"者也。漆家山人的岁月，也就这么一年压着一年地轮回着，埋了老人，生了小儿，滚了牛马，添了驴骡。传统被固定在一定的模式之内，日子被侵蚀得七零八落。这不，冬至节刚刚过完，瑞雪飘飞，腊月已到，又该过下一个腊八节了。

土语方言唇齿重，秦声陇调寄情深

——漆家山方言土语

方言土语，各地不同，隔山越岭，音自相异。漳县话相对陇西、渭源等地而言，声洪而语硬，速快而话急，两个漳县人聊天，旁边人以为是在吵架。漆家山人说话，与漳县县城人说话无异，再往东经武当乡往武山、甘谷至天水一线，语音相差无几，皆属秦地之声；而往西过陇西、定西一线，则语音大变矣。

方言语音受地理环境影响极大，西北地区处黄土高原，山高沟深，气候严寒，隔山喊话，声非尖厉，音非加长，无以听清，而舌头僵直，嘴唇厚重，轻唇重唇不分，前后鼻音无别，也是地气厚重，风土使然。

且不论古音如何嬗变，就今日普通话之声调而论，漳县话与普通话相较，其特点是"一变四，四变三，二不变，无三声"。也就是说漳县话的阴平，变成普通话就成了去声，如号、怪、帽、变等字；漳县话的阳平调与普通话无异，如来、泉、钱、原等；漳县话读四声的普通话多变成了上声字，如死、鬼、李、马等；漳县话无有上声，但保留了部分入声字读音，如黑、漆、发、擦等字皆是，读出声来颇有"短促如裂帛"的味道。声调的不同，与语音的不同相错落，就导致漳县话与普通话听起来虽然不是两种话，但字同而音异，外地人要辨析出来，虽不像广东话、上海话那么难，却也是不容易的。

即如"我""你""他""咱"的说法，外人听了就乱套了。漳县话中的"我"，县城与漆家山一带读 gè，而殪虎桥、金钟一带却读 è，而自我介绍或说自家的时候又读 gāo 或 āo。这个字应该是古语"卬"的音变，《诗经》中说"人涉卬否，卬须我友"，"卬"即"我"也。比如说"这是我的娃"，往往说成"zhè shī gāo dōu wá"。"你"又读成"niu"（入声），并时常带有"你家""你们"的意味。比如说"niu dōu niú"，就是"你家的牛""你们的牛"。"他"又读为"tāo"，"tāo dōu niú"，也就是"他家的牛""他们的牛"的意思。"咱"读"cáo"，比如说"咱家"就成了"cáo hā"等。

由于音变，许多字词读音，与普通话不同。如"地"读"qī"，"下"读"hā"，崖读"gái"，"案"读"gān"，"角"读"ge"，"鞋"读"hái"，"去"读"qī"；又如"兰""南"不分，"京""金"无别等，类似这样的变读，还可以举出太多的例子。至于喉牙舌齿唇之间是如何音变的，我们不在此探讨了。

漆家山话中极富特色的，就是所谓"儿话音"的运用非常广泛，或单音节，或叠音字。但西北话中的儿话音，其实不是儿话音，因为"儿"是必须要读出声来的，与北京的儿话音完全不同。北京话中的儿话音，后面的"儿"或读轻声，或几乎不读出来一带而过；漆家山话中的儿话音，是构词的必要成分，且多数要读出声来，或读轻声，或读阳平，如盅儿、帽儿、碗碗儿、爪爪儿、鸡娃儿、牛娃儿，儿话儿语，几不离口。但凡带"儿"者，一则有小之义，如猪娃儿、猫娃儿、手巾儿、本本儿、棉袄儿等；二则有娇贵珍爱之义，有"月娃儿""球哥儿""杏儿""油馓儿"等。

与"儿"相类似的就是"子"，"子"的用法相当普遍，仅次于"儿"。如桌子、腿子、缸子、瓦碴子、票子等。"儿"与"子"经常还可以互相替代，而其义不变。但一般来说，可以互通的是形容小小的物什，比如"帽子""铲子""尕桌子"等，可以说成"帽儿""铲儿""尕桌儿"；但"屋子""叫花子""骡子"等比较大的事物与名称，不读"屋儿""叫花儿""骡儿"。这只是一般规律，在实际运用中也不一定，很多是约定俗成，长期如此说道，形成习惯，你一定要说出个道理，有的有规律可言，有的无规律可言。

漳县话中的"尕"字，也是最具西北方言的独特性。"尕"也有二义，一则示小，二则表珍。如"尕花儿""尕女子""尕锅儿""尕板凳""尕门儿""尕妈""尕妹子"等，在方言中用得特别多也特别广泛。与"尕"相类的是"碎"，"碎"亦有"小"之义。如"碎碎的""碎娃""碎疙瘩""碎碗儿""碎花衫儿"等，所以有时"尕"与"碎"，可以互相取代。另一个比较独特的字就是"屲（wā）"，会意字，曲尽其妙，意为斜坡、山坡、陡坡等。有的村落名称比如"张家屲""李家屲"之类的多有，农民出门干活称"走屲里"。

还有一些词语，经过音变，原字原音，若不考据，则不能知其字。如"零干"者，表示最大极限、最大能量的意思。漆家山话中读为"lín gān"，"不得零干"，就是"不得了"的意思，常附缀于句末表示夸张与极限。如"把人零干了""今日把娃给热零干了"。

又有"不得活"，用来形容和夸大所见事物。如有笑话称一个老太太到邻居家串门儿，看到猪圈里摇摇晃晃出来一头肥猪，就惊讶夸张地形容说："天爷！这么肥的猪，真个不得活。"刚说完，另一头更肥的猪也哼哼叽叽地走了出来，老太太更夸张地说："我的天大大！这头猪肥得更不得活。"主人听了，高兴之余，又稍有不爽焉。

　　漆家山话的另类特点，就是骂人詈辞，用词丰富，口气粗恶，中年妇女诟詈他人，可以三天三夜不合眼地连骂，且不带重音重词的。在此仅举一例，就一个"屄"字，就可以骂出从轻到重无数的恶毒变化。"屄"有恐怖、惊惧义，古时此字为"屟（sóng）"，后世以简化字"屄"代之。借代的"屄"有二义：一指软弱无能，胆小怕事，没有骨气，乃用本义；二指男性的精液，乃借代义。故骂人无能无胆称"屄人""屄包""屄疙瘩""屄样子"，骂人可恶称"屄劲""屄瞎""屄毬"等，另有"坏屄""瞎屄""冷屄""热屄""尕屄""碎屄""毬屄""瓢屄""奸屄""笨屄""瓜屄""驴屄""狗屄""猪屄"等，但又不骂"牛屄""马屄"，奇乎怪哉。

　　我们按类别，把漆家山的方言土语叙列大致如下，因为实在太多，只能记录比较有特色的，个别词语，会进行简单的介绍与解释。

1．称谓类

　　漆家山人对称谓词，最高至四辈即祖太爷，再往上只能称祖祖太爷，往下数依次是祖太爷、祖太奶奶，祖爷爷、祖太太，太爷、太太，爷爷、奶奶，答答、妈妈，儿子、媳妇，孙子、孙媳妇，从孙子、从孙媳妇，前后大概八代人，基本上也够用了。

　　称"爸爸"为"答答"或"答"，也有写"大大""达达"的。称

"母亲"为"妈妈"，但娃子们喊妈时，经常听起来像是"嫚"的音，且稍微有点加长。父亲的兄弟辈，如果父亲是家中老二，他有兄弟五个，则依次称大答、答答、三答、四答、五答，其配偶依次呼大妈、妈妈、三妈、四妈、五妈。五答往往因为是最小的，所以又称"尕答"，其妻因之称"尕妈"。若有干亲，则称干答、干妈，其家长辈则呼干爷、干婆，小辈则称干哥哥、干姐姐不等。

父亲的姐妹，称为姑姑，也有大姑姑、二姑姑、三姑姑之呼母亲外家亲戚。母亲的父母称为外爷、外奶奶，但当面呼语直接喊爷爷、奶奶；母亲的兄弟辈称舅舅，配偶称妗子，其子女称舅子哥、舅子弟等；母亲的姐妹称姨娘，其丈夫称姨父，其子女称两姨，见面称呼则与姑表兄弟姐妹无异。姑舅两姨，都是有血缘关系的至亲，但往往也会起矛盾纠纷，所以当地俗语称"姑舅两姨，不见想呢，见了嚷呢"。

邻里之间的称呼，相对简单，只是普通话的"叔叔"，在漆家山喊"爸爸（bábā）"，"阿姨"喊"āyē"。其他上下几辈的称谓，如爷爷、奶奶、哥哥、姐姐等，并无异称。

老人称"老汉"，中年人称"壮年汉"，年轻人称"少年"，婴儿称"尕娃娃""尕娃儿""奶娃儿"。口吃的叫作"结结儿"，瘸腿人叫"跛子"，麻子叫"麻脸汉"，长得不漂亮叫"歪瓜裂枣的""缩眉皱眼的"，嫌人难看称"冲心得很"。

相亲叫"瞅对象"，接吻叫"做口儿"，女人怀孕了叫"身不困"，坐月子称"月婆子"，婴儿过满月叫"做初月"，初生的儿女叫"头颜子""头瓜儿"，婴儿叫"月娃儿"，生男婴叫生了一个"好娃娃"，生女婴叫生了一个"亲戚"。一般初生男婴会瞒一段时间，谎报是个"亲戚"，据称有禳灾吉利之意也。婴儿周岁时，要把各种物品摆放在孩子面前，看孩子抓到什么物品，称"抓周""抓岁"，亦称"过百岁"，以祈寿考，以志未来。

如小儿夜啼，或者成长不顺，则需拜干亲以禳之，或算好找某一属相之干答或干妈，或择一吉日，抱婴儿于十字路口候人经过，俗称"撞道儿"。撞到谁，谁即为干亲戚。若同辈则为干哥哥，长一辈则为干大，长两辈则为干爷；若低辈分小儿经过，则假装未见；或不喜之人、穷迫之人、厌恶之人经过，亦可藏身而不见也。

2. 器官类

人体器官，自上至下，称谓多变。如头叫"多脑""脑瓜子""脑壳子"，头发称"纷儿""髦纷子"，额称"额头"，眉毛称"眼眯眯"，眉角称"眼角儿"；脸叫"脸脑""脸脑里""脸掴子"，打脸叫"扇掴子"，鼻子叫"鼻拱"，鼻梁叫"鼻疙瘩儿"，耳朵叫"耳刮子"，脖子叫"板颈"，腮叫"面框子""腮帮子"，牙与下颚间叫"牙叉骨"，牙有"门牙""槽牙""后槽牙""大牙""叠牙儿"等说。牙龈称"牙花儿"，下颚骨叫"下巴"，嘴唇称"嘴唇儿"，唾液叫"涎水"，腋窝叫"胳夹窝"，手也称"爪子"，五个手指头分别称"大面指头儿""二面指头儿""中指""尕面指头儿"，胸脯叫"腔（发 kāng 音）子"，乳房叫"奶头儿"，肋骨称"肋把骨"（类似的有"腰把骨""脚把骨"），肚脐称"脐脐眼"，屁股叫"尻子"，两大腿间叫"腿板里"，尾椎骨叫"尾巴根子"，膝盖叫"磕膝盖"，小腿叫"骬腿"，脚掌叫"脚板子"。

3．衣饰类

帽子称"帽儿"，有"单帽儿""暖帽儿""棉帽儿""草帽儿"等说法。棉衣称"裹膛儿""棉袄"，棉背心称"夹裹膛儿""袷袄儿""钻钻儿"，背心称"袷袷儿"，衬衣叫"汗衫儿""汗膛儿""衫衫儿"，旧式纽扣叫"纽疙瘩"，领子叫"领豁里"，上衣口袋称"装装儿""插膛儿"，裤子屁股上的口袋叫"屁股插膛儿"，兜肚叫"兜兜儿"，衣襟叫"襭劳儿"（过去常用来盛东西，《诗经》所谓"采采芣苢，薄言襭之"是也）。雨衣称"披雨的""蓑衣"，腰带称"裤儿带"，裤衩称"裤衩儿"，裤子称"裤儿"，有"单裤儿""棉裤儿""套裤"。鞋读成"孩"，有"暖鞋""单鞋""凉鞋""麻鞋""雨鞋""生鞋"，"麻鞋"是棉线或麻线织的凉鞋，"生鞋"是用生牛皮处理后缝制并塞上干草做的雨鞋，如今已经见不到了。

4．日常器用类

农人耕种，农具为重。耕田之时，牛马脖颈上起遮拦护颈作用的是"脖项儿""项圈儿"，架在牛马脖子上的横杠叫"轭（发 gāi 音）子"，轭子与犁中间的连接物叫"大件儿""小件儿"，套犁铧的叫"鞲（发 gāng 音）"，犁铧叫"铧"，人站立在上面磨地的工具叫"耱儿"，用于撒肥料和种子的是"篮子"，常年背在身上盛牛羊粪、猪草、柴火等的叫"背笾"，像彭霸天用过的那种砍柴刀叫"山刀"，装粮食的叫"口袋（发 tāi 音）"，进城肩膀上挂前后各一个的叫"褡裢"，现在已经不见了。杈簸连枷箩筛碾子，无异名。

火盆生火叫"笼火"，灶膛续火叫"烧火"，接火续火用的叫"火镰""火绳儿"，现在用的火柴叫"洋火"，脸盆叫"洋瓷脸盆儿"，香皂叫"洋皂"，缸子叫"洋缸子"，毛巾叫"羊肚子手巾儿"，打水用的叫"pià子"，开水叫"腊水"，煮茶叫"喝罐罐儿茶"，大小瓶子、罐子统称"瓶瓶儿""罐罐儿"。被子叫"盖的"，毡子叫"毛毡"，填炕的用具叫"填炕的""推拔儿"，烧炕的粪便、草秸子、碎树叶等统称为"填炕的"。

5．建筑类

西北民居，亦以四合院为主要庭院结构，但能有东西南北四面皆屋的人家极少。房分单檐水、双檐水，凡人字梁向两边分坡的就是双檐水，只一面坡檐的就是单檐水。家中的主房叫厅房，东西南北房一般也称"东房""西房""南房""北房"，夹在某个角的房子称"角房儿"，厨房称"灶房"或"灶火下"，有瓦的叫"瓦房"，草秸子覆盖的叫"草房儿""毛草苫儿"，厕所叫"茅坑"，圈牛羊骡马处统称为"羊圈""牛圈"等，卧猪的叫"猪窝儿"，栖鸡的叫"鸡架儿"，灶膛清灰叫"出灰"，炕洞叫"炕眼里"，烟囱叫"烟头眼"。

6．动植类

农民所重者牲口，勤喂谨养，视如子女。凡驮重类称"头口"，此乃古语。公马叫"全马"，母马叫"骒马"，骟过的叫"骟马"，小马叫"马驹儿""驹驹儿"，配种的叫"种马"。骡有"马骡""驴骡"之分。公驴称"叫驴"，一到夏天它真就叫个不停，俗谓"六月的驴皮儿会叫"，形容人总有得点势的时候；母驴叫"草驴儿"。公牛叫"结牛"，母牛叫"牸牛"，种牛叫"脬官"；牦牛与黄牛交配所生称"犏牛"，其机敏轻脱，善行高坡陡岭；犏牛与黄牛交配所生叫"二不愣""二不愣子"，其无论从力道还是敏捷度，都远差于犏牛；小牛称"牛娃儿"，相类有"猪娃儿""狗娃儿""驴娃儿""鸡娃儿"，但不说"马娃儿""羊娃儿"。小羊叫"羊羔儿"，山羊叫"羖羷"，公羊骟过叫"骟羊"，种羊叫"羝羊"，有角的也叫"羝羊"。公猪叫"牙猪"，母猪叫"奶劁儿"，都是劁过的；生猪的母猪叫"猪婆"。公鸡叫"鸡公"，母鸡叫"鸡婆儿"。各类动物的尾巴都叫"以(yi)干"。狗和猫无异称。

凡各类家畜发情期都叫"跑骚"，这期间是配种孕育的好机会，配种成功叫"坐上了"。喂牲口、喂小娃子都称"经用"，给牲口饮水叫"潾水"，平日喂的草叫"干草"，用时晚上添大豆之类叫"夜草""放料"，俗所谓"人不得趄财不富，马不得夜草不肥"也。

兔子叫"兔娃儿"，也叫"奓(zhà)耳刮"，奓者，张开之意也。喜鹊叫"野雀(qiao)"，野雀叫时，一则有喜，一则有忧；既有报喜鸟之说，又有"野雀带话呢，狼在背𡶴里"的说法。麻雀叫"雀娃儿"，乌鸦叫"老哇"，因为它们整天"哇哇"地叫着。能吃肉的叫"野鸡儿"，有一种直线往上飞又飞不高的小鸟叫"递递高"。布谷鸟称"种谷虫儿"，又叫"旋黄旋割"。松鼠叫"继里猫"，黄鼠狼叫"鸡豹儿"，蛇叫"长虫"，狼叫"吃人的"，狐狸叫"野狐儿"，蚯蚓叫"蛐鳝"，青蛙叫"癞蛤蟆""癞瓜子"，蝌蚪叫"马勺儿"，田鼠叫"瞎瞎"。

梨桃杏李，葱韭姜蒜，并无异称。杏子叫"杏儿"，楸果称"楸子"，梨子称"梨儿"，李子称"李娃儿"，冬天吃的冻果称"驴粪蛋蛋儿"。乌龙头称"木龙头"，蘑菇叫"兴娃儿"，地衣菜叫"地蒝"，苦菜叫"苦窘""疙老"，草莓称"蔍儿""蔍子"，莓子分"刺莓子"和"树莓子"。

牡丹、芍药笼统都叫"卯丹"，狼毒花叫"狗艳艳花"，马兰花叫"马莲花"，山丹丹花叫"盏盏花"等。

7. 饮食类

吃又有啌、啖之说，均有吃得痛快过瘾之义。打嗝叫"打饱嗝"，吃不饱称"饿下喽"。麦子分"春麦"和"冬麦"，根据穗子形状又称"秃麦"和"尖麦"（亦称"纤麦"）。麦秀叫"麦花儿"，小麦面称"白面"。过去磨面的"土磨"，有"立轮磨""平轮磨"之分，现在都是"洋磨"。麦又分洋麦、荞麦、莜麦（即燕麦），面条叫"疙瘩儿"。荞面做"饸饹面"最佳。"饸饹面"又称"扛子面""搓搓儿"："扛子面"是用工具压成圆形的面条，"搓搓儿"则是用手搓出来。燕麦面最适合做醪糟，或者炒熟后磨成"熟面"，也称"炒面"，既细嫩易捏合，又有油香味儿。青豆与青稞杂种称"禾田"，是搅在一起种的意思，其面称"杂面"。蒸的花卷叫"卷儿"，馒头叫"馍馍"，煮菜叫"馇菜"。蚕豆称"大豆"，也称"豌豆"。土豆叫"洋芋"，白薯叫"红茗"，玉米叫"苞谷"。蔓生的叫"菜瓜儿"，卷心菜叫"包包菜"，香菜称"芫荽"，但当地"芫"发 yán 音。胡萝卜叫"红萝卜"，白萝卜叫"绿萝卜"，大小居中水足甘甜的叫"水萝卜"。

8．生活用语类

方位称呼，山前山后山南山北称"前山里""后山里""阳山里""阴山里"或"背山里"等。这里、那里、哪里谓"这里""兀里""阿里"。叙述日期，前天叫"前日个"，昨天叫"昨日个"，又有"今日个""明日个""后日个""大后天"之说。太阳叫"日头""热头儿"，凌晨叫"东方动了"，根据天空亮度依次有"帮亮儿""麻糊亮儿""将亮儿""亮透了"。早晨叫"早里个"，中午叫"晌午"，下午叫"下半天"（凡"下"均读为 ha）。自黄昏到天黑按程度分为"下黑儿""擦黑儿""摸黑儿""麻黑儿""黑净了""一团黑"，半夜叫"夜里个"。瞌睡叫"丢盹"，抽时间叫"刁空儿"，帮人忙叫"代劳""助工"。

夏秋时节叫"忙月天"，寒冬腊月称"闲月天"，所谓"十月里来亲戚多，六月里了各顾各"也。雾气叫"烟雾""烟雾水水儿"，下雪叫"妥雪"，长期下雨叫"霖雨"，暴雨叫"发白雨"，冰雹叫"疙瘩子"，彩虹称"绛（发 gāng 音）"，闪电叫"火焰儿"，云彩有"火烧云""疙瘩子云""瓦碴云""扫帚云"等，风有"旋风""妖风""洋儿风"等。

形容颜色，可用叠词，如"红红的""黑黑的""青青的""黄黄的"；也可带点零碎儿，如"红红个的""黑黑个儿的"；还可以用联绵词，如"红艳艳的""红丢丢的""红啾啾的""黑魑魑的""青光光的""黄灿灿的""绿茸茸的""蓝花花的""白辣辣的"等。联绵词可换着用，老太太最喜用之。

医生叫"先生"，感冒称"凉哈喽"，冷风吹了叫"中了暗风"，崴了腿脚叫"踩了白虎"，心脏病叫"心口子疼"，胃疼叫"肚子疼"，痢疾叫"跑肚子""拉肚子"，胃不舒服叫"挖叉""挖闹"，心烦谓"泼烦"，窝囊叫"枉神""窝心"，病重称"劲大了""麻搭了"，病减轻称"松活了""松快了"。

进城叫"跟集""赶集""上街"，给小娃子买吃食衣物回来叫"回头货"。劳动叫"动弹"，游戏称为"耍子"，下地叫"走亩里"，休息叫"缓乏"，安睡叫"缓下"，借宿叫"借炕"，住店叫"打尖""站下"。到邻居家串门聊天叫"浪门儿""逛门人""谝传""谝闲传""嚼舌根""嚼舌头"，总待在别人家不走叫"屁眼重"，说话啰唆叫"唠叨"，不说话叫"粘住了"，被人蒙骗叫"骗着来"，胡乱应付叫"谩散"，求人办事叫"央及"，选择观察东西叫"观掂"，害羞叫"难当整"，猜着了叫"卯着了"，打搅人是"嚷踏"，巴结讨好人叫"舔尻子""溜尻子"，说话办事糊里糊涂的叫"洋板"，耍流氓的泼皮无赖称"死狗""二流子"。

运气不好流年不顺叫"扫得很""不顺景"，事情做坏了或东西弄坏了叫"日踏了"，修理或者规整东西叫"反乱"，小娃儿胡闹也称"反乱"。拿来叫"扦（hàn）来""扦着来"，拿走叫"扦去""扦着去"，拉又叫"拖"，摸又叫"揣"，折又称"拥（发 wó 音）"，如"拥断""拥折""拥弯了"，缝叫"敹（liáo）"。水湿过的印痕叫"鞁打儿"，污垢叫"垢圿"。

银子叫"白元"，圆形方孔古钱叫"麻钱儿"，纸币叫"票子"，硬币叫"钢圆儿""钢镚儿"。

夸人能干称"攒劲"，漂亮叫"心疼"，心疼有二义：一是夸人漂亮美丽，一是有舍不得的意思。说人长得不好，叫"冲心地很""暮眼地很"。干事麻利叫"撺活"，幽默好动叫"狂荡"，处事周到适恰叫"方巧"，聪明伶俐的叫"精醒人""亮眼人"，懂事明理明辨是非的叫"一腔子亮清"，说话做事乖巧叫"顺手"，脾气好叫"绵得很""面得很""面个儿"，坏脾气叫"刁蛮得很""刁顽得很"，意外得财叫"赿财"，诚实厚道不计得失叫"背本"，相反则是"不背本"，家有余财或有靠山叫"后街大"，能说会道不办事的叫"嘴儿匠"，有把握叫"有下数""没麻搭"，没把握称"没下数"，"有麻搭"，过于节俭舍不得吃用叫"细死的""抠门儿"，爱发火的人叫"红脸汉"，欺负诬赖人叫"讹人""估人"。

9．咒詈禁忌类

吵架叫"嚷仗"，打架叫"打捶"，打群架叫"乱打捶""打乱捶"。俗语说"驴日的，马下的，骡子岇里长大的"，又说"骡子下的""马家岇里长大的""撞道儿生的""野岇里生的"，是指生父不明的骂人话。未嫁女私生子叫"养到屋里了"，与人私通称"娼户""跟人婆""嫁汉婆嫁""稳不住""钻着来""破鞋""扯鞋""留门儿的"，咒人死叫"遭雷击的""把你死在六月天"，"死在三伏天"，"把你扎住了""滚崖的"。咒人最厉害的是"断子绝孙的""断根子的"。

看不懂眼色活儿叫"二五眼""撑眼"，让干某件事结果被热闹事物吸引了去叫"卖眼"，说虚编谎叫"虚客"，过于老实叫"死滞"，笨拙叫"边死的""边娃儿"，好吃懒做游来逛去的叫"游狗儿""狗游儿"，不讲道理胡搅蛮缠的叫"混水"，重外表无真才实学的叫"草包"，不识深浅一知半解的叫"半脸汉"，不会办事的叫"暮眼人"，小偷小摸的叫"螌贼""绺娃子"，不懂事的马大哈叫"瓜子""瓜娃子"，气焰嚣张称"仗得很"，贫困潦倒或受人欺负叫"孽障"，前世有仇后世有冤也称"孽障"。没本事没能力叫"尕个儿"，没精神叫"蔫着来""蔫娃儿"，不好惹有点坏的人叫"不是善茬儿"，骂人叫"冷棒"，小偷叫"三只手""六爪儿"，骂人受惩罚叫"挨刀子的""挨千刀的"，做事总做不好叫"日把欸"。

农人迷信，且多信仰，故禁忌及禁忌语颇多。忌带空无一物的东西归家，如空水桶、空碗、空口袋、空背篼等，故走亲戚分发礼物，懂事之家，必回一个花卷儿或一只油饼儿；给邻居家还一碗面，邻家必给碗里放一个馍，哪怕一只梨，必不能空归也。遇旋风经过，必唾唾沫以消灾气，因旋风中必有鬼也。家有婴儿未满月期间，禁忌生人走动，尤忌入产妇屋里，否则有断奶之虞。家有亲戚或邻居，忌扫地灭火，忌打鸡打狗打娃娃，有驱赶逐客之意也。

人死叫"过街了""走了""殁了""咽气了"，自杀说成"寻无常"。无论长幼，皆忌去世在外，尤其上吊、车祸、手术等原因过世，则村人不允进村，邻居不允经过其大门，皆因尸身不全而必犯煞气也。

养子叫"抱下的""拾下的"，妇女再嫁带来的孩子称"带羔儿"，一般忌讳这样说。大小便叫"水火"，上厕所叫"走个外头"，妇女经期说"身子不净"，有孕称"有喜了""害口"，孩子生了叫"缓下了"，男娃叫"带把儿的"，女娃叫"板板儿"。

我离乡求学，已是30余载，虽乡音未改，但土语方言，泰半忘却，零星半爪，或隐或显，或以同音字代之，或以古今字替换，或记忆有误，所记不全，抚膺长叹，堪堪愧煞也。

下 卷

漆家山村民小传

太爷老师漆润江

　　漆家山自有人居以来，识文断字的人就罕见，1949 年前基本没有。直到新中国成立后，才开天辟地有了所学堂，可以说真正是新旧时代的分水岭！

　　学堂在村子中间的山梁崖子下，是一间南北向的大房子。两边两个双扇门，门扇是"文革"时从神庙拆来的，有雕花的窗棂；屋里有几排高低不等的长桌与板凳，西墙上挂块小黑板，黑板顶墙上贴张缺角的毛主席像；东西厢有几间低矮茅屋，是羊圈和驴圈，娃娃们整天和牲畜一起学习，相安无事，其乐融融；南边是悬土崖子，边上蹲了一个照壁，两边是富平家一溜线儿堆放的硬柴，却自然形成了南墙；中间是小半个篮球场大的院子，碎石突兀，高低不平。这就是学堂的全貌。

　　这里不仅仅是学堂，还是生产队集会、批斗、学《毛选》、扯闲帮子传播是非的集散地，尤其过年时耍社火演戏也在此处。学堂的作用，按上古来说就是"明堂"，照今天类比就是漆家山的人民大会堂和天安门广场。

原来的学堂在电线杆子右侧的北边，图中左侧戏台与右侧学校，原来皆为驴马圈

一

　　学堂的老师是一位同村人，民办教师，每月有 8 元钱薪水，还有生产队全勤的工分。他四十来岁，中等个儿，胖瘦相宜，方脸疏眉，嘴角下垂，呈悲苦状，背微微驼，常双手抱胸，筒袖而行。老师的官名叫漆润江，奶名我至今都不大清楚，但他有两个外号："行人"与"戳气"。"行人"是能干能行的褒语；"戳气"很难解释，有小气计较，惹人嫌厌的意味。老师在村里的地位，一方面是至高无上的，这不仅仅因为他是老师，更重要的是几乎凡间之事，他无所不能，且无所不精；另一方面他往往计较得失，唠叨烦厌，是一个矛盾的对立统一体。

　　我小时候总想不通，农村人的辈分怎么那么乱。虽然老师年纪比我父亲大不了几岁，但他的辈分竟然是父亲的爷爷级，高出我四辈，是我的太爷。我们那时不习惯叫他老师，娃娃们都是按辈分来称呼他。老师在兄弟中排行第三，所以学堂里从来听不到叫老师，而是叫祖太爷、太爷、三爷、干爷、干大、三大、行爸之类，不知者还以为是黑帮老大在点卯呢。

太爷少时，聪慧无比，十四五岁就做了大队会计甚至书记。他心算能力极强，算盘没打出来的数字，随口即答。他很早就入了党，做宣传抓革命，样样在行。他自称只上过十八天的盲校，却能写一手好字，还能自编顺口溜数来宝，文从字顺，音节低昂，顺畅响亮，不亚于报纸上的诗歌。

他是一个手巧细致的木匠。农村人分木匠为三类：一是砍砍钉钉，修缝补漏的；二是能端得起平刨，拉得了直线，做个柜子棺材什么的；第三种那能耐可就大了，农民不懂房屋设计，但能立得起大梁盖得了厅堂的，就是鲁班爷级的了。太爷处在二、三级之间，木活做得很是了得。他心细如丝，几块木材，也能物尽其用，绝不浪费，顺手还用剩材给你做点小家什。他做的炕桌用颜料画上各色花卉，是精美的工艺品。他打的木桶不仅轻巧耐看，最主要的是不漏水。学堂院里经常刀剁斧砍的，就是他在做木活，当然这是有报酬的，太爷绝不能吃亏，如果你给他少了，他会唠叨尔个三年五载，而且下次很难再求得动他。

他还是一个画匠，也叫纸活匠。那个年代不兴迷信，所以没人敢在给老人送葬的时候扎纸人纸马。但每年春节，要贴窗花，要社火，社火的其中一项就是跑灯。灯是长方形的四面糊上白纸，里面固定点上小蜡烛，灯底插一根三尺的把儿，擎在手上排跑出各类队形，战鼓咚咚，催人魂魄，是古代传下来的战阵。灯的四面纸上贴各色剪纸，太爷手巧至极，他剪的窗花灯花，不仅细腻复杂，而且不重样，因为他不衬花样子，拿一把剪刀在纸上游走，一会儿一幅富贵缠枝石榴图就出现在手中。他做的转灯，里面的小人儿，滴溜溜转，活灵活现。他扎的纸人纸马，表情丰富，神态毕肖，线条流畅，栩栩如生。

他又是藏有秘籍的阴阳风水先生，能掐会算。谁家小孩头疼发烧了，猪娃子生病不食了，都火急火燎地求他给算算，看是中了哪门邪得罪了哪路神仙。他先是把你冷落在旁边，任你急得像猴子，他却絮絮叨叨地像个老太太，讲某年某月日某次他让你帮什么忙，你却没有帮到，现在还有脸来求他；数落够了才问病人生辰八字，手掐嘴念，再说出一个道理，或是踩到太岁了，或是冒犯祖先了，或是猪拱尊神了，或是恶神对冲了，然后教你到十字路口烧点纸，到祖坟去点炷香，或者剪几个纸人撒撒米曲叫叫魂，十之四五还挺见效的。

他还会女红，能织布、打绳、化妆与裁剪衣服。他织的麻布，经纬纵横，整齐美观，缝成麻布衫儿，结实耐磨。村里唱戏用的各类戏服道具，从军装、领章、帽徽，到刀枪、布景，以及后来唱古装戏用的纱帽、盔甲、龙袍等，绝大部分是他设计剪裁，精美艳丽，与县剧团的差不了多少。他勾脸谱，在风吹日晒霜打雨淋苍老褶皱糙如牛皮的脸上，也能描出个凤眼红唇的花旦来。他甚至能用糨糊糊纸壳造出板胡，再从活马身上剪了马尾，煮过水软化后做弓弦，居然能拉出声儿来。有次他剪马尾时，被马踢了一蹄，瘸着腿很长时间才好。

最厉害与最权威的是，太爷还是村里社戏的总导演与主演。每年过年期间，村里要唱十天大戏，唱戏的重点在娱乐，但更在祭神——即使在"文革"期间，仍偷偷进行，从未间断——故所有演员都是男性。那时都唱样板戏，太爷是导演兼主演，要给演员们拉角子（排戏）；他不仅要教身段，还要教台词，众人多不识字，念百遍还是记不住，太爷就气得说在给猪教经。他主演旦角，如阿庆嫂、常宝、铁梅等。他演的铁梅，在我眼里就是刘长瑜级别的，他唱着京剧－秦腔－眉户三种混搭的腔调，再稍带点"花儿"的味道，可谓举世独创的剧种；尤其当他踩着碎步咬着辫子冲到台口，一字一顿地唱"咬住仇咬住恨，嚼碎仇恨强咽下，仇恨入心要发芽"，真可谓掷地有声、铿锵有力，革命烈火，就在我等心中，旺旺地燃烧起来。

对于农民来说，宁肯得罪生产队长，有几种人却是万万不能得罪的：师爷、医生、阴阳、木匠、画匠和猪仙。这几样太爷几乎占全了，所以他就是村里的佛尊，全村奉若神明，嫉妒歆羡，爱恨交加。而他在做老师的时候，把这十八般武艺发挥得淋漓尽致，这也使得他的学堂在全县都大大的有名。

二

我至今记得初上学时的光景。四五岁的时候，母亲下地劳动时就经常把我扔在学堂院子里，那样就不至于爬树掏鸟窝摔断胳膊腿儿，所以学堂兼有点托儿所幼儿园的性质。因为不是正规的学生，总被人欺负，而且不能随便出入学堂内，也不能厚脸皮天天去玩，更不能摸那只破篮球，这是让我很丢份很丧气的事情。

于是，我想上学了。不是先知先觉到要学文化，而是要赖在学堂，就必须是学生才行。在一个阴雨天，我哭闹着跟爷爷要钱说我要念书，爷爷从炕头破席子底下摸了好一会儿，才摸出一个五分的钢圆儿（硬币），让我去太爷家报名。我头上顶了片麻布，在细雨中蹚着深一脚浅一脚的烂泥到了太爷家，却趴在门墩上只探头不敢言语。他问我是不是想念书，我无言又郑重地把那个钢圆儿放在他的炕桌上，不知是这个钢圆儿太多了还是太少了，总之他没要我的钱，从报纸糊的高级箱子里找了本旧书给我，我就算是入学了。

社员们农活忙，天麻麻亮就下地了，但学生会晚点儿，一般是太阳出来了才去学堂。太爷永远是挎个粪背篓，手拿着铁铲，先沿着村里的路走一圈拾粪，那可是"斗私批修"的年代，牛羊骡马都是公家的，当然它们拉的粪便自然也姓"公"，私人是不允许拾的，但太爷例外。他名义上是给公家拾粪，但大部分却上到了他家的自留地里，这是他的特权，用今天的话说就是潜规则。他边拾粪边喊："娃娃们！念书喽——"娃们听到声音，就三三两两地到学堂去了。

我们没有纸和笔，学写字的时候，都是一屁股坐在学堂院子的地上，用小石子、木棍儿或者直接用手指在土里画字。刚入学的时候，有三个左撇子：富平、翻花和我。太爷强迫我们用右手写，我是顽固的"左派"，右手怎么都使不惯，他就骂骂咧咧地把我右手拇指强压在地上划，划破了皮才罢手；晚上回到家里，左手伸手拿筷子，母亲又用筷子抽着打，因为左撇子，我就觉得像是现行反革命分子抬不起头来，很想砍掉自己的左手。不知道今天左撇子的孩子，在家里和学校还受这种气不？太爷把我们三个打成另类，随手在地上画一个圈儿，揪着我们的耳朵拎进去反思纠错；于是他在我们就用右手画，他走了就用左手画，但就是不敢跳到他的圈外去。其实太爷本人就是一个左撇子，但他一点也不同情我们。后来我读了《西游记》，看到孙悟空三打白骨精时给师傅画的圈儿，就马上条件反射般地想到我小

90 年代新建的村学，现合并入紫石小学，了无书声

时候太爷画的圈儿来。

太爷不会汉语拼音，我到高中才学那玩意儿，他也不完全懂汉字笔顺，而我们那时的课本，不像现在的小学教材，"上中下，人口手"，由易到难，科学合理。我们也没有学"上大人，孔乙巳"，而是从一年级第一课起，依次是"毛主席万岁""共产党万岁""三面红旗万岁"，等等，众人在地上乱画着仿写。有个娃写"毛"字，从右往左歪斜着横画三笔，然后从下边拐弯儿向上画竖弯钩，而且穿透了最上面的一横。太爷看到气坏了，就边追边打边骂："你这心荒粗疏的东西，你给戳透了，你还给戳透了，你这个小现行反革命！你怎么对得起毛主席！"

虽然只有一间教室，但太爷调配得次序井然。他教一年级生词后，就让他们在外面的窗台下，对着日头去狂喊狠读，再教二年级或者三年级，互相岔开，互不干扰。他教书有声有色，形神兼具。例如

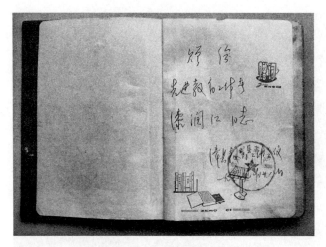

太爷获得全县先进教育工作者的奖品（漆小平　提供）

有娃问"拖"字是个啥咋个念？太爷便拽掐着他的手满院子跑，直到说出"拖"来才放手，从此永志不忘。我至今还记得他教《草原英雄小姐妹》时声嘶力竭地喊："龙梅——，玉荣——，你们在哪里？"喊得让我们都替英雄小姐妹揪心，女娃子们总是泪眼蒙蒙的。

那年月课本经常不能按时来，开学两个月了，新书还没到；好在每年的课本也没有什么区别，太爷就抄黑板让我们跟着抄。没有复写纸，他有时一页一页地抄下来，发给大家，我觉得他抄得比课本还要好，可惜那些字纸都已经不存在了，否则可真是革命文物呢。

冬日严寒，学堂里处处都是缝隙，寒风呼啸，裹着雪花吹进来，落在书本上钻进脖子里，我们一只只小手都冻得像胡萝卜，鼻子底下总是结着两根"大葱"；写大仿的时候，边研着墨块儿边哈气，但还是没写几个字墨就结成了冰。太爷带我们去他家，分年级在三个炕上念书，每个炕上放个他自制的火盆，烧上火关上门，就有了些暖意。娃娃们总是捣蛋，打闹跳腾，一不小心就把炕给踩出个窟窿，浓烟滚滚。太爷气得呼喝狂骂，我们不停地咳嗽流泪，这倒不是被他骂的，是被炕烟给熏的。他边咳边骂，同时慌里慌张地抱着墼子去补炕。

太爷有两个经典动作：一是咬舌头，一是抠大腿。凡打骂我们，必然如此。他有皮肤病，总是在身上抠来抓去的，脾气一发作就痒，一痒就抠大腿，一抠大腿，就咬舌头。我们见此，就心领神会，四散逃生。他惩罚学生的方式，千十百样，我们最怕的有三样：一是掐抓，一是叫来我们的爷爷和大大（父亲），一是打他自己。他打学生不是打，而是用女人手段，一掐二抓三挠痒痒四唾唾沫。有个娃子叫德保，他家就在学堂北埝子上，父亲腿有残疾。德保心粗，总是记不住生词，太爷就喊："跛子——"德保爹就会答应："行爸! 我在呢。""你这尕大不念书，咋办？""打! 打! 铆足劲儿打。"太爷就把德保掐抓挠唾得满院子打滚儿，嗷嗷叫喊着"干爷"求饶。老师与家长如此的沟通方式，大概是前无古人，也后无来者了。

有时他表达生气的方式，就是叫我们"爷爷"和"大大"。比如他叫我"孝爷"，我就在恐怖气氛中"享受着"，心想反正是你叫的。岁数最大的三娃，是太爷本家的孙子，也是行三，已经懂事了，太爷一喊他"三爷"或"三大"，三娃觉得骨头太嫩，实在消受不起，就反喊着"三爷"，呜呜咽咽地哭得很伤心。

太爷表达愤怒的最可怕方式，是我们一旦背不下课文，他就打自己。有次，他让我们三个三年级学生背课文，我和三娃站在两边，中间的早来拿着书在课桌下供我们偷看，被太爷发现，他让早来举手，早来就举了右手，他说举左手，早来就换了书举左手，他说两个手全举，早来做投降状双手一举，书就啪的掉到了地上。太爷站在讲台上，左右开弓给了自己好几个嘴巴，又把仅有的几个粉笔头扔在了地上，掀翻了小讲桌，然后就奔出教室，不知了去向。我至今也想不明白，他打自己，我怕什么，可他扇自己嘴巴的时候，我分明觉得三魂六魄都离身而去。我们把粉笔头捡起来，扶起讲桌，惊魂未定。太爷的二儿子小平、三儿子小龙也在上学，有人就七嘴八舌地说怪话，"你大上吊了""你大投崖了""你大跳井了"。等太爷突然现身，小龙一告状，他就咬着舌头，把所有人都揪掐诅咒一遍，再排着队用板子打手心，而且不准缩手。

太爷对我们纪律的要求，有些酷苛，不许迟到，更不许逃学旷课。如果有谁没来上课，他先会派一个娃子去那家请；如果还不来，就派四个男娃去抬。所以如果不想上学，我们哪怕跑到野地里去，也不敢在家里待着。如果你今天没来，那明天一大早提前去，把学堂打扫得干干净净，太爷才不会处罚你。我那时一般不旷课，唯独去外爷家，则不惜触犯太爷的王法，因为外婆会给我做肉臊子长面吃，那诱惑力实在是太强太强了。我走外爷家时，要从太爷家房顶上的小路经过，每次走到他家屋顶，我就会屏息凝气，匍匐狗爬而过，生怕被他瞅见；回来时也是如此，一旦过了他家屋顶，就爬起来落荒狂窜，绝尘而去。

太爷的教鞭是一根木棍儿，教完就别在黑板顶上，他随手打我们，我们就随手给他扔了。但因为他常给村里人做木活，所以无论是木桶板子还是小棍小条的，他手里永远都有，所以又随手抽来，都是刑具。据说古代私塾师爷就是这样教学生，我想我的启蒙教育跟私塾大概差不了多少吧。

三

西土边壤，山高苦寒，春夏之交，才山青草绿，桃梨杏花，竞相争艳，芍药牡丹，红白山峦，正是"人间四月芳菲尽，山寺桃花始盛开"的情景。每年这个时候，太爷就带着我们排着队，敲锣打鼓地去山野，那时我还不知道世上有所谓的"踏青"。乡野翠绿，风和日丽，花香气清，百鸟欢鸣。我们拾野菜，打猪草，追蝴蝶，采花蜜，摘大把的狗艳艳花，将里面的蚂蚁和小虫子抖出来，再盘成花环戴在头上，露珠晶亮，滴在脖颈，清凛冰凉，爽心适肺，花香扑鼻，令人酥迷。

我们从扫帚里挑出竹子，截成手指长的竹节，将刚出土绿黄间半的马莲芽摘下来，抿上唾沫插在小竹筒里，就可以吹出悦耳的声音。或者将开了花的马莲从节上掐下来，一吸一吹，就能发出像小鸡般"啾啾"的叫声。十几个娃娃，背着打满猪草的背篼，戴着鲜花的王冠，吹着自己的号角，像打了胜仗的战士，在将军的带领下，喜气盈溢地排着队，擂着得胜鼓，满载而归。

太爷会唱戏，但却不会唱革命歌曲，可是他要强得很，到公社或县里去开会，听到一句半句，回来就教我们；等后来我真会唱那些歌，才知道他教的基本都是荒腔走板的。最为可靠且不求人的方式，是通过收音机来学歌，那时收音机有专门教革命歌曲的节目。我们学堂里最先进也最金贵的，是一台已经破旧得绳捆索绑，但还勉强能收到台的收音机；太爷把它看得比儿子还重三分，抱在怀里，来时抱来，走时抱去，绝不允许娃们触碰。

我们也听不懂普通话，电池又金贵，所以只有到教唱歌的时段，才打开那宝贝。没有钟表，天天看太阳影子，在墙上标线猜时，不是迟了就是早了。收音机放在高高的窗台上，我们虔诚敬畏地伸长脖子支起耳朵，太爷严肃凝重地旋转开关，郭兰英的唱腔，高亢透亮，从匣子里神秘流出，"一道道的那个山来哟——唱"，我们就跟着吼一嗓子，"一杆杆枪——唱"，又跟着喊一句，好多歌儿就是这么学会的，但歌词却是不甚知之。最让我们心痛的是，收音机后来被任家门村学借去，又被炮点房（人工打土炮消冰雹的屋子）的年轻人拿去听，炮点房失火，差点将两个社员烧死，收音机未及救出，被活活烧焦，从此再没有听过。

那时多半是唱语录歌。在唱"你们青年人，朝气蓬勃，好像早晨八九点钟的太阳"时，有个女娃名叫元元，她爹的名字叫"早成"，我们唱到"早晨"两个字，就不怀好意地盯着她，大声重重地唱这两个字。西北方言，不分前后鼻音，"成"与"晨"一样读。元元听罢，就泪雨滂沱，哭爹喊娘地找太爷告状，太爷就把我们所有人大大妈妈的名字，唱佛经似的念三五遍，直到元元开心为止。

当时全国人民都处在战备状态，准备和苏修大战。喇叭匣子里说甘肃处在反修防修最前哨，所以社员们白天劳动，晚上还要当民兵站岗放哨，严防阶级敌人的破坏活动。太爷充分发挥他的木匠美工优势，给我们二三年级的娃们，每人做了木枪一杆木刀一把；没有油漆，就用红墨水染色，或者我们自己用红纸蘸水，在上面擦点儿红印儿，就是相当标准的老七九步枪了。我偷偷把母亲搓好的纳鞋底绳子割了两截，用做我枪刀的背带，遭到一顿暴揍，但我觉得这点皮肉之苦吃得极为值当，因为我把枪和刀左右分挂在双肩两胯，那感觉跟潘冬子没有区别。太爷也绝不允许大家糟蹋这两样宝贝，有个娃的妈妈用刀搅拌猪食，太爷说要到县里去告状，因为那是红小兵的革命武器，吓得那娃子三天就没有过阳魂。

有了刀枪，太爷就教大家跳舞，我们持枪舞刀，变换队形，边唱边舞："战士不离枪，军马不离鞍，子弹推上膛，刺刀光闪闪。阶级斗争记在心，保卫祖国永远向前。唵唵！杀杀！"或者是"打狼要用棒，打虎要用枪。消灭帝修反，人民来武装"，等等。我们挎枪背刀去邻村做宣传，虽然穿得破衣烂衫，但一二三四，步武有力，挺胸昂扬，威风凛凛，那些学校的学生娃看了，羡慕得眼球儿都要掉到地上。

暑假的时候，正是家乡麦收时节，社员们没白没黑地收割，我们在太爷的带领下，唱着"割草积肥拾麦穗，越干越喜欢"的革命歌曲，在大人收割过的麦地里拾遗落的麦穗。太爷将大家分成小组，在指定的麦地里捡拾，他要求麦穗必须排得整整齐齐，再扎成一个个小把，然后集中到他那里，他一一清点后分出名次，到生产队记工分，而且还要去实地查看拾得干净不干净，我们谁都不敢怠慢，所以地里都会拾得一穗不剩。

秋天是采药的时节，太爷带着大家去山里采药，杜仲、柴胡、甘草、黄芪之类，满山遍野，俯趋即拾，或挖或采，一把一捆地扎割整齐，再数给他。生产队给学堂分了一块肥地，每年栽些当归、党参之类的药材，药材卖了就可以添置几盒粉笔什么的。

到了冬天，大家都去拾柴，以为御寒之计。他要求每人的柴背子，必须码得整齐好看，然后排着队回去；如果你没有参加拾柴，就必须把家里上好的柴，背上在村口等着，加入到大部队的行列中。如果你的柴太少太差，就会被他单独拎出来"展览"，而且扬言要送到公社让雷部长检查。雷部长是公社武装部部长，面目狰狞，心黑手辣，批斗地主反革命时只要是他绑人，那人准会死过一次，所以社员哄娃子只要说"雷部长来了"，娃娃立马就不敢哭了。他一提雷部长，柴少的娃子就会哭闹着让家长再背柴到学堂来，百试而不爽。

70年代中期，正是全国人民"农业学大寨"的高峰期，学生经常到田间地头做宣传，刷标语。村子背后的山沟里，有上好的红胶泥，紫石沟里有天然石灰粉，我们在太爷率领下去挖粉采泥，将村子里各家各户的院墙刷白，他用笤帚草自制的大笔，刷上用各体美术字写的"农业学大寨""扭转南粮北调""千万不要忘记阶级斗争""批林要批孔，反修要防修"等，白底红字，醒目美观，就像县城的马路两边一样，我们觉得真是可着劲儿的光彩无比。

学堂虽然简陋，但被太爷布置得富丽堂皇，墙上贴着他用红绿纸剪的花边，中间一朵大牡丹光荣花，然后钉上一排排的小竹签，整齐地挂着我们的刀枪。另一面是学习园地，贴着我们写的作文。这种场景，在大城市的学校里，大概司空见惯，但在我们那里，可是先进得一塌糊涂。

太爷是县里的先进教师，所以不允许他的学生在外面出问题。有次几个娃子经过邻村牟家门，偷着摘了几个菜瓜，被人家发现追打，邻村人就编了口诀说："漆润江，漆润江，教的学生扳菜瓜。"太爷几乎要气疯了，咬着舌头把那几个可怜的家伙耳朵都快要撕下来。他边打边骂："我的人被你们丢光了，丢尽了，丢到背后河去了，你赔你赔，让你大赔，让你妈赔！"

太爷的学堂在全县都赫赫有名，他成了县里的先进典型，经常会有人来观摩。娃们把学堂和院子打扫得干干净净，太爷派人去村口放哨，等到参观的人快到的时候，他一打手势，大家就破着嗓子朗读课文，给领导来个碰头彩。如果领导夸说读得好，他就甚是得意；如果领导没说什么，或者读得乱哄哄的，他事后会把大家收拾一番。遗憾的是，学堂东西两边是牛圈和驴圈，毛驴并不听他的话，有时正在参观，驴见到生人，一高兴或者一生气，就高昂地吼上几声，声冲云霄，让太爷扫兴至极。但自始至终，仍然是学堂与驴圈共存。

四

学堂的院子，虽然只有小半个篮球场大，但太爷带着大家砍了木材，做成篮板，又栽了四根椽子算是篮架，把篮板钉上去，在上面横凿两个眼儿，将柳条在火上烧热了曲成半圆圈儿插进去，就成了篮筐。我们也不懂篮球规则，仅知道每队是五个人玩，因为穿的鞋多半没帮子，跑起来拖拖拉拉，所以干脆光着脚在布满小石子的场院里冲抢，有点像是橄榄球比赛。有时邻村学生来跟我们打，我们感觉要输的时候，就在他们的半场埋小土堆，里面倒插上尖利的酸刺，光脚板子很容易扎进去，疼得他们龇牙咧嘴，于是就由打球变成了打群架。

学堂在山崖边上，篮球稍蹦得高点儿，就会弹出院子。我们打球时，相当谨慎，有打球的，有在场院边紧张候着的，但球仍然经常滚下山去，捡球的时间比打球要多。蒿草没身，灌丛密布，十几个人拨着草丛找，毒蛇蛤蟆藏在里面，每次都胆战心惊。终于有一回，篮球再也没有找回来，当时有个娃子的父亲正在沟里割蒿柴，第二天他背着封盖的背篓进城了，回来时给他儿子买了双"解放牌"白球鞋。于是全村盛传说他捡到了球，卖了很多钱才买了那么贵那么好的鞋。直到数年后，有人在枯草里发现已经朽烂的篮球，才算是平了反。

　　那时的森林里，社员是绝对不可以私自进入的，不要说伐木，就是折根松枝被发现了，也是破坏社会主义公有财产，罪大恶极。但太爷往往以修理桌凳为由，经生产队同意，带大点的孩子去砍几棵碗口粗的杨树，抬回来锯成木板用。但他经常是夹带私活的，学生们抬着背着给学堂用的，他自己则瞅来瞅去地砍些顺手木材，背到自己家去。

　　有一次，我们背着柴木先走了，在大路上歇着等他，等啊等啊等不来，后来才知道他因为背得太重太沉了，犟着劲儿往起背使过了劲，被木材给压在底下，翻不过身来。他绝望地一个一个喊我们的名字，没人搭理，后来好不容易翻过来，背着背子到了路上，把我们骂得脸红耳涨。最后骂他儿子小平："我死了，人家的大大都是活的，人家的家都浑然的，你家就烂了，你就没大了，你也不等我，你个挨刀的，你的良心被狗吃了，猪吞了，狼扯了，鹰叼了。"小平就啜着鼻子，像才明白了似的，哗啦哗啦地掉眼泪。太爷又蹢蹢这个的柴火，踢踢那个的背子，轻蔑地说："就你这三斤重的一撮儿柴，挂在我耳朵上，挑在我的尕面指头上都带走了。"我们大气也不敢出一声，任他踩过了瘾出够了气才罢歇。

　　有时他带娃子们去村子对面的大森林里偷木材，那是大队的公有林。大伙早早就进了山入了林，他会派侦察员在阳山敞亮处隐蔽，待命观察。林里的人伐好木，就会"布谷，布谷"地鸣叫示意，于是侦察员便回应唱歌。如果是唱《东方红》，就意味着平安，可以快速穿越两山间的隔离区，跑到安全地带；如果是唱《国际歌》，就说明有"敌情"，不可出林。有一回，放风的人记颠倒了，唱起了《东方红》，大家高高兴兴地背着木材出林，刚好被大队干部抓了现形，这对于好面子的太爷来说，简直是比杀了他还丢人。他把那个放风的骂到脸变红变绿好几回，才算解了心头之恨。

五

70 年代的中国，如批斗地富反坏右大会、忆苦思甜大会、公审公判反革命分子大会、放映革命电影等，有太多太多的群众集会。而我们学校，每年的"五一""七一"，都要在公社所在地马泉中学开运动会。对于我们整天在山墕玩儿的孩子来说，去公社那可是经风雨见世面的大好时机，每次都老早把破衫子洗干净，等啊等盼啊盼，兴奋程度不亚于过年。

我那时体弱得像只瘦麻雀，不够运动员的料，只有看热闹的份儿。每次回来的时候，我们一般是沿着乡间公路走九眼泉的平路。公路曲曲弯弯，老半天不来一辆车，对于我们来说，看到汽车是很奢侈的事儿。一群尕娃子在马路上撒欢儿狂奔，太爷带着走不动的女娃子在后面赶，他破着嗓子喊："犟耳朵驴，慢点儿啊！"但我们像脱了缰的野马驹，根本听不到他在喊什么。

等到下了公路，约有两公里的山沟，这才是我们的欢乐谷。一天奔波，带的那点儿干粮早都吃光了，大家饿得已经前胸贴后背。小河泉水，清冽甘甜，一头扎在清泉里，狂吮满肚子，便像加了油的拖拉机，又可以发动了。绿草茵茵，凉风习习，河水淙淙，夕阳暄暄。没了汽车的威胁，大家顺着河渠乱窜嬉水，河水间突兀的白石上，盘着许多蛇，在暖暖懒懒地晒太阳。我们既惊惧又兴奋，胆大的拿起石头就打，胆小的也在后面呼喝；一不小心，后面的石头就把前面的后脑勺儿打破了，然后就开始打架。太爷懂巫术，对着夕阳吸气吐纳，然后挽着二郎指，朝娃子头上流血处打圈吸吹，嘴里念念有词地重复咒语，最后说："吾奉太上老君，急急如律令。"我们围在他的周围，像对待太上老君那样神圣虔诚地仰着脖子看他的表演，结果那血就真不流了。

等到了山根要爬上山的时候，师生都已经筋疲力尽，太爷骂不动了，娃们玩不动了。一段山路，拧如草绳，竖地盘立，像是天路，总是爬啊爬啊爬不上去，总看不到村里诱人的炊烟，看不到花花狗儿颠颠地摇着尾巴跑来，痒痒地舔着你的手和脚脖子。

有一年的"七一"，我们在马泉中学操场上开完运动会的闭幕式，一所小学一所小学地排队依次离场，等我们退场时，天色已至昏时，乌云压顶，雨意浓浓，对于看惯了暴雨的我们来说，谁也没有在意。紫石小学的带队老师是马泉当地人，顺便回家了，学生就由太爷和另一位老师带队。那位老师在前，太爷在后压阵，当我们翻过阳山坡时，才发现了问题的极端严重性。

在我们的前山，天上的黑云，厚积层叠，无有边际；黑云带着恐怖而邪恶的黄色，逼面压顶，势欲崩裂。转瞬之间，狂风夹杂着雨滴，横劈而下，雨点大到打在身上生疼生疼。紧接着，便听到噼里啪啦的脆响，众人惊惧地哭喊："疙瘩子，疙瘩子，疙瘩子来啦——"

蚕豆大小的冰雹，借着风势，斜直刺下，坚如弹丸，形同枪雨，在树叶上草丛里和我们的脑袋上，叮咚锤响，女孩子们震惧得撕心裂肺地哭喊。天地相接，世间漆黑，人被风惊噎得吭嗤喘息，像是被割断了喉管的老牛。滚雷像点燃了的二踢脚，天上爆响后，再接着地气在脚底炸开，大地被震得微微发颤。闪电当头劈下，在眉际颈间，撕裂肆虐。电光裹挟着飓风，打着旋子，迎面来袭，妖风像是拧绳一样，一股一旋，开合卷起，人被吸提，踉跄匍匐，艰于呼吸，噎咽几死，战栗发抖，无法行走。闪电劈下的当儿，可以看到地面上的冰雹，像恐怖的白珠精灵，哇啦哇啦地在撒欢儿滚跳。

不一会儿，冰雹又变成暴雨，像打翻了的水桶，瓢泼倾泻，我们没有了路的判断，依稀凭着电光，在大小土坎与马兰草台间，趺趺撞撞地跳跃爬滚；每个人都成了一团烂泥，不知道谁在哪里是否活着，唯觉世间只剩下了自己。极度的恐惧，让我全身像发疟疾般颤抖，手脚已经冻得麻木，只凭直觉在山坡间绝望地趺爬滚翻。

我本来是冲在前面，一手提着裤子，一手按着帽子颠顿，就在我一抬手的当儿，帽子便飞了出去，我惊惧地喊："帽儿，帽儿，我的帽儿！"然后在地上擦挪，在周围的草丛里摸索。那是今天刚戴的崭新帽子，是专门为此次出远门，求了多次父亲才买来的，所以我舍不得就这样丢了。摸了一会儿，听到远处有人喊："有人吗？还有人吗？"我听出是太爷的声音，就喊："太爷！我的帽儿没了。"他一听便暴喝："你这个贼戳刀剐的，命都要没了，你还要帽儿，还不赶紧滚。"我听完没敢再吱声，就赶紧往前滚了。

我们尚未下山，山下庄下门村的大人们，已经摸索上山来找娃娃，全村已经乱了套，村口站满了焦急的人们，乱嚷嚷地叫着自己的孩子或亲戚的孩子。我的神智已经有些不清了，只听到有人喊："给我一个，快给我背一个！"一双粗壮有力的手接过我，背着就走了。

等我明白的时候，也不知道躺在谁家，父亲在炕头看着我，我说声"帽儿"，就泣不成声了。父亲摸着我的脑瓜子说，雨下起来以后，村里的大人也是分兵两路去救我们，一路向九眼泉方向找去了，明天天亮了，就可以回家了。

可怜的太爷，皮肤病一湿冷就发作，痒痛难忍的他，一夜未睡，抠着大腿，拉着哭腔，打着火把，挨家挨户地数他的娃们，好在大家都安然回来了。

那是我有生以来所经历的最大的一次暴风雨。第二天，父亲去山上找帽子，不仅找到了我的帽子，还捡了两顶帽子和好几条红领巾呢。

六

三年的时光，在太爷的学堂里很快就过去了。那时只学两门课：语文和算术。我考试成绩相当的好能考满分，不过是语文60分、算术40分，加起来100分。到三年级时，太爷给了我两个60分，就升了四年级，前往紫石小学读书。去紫石小学要走数里山路，爷爷觉得我太小走不动，就求太爷留我一年。太爷说他知道的全教了，没什么可教的了；又说这娃灵性，兴许能念下书，是递递高还是鹰鹞子，就看他的运命和福分了。递递高是一种比麻雀还小的鸟儿，飞的时候直线往上升，摇摇摆摆，慢得要命；如果有人在下面齐声喊："递递高，递递高，跌着下来摔折腰。"它就真的掉下来，摔得灰头土脸的。

我离开学堂之后的四五年里，是太爷的荣誉达到鼎盛的时期。他得到公社、县里甚至天水地区的各色奖励，奖状贴满他家厅房里的一面墙，那就是他的一切。他经常作为公社或者全县的先进代表，有时甚至坐着大轿子车去天水市做报告，讲一个只读过十八天书的泥腿子，是如何成为一位优秀的人民教师的。

太爷从来没到过城市，第一次到天水，去上公厕，不知道人家是分男女的。他在女厕里自在地蹲着，女人不敢进去，出来人家责备他，

太爷获得的天水地区优秀教师奖状（漆小平 提供）

他又听不大懂，就用我们当地土语，狗日驴橛地跟着对骂，这是他的长项。城里人哪里骂得过，以为他是疯子。他回来还把此事当成广经到处显摆，了无害羞难堪的意思。

我上高中的时候，农村实行包产到户，我也因病辍学回家，当起了农民。未曾想到的是，家家户户分到几只羊一头牛什么的，大人们下地了，就只能让孩子放羊，于是像我弟弟这一茬孩子，就一下子失学成了放羊娃。太爷的学堂生源成了问题，他动员这家劝说那家，但效果并不理想，因为现实明摆着：牛得放牧，羊得吃草。每天傍晚时节，你就会看到这样的牧归图：一群牛羊在山路间拥挤踏尘，后面跟一帮不比牛羊少的娃娃，叽叽喳喳地在暮色中归家！

对太爷来说，还有更不幸的。随着国家的改革开放，中小学教学逐步走向正轨，小学课本的内容，已经远比我们那时难多了。我们总是学"向阳小学的同学们为生产队积肥，甲班积肥15堆，乙班积肥 16 堆，总共积肥多少堆"之类的算术题。但 80 年代开始，小学数学中有了 ABCD 之类的洋文，还有了根号、方程之类的玩意儿，还有英国的拼音，这些对于太爷来说，都等于是天书。而且有了所谓的会考，村学的学生要到紫石小学去考试。他总是努力地学，仍然不允许他的学生学得不好，他甚至想尽了办法来作弊，比如在会考的时候，他跟娃们约定：如果他揪耳朵，答案就是 B；如果他摸鼻子，答案就是 A；如果他张嘴，答案就是 D 之类。但这终不是长久之计，慢慢地他以及他的学生，就老师不是好老师学生不是好学生了。

这样残酷的现实，让凡事求完美、事事不落后的太爷无法接受。他经过痛苦的抉择，断然辞职不干了，任怎么劝说也无济于事；他觉得如果没有学生，或者学生不好好念书，他自己又教不好，那是难以忍受的折辱。于是，太爷就还原成了一位地道的农民。

太爷变得相当古怪，顽固地保留着他自己的一些特征。例如，他有一个手巴掌大的半导体收音机，因为没有钱，他用的都是别人扔掉的废旧电池，所以他的收音机永远是喔啦嘈杂发出刮锅底似的刺音。除了听秦腔与新闻外，他主要是听每天中午的评书连播，单田芳、袁阔成、田连元、刘兰芳讲的《三国》《水浒》《西游》《说岳》《杨家将》等，他都爱听。别人是边听边干活，他却坚决不这样，他的条件对于一个农民来说是极度的奢侈。到了评书时间，他要回到家里坐在炕头品着罐罐茶舒舒服服地听，实在不行就在地里搭个凉荫坐着听，这时哪怕是油缸倒掉他也不扶，哪怕是麦子被冰雹砸烂在地里，他也不在乎。

学堂换了老师，太爷不再去那里，只有到过年唱戏，他才会在众人的央求下去拉角子，但是要请三次以上，他才会做出不情愿的样子

大驾光临。他已经"人老珠黄",无法再演铁梅、阿庆嫂、白蛇和李
慧娘了,主角已经换成我们这茬人,而他的三个儿子都成了主要演员。
每天晚上他抠着腿咬着舌头,面色庄重地出现在后台,骂骂这个,训
训那个,但主要是为儿子们勾脸穿戏服,顺便捎带着讽刺旁边的人
脸勾得太难看。往往是戏没开演他就离去了,因为在他看来我们演戏
永远都不够虔诚敬意,而且达不到他的水平,那戏是没法儿看的,看
了只有生气的份儿。

　　一切都在变:村里的戏台,由室内转到室外;由过去用木板搭
台,到实土夯出的大台子;灯光也由原来的蜡烛,发展到了照得如同
白昼的大电灯泡。条件好了,但随着电视进入山村,戏是越来越没人
看,也越来越没人演了,后来就干脆歇倒算了。辉煌一时的大戏,就
这样退出了历史舞台。

　　太爷的尊严还在也仍然崇高,人们还是很敬重他。但年轻识字的
比他知道得多,就是没文化的也跑到天南海北去打工,远远超出了他
去过的天水。太爷不再是村里的中心人物,不再是知识与权威的象征,
更不再是高高在上的神佛。村里无论是牌位上供着的众神,还是生
活中的太爷,都从神坛上被打翻在地。

　　金钱,不仅成了城市人的神灵,也成了农村人的佛祖!

七

　　我从入太爷的私塾那天起,逢年过节就在母亲的督责下,一定
要到他家去拜年。从小时候手持几个白面小花卷,到我工作后给他买
半斤的茶叶,只要我回到家乡,一定会到他家给他磕头祝寿。太爷跟

我聊天，总向我印证：收音机里听到的那些古代英雄，是否都是真的？天安门究竟有多高？天安门广场有多宽广？总理是不是经常接见我？常去中南海不？是不是常在人民大会堂开会？中央知不知道世上有个漆家山？在那里都吃了什么山珍海味？看到了什么别样稀罕？教些什么样的大学生？等等。偶尔谈到现在，他就叹气说：如今的娃娃，怎么又成了文盲，伸手数不过来五指，将来可怎么个活法。

当年太爷的家里，只有他一个全劳力，大儿子成家另过，太爷膝下尚有四个孩子，小女儿还有点残疾。他尽责尽职，心血耗尽地经营学堂。偶尔抽空在家里给人家织布，或者在自留地里除草，忙东忙西，片刻无歇。他跟村里人斤斤计较，也不过是卑微的生存所需，要拉扯孩子长大。他经常打骂我们甚至扇自己嘴巴，无非是我们太贪玩，让他不放心，恨铁不成钢，但从来没有打伤过哪个娃子。当90年代民办教师纷纷转正，工资待遇大幅度提高的时候，他已经享受不到这些福分。只有那些发黄的奖状，记载着他过去的荣光。他刷写过的标语，在岁月的剥蚀中，也已经浅痕斑驳，终至无形。等到小平、小龙都娶了媳妇，再把女儿打发出嫁了，太爷下巴上的胡子已经花白，那本来就青苔密布的脸上，已是沟壑纵横，他真正成了太爷了。

我的爷爷仙逝后，我匍匐奔丧，因为是热孝在身，不能去给太爷请安。他来给爷爷吊孝，农村的老礼儿，他是行家，教我如何行丧礼。我带了瓶茅台酒，请他喝了一杯，算是向他辞行，他兴奋地说这是周总理喝过的酒。他说自己也来日无多，下次就不一定见得到我了。果然，两年后母亲打电话给我说：你太爷老师也新近过世了！

太爷把自己一身的本事传给了儿子：木匠手艺传给了大儿子，阴阳传给了二儿子，纸活传给了三儿子，唯独没有一个继承他的本业做教师的。我想他的心中，一定会常常闪过一丝的无奈和悲凉。

在那个小山村，现在五十岁以下的成人，都是太爷的弟子。他教过的学生中，出了我这么一个大学生，四五个高中生，十来个初中生，其他都是读到小学毕业，或者只上过两三年的村学；但正是他的辛勤努力，为这个村子栽下了读书识字的根基，使三代人脱了盲，就是在外打工，也至少能认得火车站，能辨出东西南北的方向，不至于像我们的父辈，只认识人民币上那几个符号。

在那个偏僻的小学堂，我受到了严格不苟的初级教育，打下了坚实的基础。在我后来的读书生涯中，养成了许多良好的习惯，具有了克服困难的勇气，形成了坚忍不屈的性格，这都得益于太爷的板子教育。我也非常喜好音乐与体育，自学过板胡、口琴、小提琴、小号等，喜欢篮球、乒乓球、足球甚至喜欢看所有的体育比赛，虽然没有一样学成，也没受过正规的音乐、美术、体育、艺术等教育，但太爷给了我最美好最自然最纯美的音体美艺教育，一点一滴地深深浸透在我的骨血里。我认为那才是今天提倡的素质教育之精髓。

我想，在中国的贫困山区，太爷这样的民办教师，在那个特殊年代应该有一大批，他们默默无闻呕心沥血地奉献了一生，给孩子们点亮了知识的明灯，开启了心智的大门。数以亿计的农家子弟，就是以我这样的方式，学会了写他们的姓名，走出了山沟，融入了城市，走向了世界。太爷们在新中国的教育史上，留下了浓墨重彩的一笔。但遗憾的是，我很少见过有人记述他们的功绩，为他们树碑立传、歌功颂德，他们是无言的丰碑，太上的大德。

太爷是一位唯美主义者和理想主义者，他就是我心目中的孔夫子！他亲手缔造了一个理想王国，他的王国一度是那么的熠熠辉煌，就像点缀在贫瘠山野上一颗璀璨的明珠，闪耀着最原始最自然最美好的人性光芒。他的老去与凋谢，带走了一个山村淳朴自然的天籁时代。他曾经是那个山村的脊梁，经风见雨，质朴坚劲，顶天立地，支柱纲常。我甚至觉得，就像鲁迅说的那样，太爷和他同时代的民办教师们，应该也是中国的脊梁！

村中火盆漆大娃

漆大娃是我爷爷的名讳。爷爷属鸡，出生在民国十年（1921），他是家中独子，所以祖爷爷给他起了这个可以说没有名字的名字。农村人给娃儿起名，或者就大娃、二娃、三娃……或者就大哥、二哥、三哥……各村各庄，都有无数这样的名字。

一

我家祖祖爷爷兄弟好几个，但从祖爷爷、爷爷、父亲三代都是单传，因为从老祖宗根儿上就是老大，俗话说"长房出小辈"，到我这辈就比其他同族亲房多出生了两代人，所以我家在同族辈分最小，还没出生的都属我的父辈或者姑姑辈，几乎见了谁都要磕头的份儿。

到祖爷爷持家的时候，和同族兄弟辈析产，因为力单势薄，原本一个四合院被强分成两家，由我家和同族三太爷家均分，结果就是两家都特别逼仄。我家北边一道短墙，把两家隔开，北边不能建房，所以主房是西房。那座破破烂烂的房子，前后上盖拆换过多次，但主墙和柱子仍是原来的，现在已有超过 60 年的历史，是如今我们村里最古老的一座房子了。

爷爷尚未成年，就遇上民国十八年的大饥荒，所幸没有饿死活了下来。他年轻时应该是个大个子，身高我估计至少在一米八左右。爷爷经常给我吹他年轻时是如何风光的，他攒下银子就买地，尽管漆家山的山地不值钱，但阳坡地能种麦子，他有不少好地。他的家业最繁盛的时候，有几十垧地、四头牛、六匹骡子。他和他的同伙干的是贩木材、药材和私盐的买卖。漳县的漳盐非常有名，不仅是井盐，而且质量高，当归、党参都是上佳的药材。他们向北到过宁夏的中卫，向东南到了陕西汉中、四川中坝。去的时候贩盐或药材，回来的时候贩棺材板儿，而食盐与木材是国家专营，属于禁物，不允许民间私贩。所以他们白天住店休息，晚上摸黑赶路。爷爷说他力大无比，骡子训练有素，他一个人可以往骡子背上撑上去货物，不用麻烦别人，而训练有素的骡子在重物上身的时候，还会往人的一侧斜靠，一来人可以借力，二来容易把货物扶到骡子背上。所以他看到村里三四个年轻人往骡子背上撑不上去驮子的时候，就会轻蔑地嘲笑他们。爷爷说最恶劣的是大雪天里，前无人家，后无小店，晚上把骡子拴在树上，几块棺材板儿搭靠树干斜立着，人钻进里面躲着，外面是鹅毛大雪，然后雪会把人拥起来。他还经常赤脚蹚过冰雪的河水，脚被冻烂扎破，刺骨寒彻。正因为年轻时长期的风侵冰蚀，爷爷的腰很早就如弯弓，脑袋、膝盖和手脚长年发凉，夏日晚上睡觉，他都戴个帽子，炕烧得滚烫，一个火盆更是守在跟前，长年不灭。他眼睛视物无睹，但耳朵贼灵，一只小鸡跳到房里，几无声音，但他马上就能警醒，拿着鞭子

"走，走"地吓唬着。

爷爷年轻时做过的两件事，对他一生有太大的影响，他一直耿耿于怀，百思不通。一件是他的母亲、我的祖奶奶生病，久治不愈，爷爷毫无能力为母亲治病，这时有人蛊惑，说你加入"一贯道"，老人的病就好了，他就稀里糊涂地加入了；结果老母亲还是过世了，而他也从没参加过这个组织的任何活动。新中国成立后，因为他加入过"一贯道"，每次运动一来，就紧张得要命，生怕自己被五花大绑逮了去。"文革"期间经常会有干部找他训话，要他老实交代与国民党反动派勾结的反革命罪行，他当然交代不出来什么，因为他压根儿不知道这个组织是干了啥妖魔事体的，所以有时还被认为是顽固抗拒。有此黑底和重大嫌疑，每次有大小批斗会，爷爷都极其担惊受怕。他虽然不是站在台上挨打挨批，但时常会被勒令坐在前排，以儆效尤。直到我上大学后，爷爷还交代说：你现在是有文脉的人了，这个"一贯道"很奇怪，国民党反对，共产党也反对，你能不能琢磨调查一下这是个什么坏组织，干了哪些伤天害理的事体。我后来专门查了一贯道相关资料，才逐渐弄清了这个组织，如今它在台湾仍有活动，已和当局合作，有点洗白了的味儿。

第二件事是当年"社改"时，他的土地、牛马和骡子被折价入了社，他嫌给的价太低，一度不愿意入社，受到严厉训斥警告。后来就有人一直揭发他私心杂念太重，革命觉悟不高，留恋国民党反动统治，对社会主义怀有刻骨仇恨。他告诉我其实当年无论折价多少，最后一分钱也没给，早知道就什么也不说了。

这两顶帽子导致爷爷的性格都发生了变化。我家成分是中农，算不到"地富反坏右"行列中，但爷爷的情况与贫下中农又有区别，所以只要村里的有线广播唱起雄壮的革命歌曲，中央又打倒了哪个"反革命集团"，或者喊打倒某某人的时候，爷爷就紧张地喊"阿谁又黑了！阿谁又黑了！"他在公开场合都沉默不语，常说"树叶掉下来会把头打破"，公私之事，粮食多分少分，工分多记少记，他能让则让，能忍则忍，顶多也就偶尔发几句牢骚而已。

二

爷爷是哪年哪月娶的奶奶，我已经不知道了。奶奶是从离漆家山相对较远的殷家山娶来的，她生了一儿两女，可怜奶奶在大约1955年就病逝了，所以我都不知道奶奶长什么样儿。留下爷爷带着父亲和两个姑姑，拉扯三个孩子长大。他的风光时代早已过去，为了不让子女受后妈的欺凌，当时才三十多岁的他终生再未续娶。平素吃喝，就两个女娃子糊弄，反正做熟不生吃也就是了。那时候极少有卖现成衣服和鞋袜的，都是买来布剪裁缝制，爷爷在买布的时候特意多买一尺两尺的，把多余的送给剪裁或帮忙缝衣的人家，就这人家也不愿意做。他东家进西家出，求奶奶告爷爷地才能给娃儿们弄件新衣服；至于平时的缝缝补补，洗洗涮涮，我都难以想象他们是怎么煎熬过来的。

新中国成立后，漳县黑虎林场收归国有，爷爷的一个朋友在那里当场长，曾经一度想带他去帮助放牧牲口，因为他多少会给牲口治病。去了就意味着当国家工人，可是极好的差事，有工资领的。但爷爷担心他一走，三个孩子会饿死，所以就放弃了。三年困难时期，甘肃在错误政策祸害下，饿死百姓无数，漆家山也几乎家家有死人，甚至绝户者。但爷爷带着三个孩子竟然都活了过来。据说父亲有次担着糒子去耕地，饿得晕倒在路上，被村里人发现搭救回来。那时人都浮肿，一旦晕倒，如果不及时发现，自己起不来就会死掉。父亲当时十七八岁，正是能吃的时候，后来被归入救助者吃独灶，一天供应一斤面，吃了一个月，就活蹦乱跳了。这个故事爷爷常给我讲，每次都伸出一根手指，夸张地说："一斤面！一斤面！就能救活了一个人。"

父亲属马，1942 年生，农历九月初九生日，我是九月初十，父子相差一天，但父亲大我两轮。父亲小时候出痘疹，没做好预防措施，脸上留下些麻点儿，虽然不严重，但也不好看。他个子不高，年轻时大概也就一米七不到的样子，沉默寡言，木讷固拙，只有一身使不完的蛮力。因为他不善言谈，又不挑不拣，所以生产队凡降牛试马，什么苦活重活出死力的，都会派给父亲。父亲的一双手，就像搓板一样粗糙，像是树根树皮，沟壑纵横，根本看不到肉色。不到四十岁的时候，父亲满嘴已经没牙了，一辈子就用牙龈啃食东西。但造化给了他一副好身体，除了曾经摔断腿进了一次医院，他平常从来不吃药不打针，感冒之类扛几天就好。现在七十多岁的人，还种地打柴，牧马放牛，锄地拔草，收割打碾，与年轻时没有区别。

父亲到谈婚论嫁的年龄，以他的长相与性格，我想爷爷一定不知犯了多少愁，但也可能是命中注定，竟然把母亲给娶来了。母亲娘家在离漆家山最近的任家门，走路快点半个小时就到了。母亲聪慧明理，高挑俏丽，一对长辫子乌黑油亮，也是远近闻名的水灵灵女娃子。我没有问过母亲，她究竟愿不愿嫁给父亲，但我问过外爷，外爷说你爷爷和你大人诚实厚道，门风好，你爷爷只有一个儿子，也用不着分房分产，你妈虽然没有婆婆，但也就不受婆婆的气，嫁过来能做得了主，提得了家。外爷真的很神灵，母亲嫁过来后，就成了家里的主心骨，父亲就是掏死力气务农而已。

　　父亲婚事顺利，儿媳肯吃苦又顾家，爷爷颇为安慰。因为从小没有了亲娘，爷爷特别护着他的两个女儿，无论在家还是婚后，都让他操碎了心。大姑姑名唤女娃，1947年生人，出嫁到了城关公社的赵李山生产队，要从漆家山翻过两座山才能到。赵李山土壤肥沃，生活条件各方面，也比漆家山要优越，但不幸姑父家庭成分是地主，不仅经常要受批斗，本家兄弟两个也不和。姑父家在破院子里有间房，败落不堪，每到下雨，院子里就像烂泥场，屋子里也到处漏雨；后来分家另过，在旁边的园子里修了一间小屋子栖身。我小时候经常去姑姑家，又想去又怕去，那时候不知道什么叫难过和忧愁，但每次去心中都特别压抑，许多场景我都忘了，只记得下雨天，我将胳膊肘支在她家土窗台上，看着雨帘饿着肚子发呆，不敢跟姑姑要吃的，因为压根儿没有吃的。

　　大姑姑生有一男一女，儿子小我一岁，取名如福，憨厚可爱，但耳朵有毛病，听力不好，好像是打链霉素打多了造成的。女儿叫如爱，伶俐聪颖，跑来跑去的讨人欢喜。这一双儿女都长成人儿了，用爷爷的话说，就是男娃会砍柴，女娃会洗锅了，但老天无眼，竟然相继病夭。姑姑遭此打击，几乎断气，爷爷老泪纵横，不知如何安慰女儿。所幸后来姑姑又举二男一女，健康成长，直到改革开放后，姑父家的日子才开始好转。姑父本就勤谨能干，在村中地位也很高，姑姑家的日子开始过得红红火火，爷爷才稍放宽心矣。

　　二姑姑名叫尕妹，1953年生。尕，在西北方言中是小的意思，所以很多娃子名叫尕娃、尕哥、尕妹、尕女等。二姑姑一开始出嫁在本村骆姓人家，但一直不生育。在农村，夫妻不能育子，都认为是女性的问题，所以骆家公婆与丈夫，初时抱怨，接着虐待，继以暴打，三天一嚷仗，半月必遭打。两家相离不远，骂声时闻。姑姑被虐后，就来娘家，坐在厅房门槛上痛哭，爷爷吸着水烟，默然无语。在爷爷的心中，一来女儿不生养，理亏在先；二来丈夫是女人的天，命中注定，怎能轻易离婚。爷爷是个旧社会过来的人，"烈女不事二夫"是他的正主张和口头禅。所以就一再姑息女婿，甚至姑姑被拖到大门口，人家在门外喊"就是娶个母猪，也能生一窝猪娃儿，没用的东西，不要了"。在这种极端侮辱下，爷爷也不允许二姑姑离婚。长期被折磨的姑姑，身体极度虚弱，病痛几殆。直到有一次晕倒在炕上，打翻了煤油灯，煤油在炕上燃烧，姑姑的半截胳膊大面积烧伤，如果不是被邻居发现，就可能烧死在家中。爷爷一看不离婚姑姑可能会被折磨致死，这才离了婚。

离婚后的二姑姑，还很年轻，上门提亲的人络绎不绝，几乎踏断了门槛。但在那个年月，三十来岁还没有结婚的，基本上都是"地富反坏右"系列的青年男性。爷爷觉得大姑姑嫁给了地主家庭，苦如黄连，度日如年，尽管漳县城里成分不好的家庭，都家道殷实，条件极好，但他仍不松口，生怕姑姑再嫁错了人家，可就无活命可逃了。可是，挑来挑去最后还是选中了谈家山我后来的二姑父，这家也是有名的地主家庭。好在二姑父为人极其诚厚老实，我后来想爷爷大概还是把人本分老实放在了首位，他实在是怕这个命苦的女儿再遭受折磨。二姑姑再嫁后，前后生了两个健硕的儿子，虽然日子清苦，但至少夫妻相敬，不再受骂，不再挨打，不再像牲口一样被拖到我家大门口受折辱了。

我家和两位姑姑家，都不富裕，将将衣食果腹，但亲情却浓如稠蜜，来往频繁，谁家有事，三方参与。改革开放后，土地分到农民家中，日子渐渐有了奔头，三家人也都能吃饱穿暖了。随着爷爷的老去，逢年过节和爷爷生日，两个女儿就领着外孙回来给老父亲拜寿祝福，几个外孙子外孙女更是对外爷亲得不得了，都是爷爷心头肉。爷爷为两位姑姑操的心，比为自己家里操的要多得多，尤其是二姑姑，是他生前死后永久的心疼。我工作以后，每次回家他都忘不了嘱咐我：要照顾你两个姑姑，尤其是谈家山的姑姑，她的命太苦了！

三

随着我的降生，爷爷的生命就延续到了第三代，我几乎就成了他的一切。之所以如此宝贝我，就是因为在同族中我们家这一支一路单传，到我已经是四世单传了。所以我就是爷爷的天爷和地皇，要什么他就必须给什么。母亲一旦打我，我只要躲在爷爷身后，她就不敢再张狂，但仍然可以骂天骂地；如果是外爷来了，我往两个爷爷中间一钻，母亲不仅不敢打，就是骂也不敢骂了。因为外爷虎起脸来，指着母亲说"咦！看你个样子"。母亲就乖乖地退下，我就万事无忧了，所以小时候我巴望着外爷天天来我家呐。

我记事的时候，爷爷已经有点驼背了，我就是在他的驼背上长大的。爷爷对我是极端的宠爱，无论他背着柴背子，还是背着麦捆，只要我喊累了不想走了，他就把我架在脖子上，再背上他的背子，我能看到他脖子上露出的青筋和脸上滚落的汗珠。寒冬腊月，他凌晨到生产队的场上碾场，清早回来胡荏子上带着冰霜，他在我脸上亲一下，冰得我打激灵。然后他掖好我的被子，连着声自言自语："我的娃！我

爷爷和外爷（左）

的娃！乖乖睡着，太冷了，太冷了。"然后搓着手又走了。有时母亲在院子里喊："快起来！日头都照到柱子上了。"爷爷说："不管她，睡着。乖。"我就睡着不起来。因此我一辈子都懒，早上起不来，这是爷爷给我惯下的毛病。

我从小和爷爷睡一张大炕，他的炕夏天也烧得滚烫，我细皮嫩肉的根本就不能沾炕。一条破被子经常被我连铺带盖，裹着在炕上滚来滚去，这样还经常被席子扎破屁股。有时候我就钻进炕边的被褥架子底下，能睡五六个人的通间大炕，我一晚上会横竖斜歪地腾挪个遍。爷爷经常被我挤得贴在炕边，就只盖自己的破棉袄，也舍不得让我冻着了。

1972 年，我的弟弟孝福降生。我隐约记得在此之前，母亲还生过一个儿子，两三岁上病夭了，母亲经常在背阴地哭得死去活来，被邻居搀回来。那时每年青黄不接挨饿受饥的总有好几个月，可能是母亲营养跟不上，孝福生下来就瘦弱多病，人家娃子满地跑的时候，他还不怎么能走路，两个屁股侧面窝儿里像是开着一个眼儿，流着淡黄的水儿，总是长合不起。大夫说要打一种叫"维生素 B_{12}"的针剂，到处找买不到。外爷本事大，进城找了大干部，走了后门不知从哪里才买来几盒；他从怀里小心翼翼地掏出来，母亲接过来又小心翼翼地打开一盒。我一看小玻璃瓶中的药水是红红的颜色，爷爷说也许是老虎血造的吧，不然怎么这么金贵难得呢。

弟弟就一直弱弱晃晃地长着，爷爷带他出门，看到别家的孩子白白胖胖蹦蹦跳跳的，就羡慕得不得了。家里没什么好吃的，常半饥不饱。有次祖孙二人在火盆上搭着小铁锅，把生的苞谷面放在锅里翻炒，炒熟倒出来，饿急了的弟弟就拿舌头舔了一口，结果把舌头烫坏了，好多天不能吃东西，后来掉了一层皮才好。

弟弟生性就不爱念书，进了学堂就头疼，还跟老师干仗。他最喜欢放羊牧马，包产到户，家里分了一头牛、几只羊，他就辍学放羊，从此成了一个大字不识的文盲，和爷爷父母一起，起早贪黑，风里雨里地苦庄稼，打下的粮食磨下的面，换成了钱，都供我上学了。

从我上初中时开始，爷爷就是我的后勤保障，驮柴送面，从不间断。我到了县城念书后，他进城卖柴卖粮，给家中置办家具什物，多多少少剩的几毛钱，全都给了我。那时正是长身体的阶段，我感觉从早到晚只有一个字——饿。每次当我十二点下课回到住处，看到院子里拴着马，就知道爷爷进城来了。我会把他带的一点儿干粮吃个精光，他心疼地在一旁边看边说："我的娃！小心点小心点，小心噎着！"爷爷将褡裢里所余的馍馍渣子嚼上两口，再煮着喝上几盅罐罐茶，然后就赶着牲口回山里了。很多年以后，我才突然开窍，想到爷爷二三十里的山路，是怎么空腹饥渴地回家的，我真是一个混账的孙子！

爷爷让我读书识字，最初的动力是认得几个孔夫子的字和洋码字，将来当个生产队的记工员，可以不出死力，坐在树荫底下画"正"字。而我的志向是做公社书记的通讯员，左边挂个军用水壶，右边挎个军用书包，那真是洒脱极了。随着我小学、初中到高中不断升学，加上我是全县有名的所谓"好学生"，爷爷和我的志向也开始膨胀：他希望我高中毕业后，做个小学教员，可以有工资吃公家饭；我呢，希望考上天水地区渭南师范，上个中专，便是极好的。经过两次上高中，前后五年的倒腾，未曾想我考上了西北师范学院，远远超出了爷爷和我的预期，这可把一家人和戚里邻居高兴坏了，都来道喜，如范进中举似的。

我拿到西北师院的录取通知书，父亲到处打凑借贷，给我凑了40元，买了一身的新衣鞋袜，我穿戴得像新女婿似的，这对穿惯了补丁脏衣服的我来说，实在是既不自然又不自在。爷爷、外爷、父亲、大姑父送我到县城，他们也搞不清楚大学到底是个什么玩意儿。因为上中学时我经常偷白菜苞谷棒子，让爷爷操碎了心，所以我上了车，他还在车下可着劲儿喊："我的娃！饿了就坐着别动，缓一会儿就好些了。千千万万，不要偷不能抢，不能犯国家王法！"

四

1980 年，也是我第一次高中辍学在家务农的一年。这年甘肃农村开始实行大包干，先是漆家山生产队分成三个小组，不到半年就将土地牲口农具等，全部分到各家各户。爷爷和我去本组开会，他对村里的土地太熟悉了，我家的地虽然相对离村子远，但土壤的肥力都不错，也多能种小麦，已相当满意了。

家中分到一头牛，三四只羊，和其他两家共用一匹马，弟弟就不念书了，开始放羊。牛马合用，家家都不方便，爷爷不知怎么心血来潮，愣要恢复他当年的基业，净想着发家致富。他不顾全家反对，在银行贷了300元巨款，自己又打凑些钱，加起来买来一匹骒马驹儿，想着长大了可以生骡子，或使或卖，一本万利。那是一匹浅青色的小马驹儿，全身纯净发亮，我每天牵着它，干活时就拴在野地里吃草，收工时就骑着回家，感觉拉风高档极了。

不仅如此，几年之间，爷爷又倒腾牛羊。本来已到耳顺之年的爷爷，如果是公家人已经该退休了，他却精力无限，到处看牛买羊，家里牛羊盛时，有四头牛，百多只羊，但很难再起群了。还养过一头能配种的大牦牛，以图做种牛赚钱。山区陡峭，牛经常发生滚岇的情况，一旦摔滚下山，就只能吃一顿牛肉、卖一张牛皮了。最让爷爷感到没面子的是，他的那匹骒马始终不给力，从买来到后来不幸在草地上被缰绳缠住勒死，养了好多年，都没有生过马驹和骡子。马死那天，我去剥皮，村里人帮忙，将皮剥了回来。马肉大家各自拿回家去，低调满足地享用。我家一块马肉也没有带回来，一家人伤心欲绝，既无心思煮肉，更不忍心吃肉，邻居家将煮好的肉端来一大盆，可全家人竟然吃不下去，感觉完全是家中死了一个人一般。就这样，六匹骡子的家业，到爷爷过世都没有达到，这大概是他终生之憾吧。

爷爷的另一个爱好，就是养蜜蜂。人民公社的时候，他就替生产队养蜜蜂，我家院子里每年夏秋间都有二三十盒蜂槽。到农历八月十五中秋节前杀蜜，好的年景能产两大缸蜂蜜，足有好几百斤，过节时分给全村家家户户，也由村里派人偷偷地送给公社大队的干部行贿。我家也混在生产队的蜂槽中间，每年养几盒蜜蜂。春夏之交，是蜜蜂出窝分群的密集期，爷爷经常脑袋上顶个破麻布衣，爬到树上，一手持蜂斗，一手抓把蒿草，嘴上喊着"蜂王进斗，进斗，进斗"，用蒿草怂恿蜜蜂钻进斗中，身上脸上被蜇得处处是伤；好在爷爷的皮肤不怎么过敏，蜇完了也不怎么肿，而我一旦被蜇，就会肿得像是发面馍馍，难受极了。

社员家中私自养蜂，这本来就是属于"资本主义尾巴"，是不合法要割掉的。漆家山人情好，我家从来不得罪亲族邻人，所以也没人告发。爷爷胆小，从来不敢占生产队的便宜，公家和自家的蜜蜂，分得极是清楚。我家的蜂蜜，因为不掺假不兑水，质量非常好，能够长期保存，所以远近闻名，常常不用拿到县城赶集去卖，就有人找上门来买，卖完的钱，马上就转寄到了我手里。我就是家中的风洞，把什么都能吸光。

爷爷忙他的喜好，父母也没闲着，除了种自家分的土地外，雨天不能下地，就披着蓑衣去开荒。别人热炕暖火谝传喝茶的时候，我的父母就在野外忙碌，挖草药，烧灰肥，打猪草，平坡地，如果风雨交加不能出门，父亲往往就在厅房廊上，编背篓，扎药材，母亲则缝缝补补，东扫西清，周年四季，无一日之闲暇。在漆家山这样焦苦的山区，也只有这样，才能吃得饱饭穿得上衣，再加上我在外上学，时时需要钱，他们只要换得一些钱，就马上兑汇给我；直到我本科毕业，开始能打工赚钱养活自己，才给了全家人稍作喘息的机会。

我本科毕业，又开始攻读历史文献学专业硕士研究生。爷爷大失所望，他的意愿是我赶快分配到漳县一中，娶妻生子，让他好抱孙子。他弄不懂研究生是个啥劳什子，只是觉得书已经被我读完了，再读那么多有什么用。每次我回家，他就给我数村里谁结婚了，谁生子了，到凌晨我偶尔醒来，还听到他一个人自言自语地在数落呐。

到后来我上了北京，离家越来越远，他越来越管顾不到，就对我逐渐放弃，转而把抱孙子的希望，投向了弟弟。弟弟先是在远山里订了一门亲，父母弟弟赶着牛马，春时耕耘，夏季锄田，秋季收割，冬季劳作，几乎成了那家人的长工，但其欲壑难填，最后只好两家脸翻皮破，空忙一场。好在上天不亡良善人家，弟弟终于在庄下门村娶来了弟媳，先是生了两个女娃子，全家齐心，必欲生男娃而后快。我回家做动员，说两个女娃子很好，不必要再生了。爷爷说："你婚否未定，将来也只能生一个，如果你再生个女娃子，岂不就断了后了。"母亲鉴于外爷无子而一生受尽屈辱，坚定得像《红灯记》里的铁梅，盯着我两眼冒火，斩钉截铁地说："你难道没见过外爷过的日子吗？就是公社、大队的干部把这破房子拆了，牛羊全部牵走，孝福也得生个儿子！"谢天谢地，弟弟和弟媳到处流浪，生下老三终于是个儿子，这一家人才安定下来。

到我35岁的时候，也终于喜得一子，可把爷爷和父母给高兴坏了。等儿子会走路了，我带着回到老家，那时的爷爷已经看不清楚重孙子的模样了，但过一会儿就摸索着抱在怀里，翘着他的山羊胡子，在四代孙脸上一通猛亲。爷爷感慨地说："当年你大和姑姑小的时候，我觉得这个家就像火苗一闪一闪的，随时都要熄灭了。到你兄弟出生，家里就一直只有五口人，也不旺啊。现在山里八口人，加上你们家三口，共十一口人，在咱漆家山可算是大家口了，真不枉我辛苦一生，死而无憾了!"

　　2003 年的初冬，有天晚上我做了个梦，老家村里下着一场鹅毛大雪，我心惊肉跳，大感不妙。凌晨就接到老家来的电话，爷爷过世了! 我又是飞机又是汽车又是走路地赶回家奔丧，但跪在爷爷灵前时，却无心无肺地没怎么哭。父亲给我说："你爷爷稍微有点感冒，早上说他想喝茶，我笼了火烧了水，煮了第一盅茶请他喝的时候，人已经没气了，太快了。"父亲抹了把泪，接着说："要是喝上口茶就好了，临咽气都没喝到一口茶，好在没受床褥之罪，去得干干净净。"我安慰父亲说："爷爷虽然没喝过什么好茶，但全国各地的茶叶，我也给他买了喝过了，这口茶没喝上就没喝上吧，给咱们留点儿念想。"爷爷敛棺前，我看到他的嘴是张着的。大姑姑看了，就又掉泪说："你爷挨了半辈子饿，临了都没合着口，好像还在饿着。"邻居二爷就伸手，把爷爷的嘴使劲儿给合上了。我说："在那一世，他一定能吃得饱喝得足，会享福的。"爷爷可以算得上是无疾而终，这是他前世今生修来的齐天洪福!

五

　　爷爷一生吃尽了苦，好在到了晚境，儿孙绕膝，衣食无忧，他就是全家的宝贝，老的小的都不敢惹，不敢让他生气。爷爷挂着他的拐杖，守着他的火盆，吃了睡，睡了吃，人来煮茶闲谝，人去半梦半醒，也算是享了老来的福分，沾了和平的荣光。清清白白地来，爽爽净净地去，勉强算是苦尽而甘来，油尽而灯灭矣。

　　因为盘过汉中，下过中坝，走过西口，到过宁夏，躲过枪口，坐过火车，历尽战乱，濒死者再，所以在漆家山，爷爷绝对是见过大世面、经过大广经的明通人，在村里有极高的声望。他一生勤勤恳恳，清白处世，从不坑蒙拐骗、阴损他人，也不占别人半点的好处和便宜，吃亏时多，得利时少，公心平允，诚恳待人。而我考上大学，后来又在"太学"工作，虽然不像中央领导、甘肃省省长和漳县县长那样位高权重、有立竿见影之效，但也为他争得不少的荣耀，使他在村里的地位更显得特殊，晚年尤其如此。

　　爷爷一生，最喜说媒，从年轻到老，保媒无数，而且成功率高，甚至有的家庭祖孙三代，都是爷爷当的媒人。在农村，做媒成功率越高，就越会被人高抬重视，一来图个吉利，二来求个保险。我小时候，爷爷就经常扛着个褡裢出出进进，活像《梁秋燕》里的侯下山。但爷爷的规矩是女方父母要忠厚实诚，男方主事的要嘴脚牢靠，这事儿就八九不离十；一旦女方家尤其是母亲是个事儿婆，这事八成就悬了，即便结婚也过不好，所以他便不做。媒人的好处是结婚后，男方会来磕头拜谢，带个三两茶叶或者两片"兰州"水烟以示谢恩。不好处是婚后尤其是最初一两年的磨合期，女方一旦受点委屈，就会到我家抱怨一通，坐在厅房门槛上一把鼻涕一把泪地长哭短泣，说爷爷你给我寻了个土匪、驴橛儿、穷光蛋，把人推到了火坑里，我要离婚之类的话。爷爷坐在炕上，煮着茶吸着水烟；等女方说唱一毕，母亲给照顾吃完饭了，爷爷就连哄带骂地带着女娃子回婆家，然后把男方家从爹妈到女子的丈夫，骂个狗食猪粪驴死鞍子烂地威胁一番，再煮一罐茶吃顿葱花油饼就掌着得胜鼓回营了。但也有女方不受，男方不忍，双方都抱怨他，不给好脸色，连顿饭也混不上败归本斋的时辰。

　　等到爷爷年纪大了，大家都劝他别再做媒了，没啥好处还总受抱怨吃瓜落儿，但有人求上门来他还是答应得极其痛快，直到他跑不动了就让我父亲代劳；父亲寡言淡语，不能欶动他人，只是做个"身显"人。身显人，当地方言中的意思是人家把什么都做好，自己坐享其成。慢慢父亲年老了，就让能胡说乱诌的二儿子孝福代劳，而孝福的保媒成功率也挺高。祖孙三代是村里有名的保媒人，几乎成了世袭的"专业"了。

由于爷爷处事公允，能守中道，所以大庄里谁家打架吵嚷，分家析产，也常常找他来主持公道。农家无钱无宝，也就几间破房子，一些零零碎碎的家具什物和土地牲口、粮食农具之类，但这也就是农人的宝贝。无论父子析产，还是兄弟分家，爷爷总是忙前忙后，分地分粮，自己觉得无比公允，但所分之家又往往感觉自己一方吃了大亏，吵吵嚷嚷，不得安宁。有一年我回家，刚好邻居父子析产，老两口觉得粮食分少了，找爷爷来闹，爷爷竟然当着人家的面说："就是给你们分的少了点，你们老了饿死就饿死了，那边还有小娃娃，吃不饱耽误长个子，你们真是老不懂事。"活生生把人家给怼回去了。

因为年轻时赶脚，对牲口的习性和毛病也比较了解，牛马驴骡，他能辨认年岁，识其吉凶。生产队到陕西买秦川牛，每次他都跟着去端详；邻居买牛牵马，也都让他给看看是否值价。长期与牛马打交道，爷爷也多少懂点医治牲口的土法子。牛马腹胀发烧，给兑几味草药，或者用锥子在舌头肚皮上乱捅几把，放点儿血，有时还真管用。我家也藏一些藏红花之类的药物，救急时可以用，所以他算是半个盲先生。经常有牛马牵到我家院子，拴在厅房柱子上，一群人牵拉硬拽，给牛扎舌头和腿蹄；牛劲儿太大，扯得柱子抖动，房上直往下掉土，我时时担心会把房子给拖倒了。后来农村慢慢有了兽医，爷爷的眼睛也看不清楚了，他这行粗手艺才不怎么用了。

由于我常年出门在外，让爷爷终年操心，所以他特别同情外出的人，古道热心，用他的话来解释就是看到那些人，就想到出门在外的我，在哪里出差，会不会有人安顿，给热炕睡，给热饭吃，希望积德行善，让好的报应发生在我的身上。闲忙月份，来村里走亲戚的人，如果主家人不在，他都热心地请亲戚来我家喝茶吸烟，缓乏解渴，以待主家人来。凡贩牛收羊的，卖瓜收粮的，讨吃要饭的，甚至不明不白的人，天黑走投无路，他都收留住下。有时回民贩子赶着一群羊，夏月晚上满院子都是羊骚味儿，他也不嫌不弃，人家走时给几毛一元钱的，他就收了；有时分文不给，说几句你孙子在外当大官享大福，他也就满意地放行了。慢慢都形成了习惯，凡外地人到村里做生意的，晚上没地儿住，有人就会指路说：去大学生家，那家老人心肠好，炕大，会收留人。

我小时候，爷爷还有些当年道上的朋友，像亲戚一样地走动着，后来可能他们都老了，就不怎么往来了。到了晚年，爷爷盘坐在炕上，整天打着盹儿，出个大门走个村口都困难，但经常和小娃子们逗乐子，回忆着他昔年赶脚时代的高光时刻。

爷爷一生，还以说怪话而闻名，几句牢骚常常会招来祸患，所以家里谝闲帮子的越多，母亲就越担心，不知爷爷又会说出什么怪话来。我觉得他说的某些话，反而是我们这样整天读书的文人们说不出来的。改革开放后，农村女娃子也开始烫发穿高跟鞋，有天我陪他在院子里晒日头，他看着走出门的一个女娃叹气。我问爷爷因何发愁，他说社会上风气不好，乱象显露，你看女娃儿的打扮，头上乱蓬蓬的，脚下摇摇晃晃，这叫"上乱下不稳"，他这句话着实吓我不轻。80年代末，社会上乱哄哄的，我也很晚才回到家中，爷爷生气地说你不早回来，太让我担心了。我说外面闹得很呢，他轻蔑地瞪了我一老眼说：秀才造反，十年不成！

我觉得爷爷说的这些话，简直就是刘伯温才能说出来的预言。这个大字不识一个的老农，看问题角度新颖，话语简洁明快，一针见血，而且拨刺带肉，比我这个太学博士强太多了。我经常回味他说过的这些话，感觉我的书似乎白读了。

六

最让我难以忘却而备感温暖的，还是爷爷长年不灭的火盆。

据母亲说她刚嫁过来的时候，我们家就是乱糟糟的，奶奶活着时就是个不怎么收拾家里的人。而在几次挨饿时期，为了糊口，爷爷卖光了能卖的家什，厅房西南角的椽子也拆掉了部分，上盖都快要塌了，多年来都未补起，雨天就会漏雨。村里的老房子都先后翻新拆光了，就我们家厅房只换过几次顶盖和檩子，村里人都传说不拆的原因，是爷爷在旧社会做生意，家中藏有"白元"（银子），所以不挖地基，怕露了白元让外人知道，家中就不安宁了。

我也曾经开玩笑地逗爷爷。我说当年家里那么困难，供我上学把一家人都苦死累死了，你怎么不把你的"老根"挖出来，是不是将来都要留给老二。爷爷说哪里有白元，能卖的他都卖光了，才将三个娃拉连到了世上。他叹口气说，当年凡是惜财舍不得变卖物什的人家，基本都饿死了，所以在人命面前，啥东西都不重要，只要能活下来就好，什么都没有粮食金贵。爷爷常说一句话："掀倒一堵墙，寻不着一颗粮。"青黄不接的时候,有钱也换不到粮食。正因为如此,爷爷一生都舍不得浪费一粒粮、一口饭,路上看到小娃子丢掉的馍馍渣子,他马上捡起来吹一吹放在嘴里,吃完饭就把碗舔得干净如洗,终身如此。

我家北边无法修房,厅房是西房,夏天太阳一照,屋子里就不出烟。爷爷的火盆一起火,满屋都是烟,过年时贴上几张年画,不到半年就熏得快认不出图画来了。数十年的烟熏火燎,四面墙和上盖橡板,漆黑铮亮,远甚油漆刷过;屋子里灰飞烟冒,尘土拂扬,四季如此,周年如常。爷爷不喜欢穿衣,他的衣服也永远是半旧不新,烟灰与污垢,争相焕光,换洗一次,还得跟他打架似的强要,才能脱下来。

在没有外出打工时的西北农村,刮风下雨和农闲时节,就是农民的假日。村里的公共场所,如学堂院里、腰道里、巷堂口下,这三个地方会自然地聚集村人,吸烟谝传嚼舌根。如果要说私人家里,则全村我们家是一个集会之所,其他人家也有,但论规模与长年累月的次数,村里只此一家,没有第二。

农村是一个自闭而严密的社会,有亲族势力,有邻里矛盾,闲月无事,大家喜欢走动谝传嚼舌根,当地称"浪门儿"。看起来好像东家进西家出,毫无规律,任性随意,但实际上却有说道。主家不喜打扰的不去,邻里有矛盾的不去,兄弟打过架的不去,爱干净人家不去,去了什么也不给、上不了炕挂不住的不去,吃一碗饭要说三年的不去。而我家恰好符合一切"浪门儿"的条件:爷爷的大炕能坐十来个人,吃烟喝茶永远敞开供应,浪到吃饭时节如果愿意可以蹭饭吃,我家与村里人基本没有矛盾,家里乱哄哄的什么人都可以来。当地把这样的人家叫"背本"。背本的意思一是人好本分,不会抱怨,不拘

爷爷留下的老式火盆

正在煮着的罐罐茶

小节；二是禁得起攘踏，雨天院子里踩得像烂泥场也没关系，而耗费的烟茶木柴，更是不计其数。除此以外，这其中关系最大的是爷爷的人缘和他长年不灭的火盆，尤其到冬天炕上如果没有一盆火，天寒地冻是拢不住人的。

爷爷怕冷，清早起来笼了火，直到半夜才灭。父亲是个孝子，连砍带挖，每年都积攒上好的硬柴，梨木疙瘩，火旺烟少，足够爷爷一冬挥霍。村里无论老幼，都愿意到我家，围着火盆坐一炕人。炕上坐着老人和长辈，地上站着年轻的和晚辈，火盆上搭个三脚架，上面搭一壶水，火膛里多的时候煨着三四个小茶罐罐，咕嘟咕嘟地煮着茶叶。火盆架子上配备几个小茶盅，第一杯煮出来自然要敬老人，然后大家你一杯我一杯地分享。一支水烟瓶在大伙手中轮流转来转去，吸到烫嘴也停不下来。大家谝传的话题，从盘古开天说到当年收成，从谁家媳妇打了婆婆到哪家的牛下了犊子，从偷砍木材到城里的物价，无所不谈，又毫无目的。至夜半十分，星空灿烂，月光如水，才逐渐散去。如果遇上月黑风高之夜，父亲还会给年纪大的扎个火把，点亮

父亲捡拾的硬柴码放多年，犹如汉代文物

了送出大门外。

　　周年四季，我家都是如此，所以耗费量最大的奢侈品有三样：茶叶、水烟丝和煤油。我上大学和工作后，就想方设法给爷爷买茶叶和烟丝，无论国内外出差开会，总要买些当地不同品种的茶叶寄给爷爷。有一年我在重庆买了苦丁茶，坐在邮局门口缝布袋子，左撇子拙笨得要命，被一个热心的阿姨看见，帮我缝上还夸我是个孝子。虽然买不起贵的，但爷爷喝过的茶叶种类还是不少，这也是他一生唯一的爱好。兰州水烟分"甘""肃""合""作"四等，"甘"字烟最好，在兰州也只能在专卖店才能买到。每次回家我都带好几包"甘"字烟，够爷爷用一年的。我到北大后有一年带日本留学生去西安实习，在古玩市场看到一支水烟瓶，非常漂亮，就买回去给爷爷，他逢人便吹嘘可能是秦始皇用过的。茶叶他自己舍不得喝，却大方地给乡邻喝，这比自己喝了还脸上有光。那时老家还没通电，家里的煤油灯经常着好几盏，母亲心疼得要命，常常说："啊呀！咱家这煤油灯，赶紧换根灯捻子，怎么这么费油，像是在喝油。"

我小时候，常常是插在炕角大人们的身后，半倚半卧地睡着在他们的谝传声中。到我上了大学和工作后，一旦回到老家，四邻八亲都来看望，晚上更是经常闲谈到零点以后，更深夜阑，有时我都困得不行快睡着了，大家还在谝着。父亲经常坐个小板凳儿，守在炕头，不断地往火盆中添柴，使

我在西安为爷爷买的水烟瓶，他认为是秦始皇之物

火总在旺盛的燃烧中。茶香烟呛，话古人和，院子里雪落尺深，而屋子里温馨暖融，虽是三冬，自带春意。

爷爷过世的时候，因为我是"有大功名的大人物"，请了纸活匠，做了满院的床帐房屋与纸人纸马之类，宾爷请我验收合不合格。我说其他的我都不看，给爷爷的骡子和马一定要扎好，马童一定写好姓名，他在那个世界还会干赶脚的营生，得有好的脚力和听话的马童。最重要的是要给爷爷扎一只结实的火盆，做一些上好的木炭，三脚架、茶壶、茶罐、茶盅、茶滗子、火箸、水烟瓶、引火柴等一应齐全，这

些都是他的最爱，在那一世也是不可缺少的。

爷爷过世以后，我家仍然是一个村人聚会的集散地，但炕上的主人换成了父亲，旺烧的火盆换成了烧煤的炉子，通了电以后炉子也没了，只有一个小电磁炉。水烟瓶成了摆设，不怎么用了，无论老少，吸烟基本都是吸纸烟。哪家还有火盆与水烟瓶，也都高挂变成文物了。

在那个贫瘠的小山村，因为爷爷、父母和弟弟的勤苦耕作，好善睦邻，我家在村里竟然是少有的"富户"：一把铁锨，一只背篼，粮油钱物，牛羊马骡，都愿意借与村人，不计得失；邻家有难，视如自家，帮扶护持，累月长年。爷爷奉行一生的是宁肯自己吃亏，不要占人便宜，不做亏心事，睡觉不惊心。母亲借别人一碗面虚虚平平的，归还时必然是压得瓷实还飘高的。父亲粗中有细，夏秋时节常从野外砍来做各种农具把儿的料、柴胡甘草和连枷条子等，一旦邻人有需，他都挑最好的给人，而自己用时又常常没有了。我活到半百，能和前后同学朋友相处融洽，也从不占他人半点便宜，都是家教的结果。看到那些尔虞我诈的城里人和周边蝇营狗苟的文化人，我至今仍不能适应。

爷爷离去后，我回到家里，再也听不到他惯常的咳嗽声和呻吟声，睡在大炕上再也听不到他的呼噜声，临行前也听不到他的嘱咐声。爷爷的离去，象征着村里旺盛力的火盆熄灭了，那个时代也熄灭了。那是一个贫穷得让人痛彻心骨的时代，但也是一个风俗纯朴血脉温情的时代。对于我这样一个正在老去的保守者而言，电视里五花八门的节目，远不如村民七言八语的谝传充满人情；而方便化的各类电器，也远不如爷爷的火盆，充满了仪式感和喜剧感。咕嘟冒泡的小茶罐飘溢着人气，旺旺燃烧的火盆充满了温暖和人性的光芒。

　　我偶尔也在想自己这半生的光景，在极端困苦的情况下，尚未失去人情人性，能够克己躬行，遇事能扛，性格坚忍，与同事朋友相处融洽，这些无不得益于我那贫穷而聚拢的家庭，得益于爷爷的火盆温暖着我的胸腔。我能够读书成人，并在大学滥充教习，恐怕也真应验了爷爷常说的积德行善，所谓积善人家，必有余庆。这也是我永远思念故土，永远怀念爷爷旺旺的火盆的原因吧。

无欲无求雄太爷

雄太爷本名叫漆双旋，是因为他头上有两个旋，父母以此名之。他生于民国五年（1916），比我爷爷年长 5 岁，村里人尊称他为"雄爷"。雄爷的特殊在于他们家几乎是本村辈分最高的，按年龄他和我爷爷是同龄人，但却是爷爷的父辈。他的二儿子金德和我同岁，我却得叫他二爷。所以，我们小娃子从来不知道双旋老人的真名，全村人都叫他"雄爷""太爷""祖太爷"。当然，我也一直叫他"太爷"，他辈分太高骨头实在是太硬了。

我家在村东大庄里上坡，雄太爷家在坡下路边，直线距离不足50 米，出我家一段小坡路下去左拐，就到他家了。我刚会爬来爬去的时候，因为家中没有老人照顾，母亲就把我搁在太爷家，雄太太照顾金德二爷，也顺便看管我。有一回金德在我脸上抓出了两道壕沟，太太向母亲一个劲儿地说没看住没看住，我的娃把你的娃抓了。母亲疼在心里，但嘴上却说不要紧不要紧。我脸上一道长长的痕印，直到后来胖起来才消失。等我们记事的时候，雄太太就过世了，她的模样，我一点也记不起来了，只有一个小脚老太太走路摇来晃去的影迹。

那时候太爷也就 40 多岁，和我爷爷一样成了鳏夫。他的长子驴娃儿，我从小就叫他驴爷。驴爷一只眼睛先天性失明，他生气瞪眼的时候是很可怕的，所以我小时候很怕他。驴爷前面还有一个姐姐，已经出嫁了。老二就是金德，我估计老两口这中间一定也生过孩子，大概没有成活吧。

雄太爷拉扯一双儿子，一家三个男人，平日的吃喝穿衣，就是大大的问题，比当年我爷爷的困难，一点儿也不小。但太爷是个乐天派，我从来没见过他有悲苦之声，他永远都是乐呵呵的，干任何活都是不紧不慢，张弛在我。生产队派活，村里有大情小事，他看不惯时，就会说几句怪话，村里如雄太爷、我的四太爷、高家二爷都是著名的怪话手。太爷虽然大字不识一个，但他满肚子都是古经，什么马大、石二、柳三哥、瘪豆子、憨豆子之类的，总有不同的古经。

因为两家离得近，我和金德二爷用北京话说就是一对发小儿，用当地话说就是勾八勾九，我俩形影不离。我们一起去学堂，一起回家，一起听太爷说古经，一起砍柴拾粪、放牛牧马。太爷和金德睡一间大炕，有时我晚上就和他们一起睡，听太爷讲古经，其乐无穷。两家谁家来了亲戚需要挪宿，一般或者我到他家，或者金德到我家，就像一家一样。记得有一年腊月三十晚上，我大半夜还在他家待着，母亲喊我到家后斥责说：年三十晚上是除夕夜，要陪先人的，你这般时候还不回家，你到底是谁家的子孙？哈哈！

转眼间到了驴爷婚娶的年龄了，太爷给他订的是庄下门的骆家媳妇儿。驴婆娶回来的时候我们还小，只记得驴婆生娃儿坐月子的时候，有次我到她屋里看到初生的婴儿，满身通红，皮肤褶皱，眼睛紧闭，蹬着小腿儿哇啦哇啦地在哭，就像刚出生的大号老鼠，把我吓得不轻，再也不敢看了。

驴爷小两口好像第一个孩子也夭折了。那时候谁家婴儿夭亡，我们就非常害怕，有几天我不敢去他家；他家西墙邻着大路，低矮可跨，我就趴在墙上和金德说话。驴爷夫妻痛失幼儿，躺在炕上，水米不进。太爷中午从地里回来，站在院子中朝西房喊："都起来！做着吃饭，吃完了地里干活。我当年得你们的时候已经三十六岁了，你们现在还都年轻，娃娃将来多得是。"太爷说得对。后来驴爷两口子生得一双儿女，活蹦乱跳的，一家其乐融融。

驴爷先天性眼睛不好，但他是全村最心灵的一个人，记忆力超群。"文革"期间他曾经负责村里的图书室，无论是样板戏中的李奶奶，还是古装戏的秦香莲，他演得都非常好。他还是村里少有的收听电台新闻和关注外面世界的人。他有个心口痛的毛病，一犯起来，就躺在炕上大喊大叫，无医少药，有时吃点药也不见效，我们在路上都听得清楚。夏月收割时节，驴爷犯病，驴婆急得连喊带骂，然后一个人在地里忙天忙地，着实也太辛苦了。

不知是否有遗传因素，金德二爷自幼也身体不好，有心口痛的毛病，而且他是近视眼，而农村干活又不可能戴眼镜。但金德爷也是心灵手巧，爱好音乐，我和他一起学板胡，他拉得比我好很多。他唱戏多演老生，也是主要演员之一。

金德到了结婚年龄，娶了杠醋湾的媳妇儿，夫妻恩爱，二婆人极欢实，孔武有力。不久，两兄弟也分了家，太爷跟着金德一起过，驴爷在园子里修了房子单另起家。有年我回老家，赶上金德爷的幼儿也病夭，夫妻俩泣泪不已。我那时刚刚工作，每月也就 200 元的工资，我给了金德 100 元，让他请医生给二婆看看到底是什么毛病。我说咱俩同岁，我还没孩子呢，你们也不必害怕，迟早娃会上门的。果不其然，此后他们生得两男一女，如今都长大成人了。

两个儿子身体都多少有些毛病，家庭又诸多不顺，但雄太爷没有怨天尤人、叹悲运命，他仍是说话风趣，乐观开朗。每天下地，也不多言语，只是拼着老骨头收割打碾，尽力地帮儿子干活。七十来岁的老者，他干活可是极快，割麦比一般的年轻人还要快，不疾不徐，也不打歇，一会儿一块地里的麦子就被他全割完了。

老人喜欢旱烟，家里园子里自己栽点烟叶，自己制作烟丝，劲道十足，我吸一口便呛得不行。太爷斜靠在炕上的破被子上，一个人吧嗒吧嗒地吸着烟锅，对面靠墙放着他早年给自己准备的棺材，年深日久已经裂开了缝子。太爷过世时，我也不在村里，未能给老人家磕头吊孝。他把苦难的一生活得收放自如，对这个世界无欲无求，虽然焦苦一生，却活得受人爱戴且极有尊严。我有时就想，他可能是漆家山最具老庄味儿的悟道者吧。

纸活画匠漆兴昌

漆兴昌老人生于民国十年（1921），和我爷爷同岁，跟我爷爷平辈。老人不知是先天还是后天，一只腿瘸得厉害，再加上人又瘦小，走在路上移动的身影就显得又慢又小。他家老婆婆叫骆婉容，哪村娶来的我不知晓。老夫妻俩只有一个宝贝女儿，起的名字可真不好听，叫猪娃儿。在农村有取贱名以禳灾祈贵的习惯，所以这样的名字很多。到女儿成婚年龄时，干爷在山背后的马家山招来女婿马有存，夫妻俩前后共生两男两女，可以说是子孙满堂了。

干爷有祖传的一门绝艺，就是扎纸活，当地叫画匠，就是给丧事之家扎纸人纸马等。"文革"期间，此类手艺属于妖魔鬼怪，当然都禁绝了。但干爷在逢年过节时，还可以扎纸花，有时禁有时不禁。比如过年时，家家要在供桌中间花瓶中插几枝纸花，主要是牡丹，看起来喜庆鲜艳。

做纸花的情况有两种。一种是干爷用自己家的纸扎的，你得将钱来买；一种是你把需要的纸带去，带些小礼物算是报酬。红、白、绿三种纸，分别剪成不同的形状，花枝干是将细竹破开后，缠上一层绿纸，这个谁都会做，但花叶、花苞就得有技术了。干爷将纸裁好后，手中有一个小木块往上一缠，然后另一手拿半截线绳，再借助火盆边缘或什么硬物，很熟练地一捺一拽，就能捺出叶子的纹路和花苞的形状来，既快又好，瞬间成形，这可是高水平。花苞里包一团新棉花，但干爷在无人看到的时候，没有新棉花了，往往就在自己的破棉裤上揪下来一团旧棉花充数，反正包起来粘上后，谁也看不出来。整朵花枝叶花朵粘在一起后，再用颜色点上花蕊，就相当漂亮了。一般情况下，一枝上会有三朵花，如果有五六朵那就阔气极了。

干爷的这绝活儿，当然是"四旧"，所以他也是属于开批判大会时，像我爷爷一样，随时准备上台被批的对象，因此胆子自然也就很小，但也有犯犟的时候。他的长孙碌碡和我同班，在村学读书。学校离他家非常近，不足百米的距离。有一次老师回家了，嘱咐我们一个一个背生字，轮到碌碡背的时候，他背不下来，还把书放在窗台上偷看被发现了，结果一伙小娃子就起哄，把他拖在地上按着，要他向伟大领袖毛主席像认罪；但这小子就是不认，揉来扯去的地上又到处是小石子儿，就把碌碡的后背给蹭破了，他就哇啦哇啦地哭着回家了。过了一会儿，干爷出现了。他在学堂边上走来走去，手上拿根鞭子，抽得地啪啪直响，面容狰狞，可怕至极，要打他孙子的狗尿土匪驴橛儿站出来，当然没有人敢站出来。干爷骂过瘾了，然后说这破学堂，我娃不念了。

于是，这碌碡真的就不念了，后来转到牟家门，再转到柯寨中学，那都属于城关公社，比我们漆家山村学既高级又洋气。碌碡的大名改了，换作漆龙生，他本来就是属龙的。有时放学回家，他故意从我们学堂顶上飘过，嘴里哼出阴阳怪气的歌声，偶尔还转一句半句的英语。我们听不懂，就齐声喊"碌碡龙生，龙生碌碡"来臊他，他显得一脸不屑。因为转学他留了一级，等我第一次上高一时，他在漳县一中上初中，我们就又遇到一起，偷菜掰苞谷，以压饥肠，又成阶级兄弟了。

改革开放后，农村开始修庙敬神，驱魔闹鬼的。谁家老人过世，丧场一开，又可以烧纸人纸马。干爷的手艺又能派上用场了，就扎纸人纸马驴骡火盆这类的卖，好歹比种粮食要来钱快。无奈老人眼睛已经花了，而这又是个细活，胳膊腿儿扎得不一样长短，主家会不高兴，自然就上不了价钱。有年我回老家，挨家挨户地给老人家们磕头拜年。到干爷家磕头毕，我递给他一根香烟，老人将烟颠来倒去端详了好一会儿，最后还是把没有过滤嘴的一头叼在了嘴里。我提醒他后才将烟点着，可知老人家真是看不清楚了。

于是老人的生意就由龙生继承下来。村里僻远，无人上门，龙生就到稍远的四族公社所在地开了纸活铺门脸儿做生意。在我们村里，像早来、龙生、小龙、等生这一拨人，都比我聪明，可惜的就是他们没有坚持读书，最后荒废了。龙生初中时，英语极好，但因为家里困难，高中都没上就辍学了。但他好读书，知道外面的世界，他也不太相信阴曹地府之类的东西，所以扎纸人纸马，也就不怎么上心。再加上纸活铺也与时俱进，已经不满足于纸人纸马，而是楼房、冰箱、洗衣机、奔驰轿车、小秘、美元、欧元等都有了。龙生做不来这些，他的生意也就逐渐淡了，最后收手不干了。等村里人上新疆的时候，他也撂下一院房子，拖儿带女上新疆了。

干爷的二孙子二娃，心灵手巧，也喜欢读书，80年代包产到户以后，村里坚持念书的只有我和二娃。二娃学习极好，有他哥的天赋，全家人也希望他能够读出个样子来，他最终也没有坚持下来，实在是可惜得很呐。

干大马有存，是全村忠厚老实人中的一个，平时见面，就是面带微笑。他说话稍有点儿结巴，平素不苟言笑，大家一起谝传，他也只是在旁边吸着烟听着，很少插话。他是全村有名的慢性子，无论任何时候你让他急急忙忙办件事，都是不可能的。比如大年初一庙里点蜡，大家都半夜就去争着点个头蜡。干大总是到中午十一点钟前后，才晃晃悠悠地去，肯定是全村最后一个。麦收时节收割完，人们总是天不亮就起来，驾上牛马去耕地，一来有潮气天不热，二来牛马和人也不累，等太阳高照的时候就耕完了。他可不这样，天亮了才起来，别人已经歇了，他才开始干活呢。

阿姨倒是能说会道，是村里有名的能干人，因为她和我母亲吵过架，两家人有段时间互不往来。但我和龙生这些后辈，倒是关系融融，没有什么不快。为了养活两位老人四个儿女，两口子一个慢性子一个急性子，吵吵嚷嚷，辛辛苦苦，也是耗干了心血，实在是太不容易了。

干爷到了晚年，先是干婆过世，老太太瘦得只有一把骨头，坐在门口打鸡骂狗的。干爷偶尔到我家来，多时不吃不喝，偶尔喝几盅茶水，吸几口水烟。和我爷爷两个老人歪斜在炕上，说着他们过往的辛苦，从盘古开天谝到今生来世。

干爷过世于1985年，我也不在村里，这个扎了半辈子纸人纸马的老人，不知龙生兄弟给他做的纸活多不多，干爷满意不满意。至今回想起来，我还能清晰地看到一个瘸着腿、双手笼在袖里的老者，一摇一晃地在学堂院里走过，向他家里晃去。

常任副队长漆二贯

漆二贯 (1933—1995)，我称他为二爷。他和太爷老师是同族，年纪比太爷老师大，但辈分要小一辈。二爷的哥哥叫大贯 (1930—1945)，15 岁上就病亡了。二爷一脸络腮胡子，憨厚诚恳，常带笑容，谦让礼恭，与人和善。在生产队时期，他是队里当副队长时间最长的一位，也是最合适的不二人选。

二爷是漆家山全村起得最早的人，无论盎然春意，还是枯寂冬寒，他都早起从村子西头到东头呼喊社员们干活，比如"他爸爸阿姨！今儿个泉儿下锄草去了。动弹了，动弹了！""白石头下割麦去了""学堂里开会了""大队开批斗会去了"，等等。常年吆喝催促众人，村里人也习惯了他那不疾不徐的呼喊声。

二爷的这个副队长职衔，大概最能体现的也就这个喊干活了，但有一次他差点儿因此成了"现行反革命"。那正是"农业学大寨"如火如荼的时期，全紫石大队的社员都集中在九眼泉至紫石沟一线，在山下修治河道，硬是要将原来在中间流淌的河水，改渠道在南山脚下，而在中间修水平梯田。漆家山村民要天不亮就起来赶下山去，公社雷部长监工。这个家伙严苛到两个人一前一后上工，竟然前一个不迟到，后一个就迟到了，因为他不允许农民迟到一秒钟。可农家没有钟表和手表，就指望有线广播，广播六点一响，二爷就开始喊大家赶快下山。但头天晚上家里两个娃子手持推拨（填炕工具）、扫帚在地上打闹，不小心碰到墙上挂着的广播匣子，把线给打断了，没有人发现，早上广播不响就起迟了。他一迟到，全村人就迟到了。

二爷运气不好，恰好当天晚上工地上要放电影，各村老少都来观看，雷部长就趁此机会，组织全大队社员开批斗大会，要深揭狠批漆二贯和漆家山农民反对"农业学大寨"的反革命罪行。三九天里，敞开无遮的沟口，寒风如箭，射颈入肺，我们小学生钻在大人堆里，还是冻得牙壳打架。随着麦克风一声"把反革命漆二贯押上来"，就见两个民兵将二爷反剪手按押到了台上。我们又冻又吓，心跳腿抖。二爷是个厚道人，把所有责任揽在自己身上，他对着麦克风反复地说："我有罪！我有罪！都怪我起迟了，耽误了大家。千错万错都是我的错！千错万错都是我的错！"慢慢地声音逐渐弱了下来。我们以为二爷吓坏了，结果只见雷部长把二爷往旁边一推，拿起麦克风在桌子上"咚咚"地磕了几下，声音就又大了。原来二爷嘴对着麦克风，唾沫四溅，就反复一句"千错万错都是我的错"，竟然把麦克风给唾得冻住了。雷部长见状，就不耐烦地将他轰了下去，带着大家喊了几声"打倒"，好歹算过关了。

二爷和二太太着实高产，前后共生了六子一女，一女嫁庄下门。六个儿子一个比一个长得结实苗壮，通礼达情，可就是娶不上媳妇。长子维成，是村里和漆金保二爷同名的"行人"，体贴人意，嘴软乖

漆家山的冬天山寒水冷

孝。曾经当过汽车兵，当兵前就已经结婚，妻子是庄下门人。但婆媳关系不好，经常吵架，闹着要离婚，但因为那时家有解放军，就是"革命军属"，军人和妻子的婚姻是"军婚"；如果解放军本人不同意，不能擅自离婚；如果有人和军嫂勾搭，那叫"破坏军婚罪"，与反革命同罪。维成耳朵根子软，架不住二婆的说教，最后离了婚。复员以后先有个工作，也没有干好，回到村里就架在半空了。左寻右找，上挑下选，再也找不到合适的媳妇。但他的秦腔唱得很棒，尤其是《二堂舍子》的刘彦昌，那真是四方有名。最后他只好出赘到四族公社的马莲滩去了。

二爷次子东成，高中毕业后也当了兵，送他走时我正在上高中。我们在县广播站门口目送他穿着军装身披彩带上了车，在"雄赳赳，气昂昂，跨过鸭绿江"的雄壮军歌中离去，我羡慕得眼睛和哈喇子同时掉到了地上。东成复员后，一度临时教书，也因为娶媳妇，议婚之际，二爷二婆嫌对方彩礼要价高了，未成而罢，最后也到了南山的社占里招亲了事。

三子翻成，和我一起读到初中毕业，多年对我照顾有加，后来娶了任家门任菊菊，去新疆投奔二大漆世保了，世保爷也是当兵后留新疆拜城县工作的。翻成是个诚实厚朴之人，到了新疆开荒种地，如今已落地生根、子孙绕膝矣。

四子四娃，就是和我同岁的"年四"，也是一直晃到三十多岁，仍无对象，后来入赘到新寺乡，才算安了个家。五子五娃，六子六娃，倒都娶妻顺遂，有儿有女，但五娃的妻子因车祸丧命，也是人间极悲之事。后来五娃、六娃也携家带口，都上了新疆。

偌大的院子，家里就只留下二爷、二婆相依为命。当年包产到户时，因为娃子多，分的地又多又好，两位老人种着满山遍野的庄稼，一点儿也舍不得丢掉，冬春四季，无一日之闲暇。山风侵袭，苦雨浇蚀，二爷先自默默地走了。二婆无人管顾，一会儿上新疆，一会儿又处不惯，舍不得山里的家，就自己跑回来，未几年也入土为安了。

两位老人在世时，家中十余口人，红火热闹，一派兴旺。到了晚年，六子无一在膝下行孝，院子空寂，老景落寞。一生挖山挖地，粮食在柜，舍不得吃，舍不得穿，甚至舍不得花费给儿子娶媳妇，是村里有名的"细死的"。他们西归后，庄下门的女婿和女儿，搬家到漆家山，守护着院子，耕种着庄稼，算是门尚开着，灶尚热着。每想到我们小时候一群娃子在他们家院子里嬉戏打闹的光景，便有白云苍狗、隔世驴年之感。眼热耳酣，能无慨哉！

一生盼儿漆早成

漆早成（1940—?）是元元的父亲，和我同辈，元元比我大两岁，是早成哥的长女。我也不知道他的名字为什么叫"早成"，我怀疑可能是早产的原因。农村往往把早产儿叫早生、早成、早来，把过月生的叫过生、拖生、迟生，把难产逆生的叫立生、立瓜、倒生，把父母年纪大了生的叫五十得、六十得、后瓜儿等，把信迷信养生成活的叫禳生、秤砣、拴生、驴橛、狗剩等。

我们在村子学堂念书时，经常唱语录歌儿。每次唱到"你们青年人，朝气蓬勃，好像早晨八九点钟的太阳"，就故意把"早晨"两字一停一顿地唱得特别重，而且不怀好意地盯着元元；西北方言前后鼻音不分，"早成""早晨"是一样一样儿的。而农村古规是不能随意喊人家父母的名讳，我们上小学初中甚至高中时，都以打听同学父母的姓名为秘事，就是为同学吵架时，可以喊对方爹妈的姓名。这一招那是相当的厉害。所以我们唱到"早晨"时，元元就哇哇地哭，然后向太爷老师告状。老师令我们罚站在院子里，把我们父母的名讳一一给元元念三遍，直到她满意为止。早成大哥倒很开通，他给元元说反正咱家是村里辈分最低的，那都是你的爷爷奶奶，叫"早成"也是应该的，你哭的个啥啥子。

我也弄不清元元家在村里的辈分怎么就那么低，我已经够低了，同族中比我小的都是二爷、三大、姑姑们，而元元辈分就更小，连我她都要叫大爸，所以她父亲早成虽然和我父亲是同龄人，也只能是我平辈的老哥。有年我过年回家，在村里各家转着拜年，到早成大哥家去，大哥抱着女孙说：辈分实在是太小了，他大爸你看，这个小娃儿要叫你爷爷咧。我当时着实一惊，二十来岁的我竟然当了爷爷，就赶紧给小娃子赏年钱纳吉。

早成大哥一生愁苦，少有欢愉。他从小体弱多病，永远是佝腰咳嗽的样子。据说他早年献过血，生产队也不怎么派重活给他干，但他口软，见人太爷、爷爷地叫个不停，从不和人吵架，说话慢慢吞吞，一团和善。让老哥腰不能直的主要原因，是他没有儿子，这是让他一说就掉泪的事儿。大嫂叶富琴（1949—？）前后生了元元、尕元和三元，连着三个都是女娃子，计划生育政策后，一方面政府不让生，另一方面夫妻二人也过了生育年龄生不了了。

由于有病与无嗣，大哥一生极端迷信在村里是最有名的，大家都叫他"迷信罐罐儿"，三天两头在他家出入的不是阴阳先生就是风水先生。他还到处算命打卦，一旦听闻哪里的"活佛"灵验，哪里的寺庙显神，他就借钱卖粮地前往求巫问神，一年辛苦收的点儿粮食，全都花在迷信方面了。村里人很少到他家逛门儿谝闲传的，因为他家经常"忌人"。

村民请阴阳先生来"补治"屋里，就在晚上天黑后来，又烧纸

钱，又撒小米，又画咒符，又打角念咒；忙活一番，阴阳先生吃喝完
拿着钱连夜溜了，但东家要忌三天的外人不能入宅，否则法力全失。
这时东家就在大门口放一条凳子，村民一看就明白这家又搞迷信了，
都自觉不去他家。小娃子不知道，贸然去寻主家娃子玩，顶多也是东
家训斥两句，主家揍孩子一顿也就罢了，又不能补救不能赔偿的还能
怎么着呢。早成大哥三天两头在信迷信，所以长板凳儿就是他家的门
神，一年四季都守着大门不挪窝儿。时间一长，全村人都习惯了，干
脆不怎么去他家了。

不仅如此，就是羊圈里出个粪，闲月里进趟城，院子里铲几锨
土，屋子里盘个炕，早成哥都要找人掐掐算算，是不是不宜动土，或
是不宜出门；常年四季，莫不合掌求神，跪地问仙，到了走火入魔的
程度。

大哥家原先住在学堂下面的小院里，后来多次算命说院子风水
不好，既伤身体，又妨生子，所以托干部走后门地闹嚷了多年，终于
批了房基地，在村子最西头另立宅院。无钱修四合院，初时只盖了一
座房子。可是还是不顺景，有巫师算卦，说他家的坟地不对，祖先阴
魂作怪，大哥又花钱挖坟掘墓地把祖宗也给折腾了五次三番。但这一
切都没有起到或立竿见影或日久生效的作用，家境并没有好起来，身
体依旧，无嗣依旧，穷迫依旧矣。

大哥着实没了办法，就给元元招了个女婿，是马泉乡骆家沟人骆
月喜。月喜长我一岁，人很好，我上初中时就认识，他来漆家山后也
就随姓漆了。但元元和月喜这对夫妻的命，竟然比大哥夫妇还要苦。
元元连举连生，竟然一口气儿生了金女、春娃、苗娃、四四、五五共
五个女儿，这还不算没有成活的！

在计划生育的时代，元元夫妻为生儿子，或在外打工，或逃避亲戚家中，常年不在家中，孕熟生完孩子，往家里一丢，就又逃往外地。养喂婴儿，耕田收粮，就全靠大哥老两口，苦死苦活，也撑不过来，土地差不多都撂荒了。家日益贫，人日益老，而生个带把儿的孙子，竟遥遥无期，连村里人都看不过，觉得苍天实在是瞎了眼！

终于终于到了伟大的2004年，终于终于元元生了一个贵如和璧的儿子，名字干脆就叫——球儿。"球儿"也称"球哥"，在当地方言中，一个意思就是男娃子的小牛牛儿，另外还有疼爱、好看、怜惜的意思。凡是男娃子，小时候大人抱着哄的时候都会唱："球哥! 唔唔! 球哥! 不哭! "

但令人酸悲的是，小球儿呱呱坠地之时，早成大哥已经带着无限的遗憾撒手归西了，地下有知他应该欣慰了吧。其实大哥应该想通，他活着的世界上，无论村里还是外地，有三个、四个、五个、六个儿子的老人，无人管顾，饥渴冻馁而死者，不比比皆是么?！

精算会计高尕老大

　　高尕老大（1940—2011），是村里高姓高大爷家的长子，是我的大爸辈，他在村里的角色极其重要：会计。他做了一辈子的会计，无论生产队长换谁，他永远是会计，所以村里人都不叫他姓名，"会计"就成了他的专用名了。

　　如果把漆家山比作中国的话，高会计就是总理的角色。一个生产队，主要"官员"有生产队长、副队长、会计、保管、场长（负责管理打碾粮食的场地）、记工员（记村民工分）等。队长大权在握，耕作下田，粮食分配等，由其定夺；副队长只是个配角，基本不起作用，就是早上起来喊喊今日去哪里干活而已；会计、保管直接负责钱粮公财，都是实权人物。

　　记工员真需要多啰唆几句，因为这是我爷爷给我小时候既定的奋斗目标。你比如说大家都在往地里背粪，记工员却坐在树荫下数每个人来回的趟数作为记分依据，那是相当的自在洒脱，所以爷爷希望我学会洋码字，就去做记工员。这个角色在队干部中是最小的，但重要性却不可小看。因为其人负责每天记录和监督村民是否出工，是否干活认真，并根据劳动量记当天的工分。村民分散在不同的地方劳动，有地里锄草的，有茅坑里出粪的，有老人们打粪拾粪的，有翻晒粮食的，有进城驮运物资的，这些人都得记不同的工分。记工员有时会在来往山地里当场记工，有时会晚上吃完饭后，或在他家里或在路口或在邻居家里记工，大家就会拿着一个小破本儿去记工。至于记7分、8分还是10分，可是他说了算。多的记少了，少的记多了，或是有意的或是无意的，常常免不了还得吵上几句；因为工分就相当于城里人的工资，到了年底就靠工分多少来分粮呢。

　　漆家山几任生产队长有好有坏，有无所作为的，有粗暴简单的，有往死里整百姓的，但会计雷打不动是高大爸。他为人耐心细致，深藏不露，处心积虑，善于周旋，上上下下，从公社、大队干部到村里百姓，都能处理得当，相安无事。队里粮食入仓后，都装在仓库中的圆囤中，由会计、保管负责锁钥与看管，这粮食是唯一的既能当饭也能换钱的东西。从春间买化肥农具，到秋天粮食打碾、冬天分粮留种子，到半夜三更偷偷驮粮行贿上级干部，会计都得谋划得干干净净，滴水不漏。像高大爸这样的人，至少做个公社书记是没有任何问题的，小小的会计太屈才了。

　　一个小山村，也是一个小社会。村民平日里和睦相处，但也时常吵架甚至打架，村干部既是村里的掌权者，也是处理矛盾的和事人。村民对待干部心中是矛盾的，既需要依靠他们，又不怎么相信他们。会计为人，性格温和而又果敢，办事利索而有原则，他平日面容和善，总是带着微笑，但虎起脸来，也是相当凶的。可他从来不和村里人吵架，一是他会处事，善于解决矛盾；二是村民知道会计的重要，也不愿得罪他，再加上他较有公心，所以在村里的地位是非常高的。

会计也是漆家山正月唱大戏的台柱子，地位仅次于太爷老师。他以演青衣和老旦见长，比如《红灯记》中的李奶奶，《铡美案》中的秦香莲，《二堂舍子》中的王桂英等。他演戏一丝不苟，有板有眼，很少忘词儿。到比他小十来岁的一批人开始唱戏后，他逐渐淡出戏台；等我和他儿子早来等开始唱戏后，他就完全退居幕后，不再演了。

会计上有父母需要孝养，下有子女五个，四男一女，一家九口人。有过农村生活经验的人可以想象，在 70 年代的西北农村，养活这么一大家人会有多难。光是五个娃儿一年的吃穿所用，就是很大的花销。会计长子早来，长我两岁，和我一起读书到高中，后来在村里做民办教师。唯一的女儿翻翻，和我同岁，嫁给马泉我的同学郭爱武。次子二娃，读到初中毕业，后来到兰州打工。包产到户以后，三子春来、四子冬来，都未读书，就放羊种地了。

儿女们长大，对于父母来说是既喜又愁，看着四个虎虎长成的儿子，会计愁的是给他们找媳妇修房院。高大爸的苦楚，恐怕只有他自己心里清楚了。因为他是会计，弄块地开个手续办个房基地，不是太大的问题，但给女娃的钱物，却不是手续能批来的。后来早来、春来先后起房结婚分家另过，冬来结婚后住老院老房子。老二一时找不到合适的对象，会计的财力也实在有限，后来就入赘到了本村包家。据说二娃和父亲大闹一场，说既然能给其他兄弟找到媳妇修下房子，那为什么不能给我找给我修，既然你不疼惯我，那生我干什么，为什么一定要把我推出去。我想，听到儿子这样的质问和怨恚，会计心中的痛苦和煎熬，是无法与别人言说的。

包产到户以后，再也不用在生产队记工分发粮食什物，会计的地位当然会一落千丈；少了昔日的尊严与威望。日升月落，光阴如梭，四个儿子一个女儿陆续结婚。五场婚事，三家新房院，过度的操劳，会计挺拔清俊的身子，也就只剩下干瘦的躯壳儿。大事毕了，高大爷、大婆也陆续悄然谢世，度过了忙碌而劳累的一生。

　　漆家山人应该记住高大爸：那个在戏台上尽情释放演绎、悲苦泣诉的秦香莲；那个带着微笑给他们解释劝说，分粮发物，尽心尽力，鞠躬尽瘁、死而后已的会计。

林场工人漆金保

漆金保（1950—2001），是我本族四太爷的二公子，是漳县黑虎林场的正式职工。他是漆家山最能干、最勤奋也最会说话的男人，没有之一。

农村人所谓的会说话，分两层含义：一是指说话方巧，玲珑得体，不得罪人；二是指嘴软，无论老少都常打招呼，嘴灵面和。二爷走在路上，离老远就跟人打招呼，异常热情。比如他进城来找我，房东老太太是我的亲戚舅婆，按理和他是同辈人，但他见到舅婆就喊："奶奶好！奶奶好！"舅婆说："坐着缓一下。"他把背篼往地上一扔，腿已经迈出门外，边往外跑边喊："奶奶你忙！奶奶你忙！我跟集去，我跟集去了。"倏忽之间，已经踪影全无了。

四太爷有两个儿子，大爷分开另过，日子相对艰难。四太爷、太太和二爷在一起，我小时候他们两家人在一个院里，后来二爷在旁边另修了一个相当紧实宽敞的四合院，高级程度当然是全村之最；因为他是林场工人，所以房子从檩椽到门窗，都是松木松椽，让村人眼红。

二爷膝下一女一男，年龄都比我小，四太爷、太太、二奶奶和孩子都在山里劳动做活，只有二爷一个人在林场工作。

黑虎林场在甘肃秦岭西部渭河上游，地跨漳县、武山、岷县三县区，离家要好几十公里，交通不便，二爷一般两三个月回趟家。他对我爷爷非常尊重，每次回来再忙也会到我家来坐坐。他一生不吸烟不喝酒，在别人家一口饭也不吃。他又是个坐不住闲不住的人，坐上几分钟就又一溜烟不见踪影了。

在漆家山，金保二爷的勤奋是有名的，人们常说他是屁股不能沾炕的人。就说大年初一的拜年，只要他在村里，那一定是天不亮就开始招呼大家，一阵风似的，一会儿各家各户都拜到了；如果他不在的年份，大家就晃晃悠悠，太阳老高才开始走出走进。

二爷回家少，家里又皆为老弱，所以他一回来无论刮风下雨，还是青天白日，都闲不住，背出背进，腾挪周转，要么在野外打柴，要么在圈里出粪，要么在地里拔草，要么在家修修补补。然后又抓紧时间赶回林场。一年四季，四季一年，忙出忙进，都是如此。

二爷是吃公家饭的人，又在国有林场工作，这在村民来看是双重的福禄，即既有钱又有实惠，因为谁家不做个桌凳补修个房屋的。也因为这样，二爷在村里的地位就很高，连带着四太爷的地位那也是相当的高。村民在三灾八难的时候，总会到二爷那里借几个急钱用，如果能买根檩条椽子或棺材板子，那就更不得了了。

我小时候村里吃公家饭的有二爷，还有三太爷家的大爷漆保生（1945—？）和中庄里的大爸朱胞官（1942—？）。大爷极少回家，想找他借钱你也够不着；朱大爸家里老人孩子一大堆，日子也相当得紧，大家既不好意思借，他也不给借；只有二爷家中负担相对轻些，人又伶俐活泛，所以大家就向他借钱，同时又求他给帮办弄些木材的手续，置办点家具什物。二爷满口答应，但很少兑现，慢慢地就又成了村里最能应酬也最能对付大家的人了。

村里人对这三个吃公家饭的人评价都不高。我小时候也觉得他们每月好几十元工资，肯定有很多很多钱，就是不愿意借给村里人。到我参加工作以后，才知道农家子弟做公家人的辛苦。保生大爷后来带儿子福成大大在武威煤矿读书，朱大爸自己在盐场支个小锅做饭；黑虎林场我没去过，但村里人说金保二爷做的工作就是看林，并不在林场本部，而是在深山老林一个人连个鬼影都没有，平时也是自己胡乱凑合吃饭，下把挂面就相当高级了，常常半饥不饱的。这三个公家人都是最下层的工人，为了养家糊口，他们吃穿用的东西，都是能怎么省就怎么省，能怎么凑合就怎么凑合；过度的劳累与营养不足，使他们都在中年就疾病缠身，三个人都未能活到 60 岁即病卒，反而不如整天在地里劳作的农人长寿。如果不是自己参加工作，我可能永远也不能理解他们，总觉得他们有花不完的钱，就是舍不得借给人！

金保二爷是个一般工人，所以他不可能批条子给村里人伐木，但一方面村里人寄予他的期望极大，另一方面他又要面子，所以别人有求，他一般都答应，可他实际做不到，时日长久，村人难免报怨。但并不是说他一点儿也不办，他其实给村里人也设法弄到了不少木头。我完全可以想象，他是如何在他的上级面前一脸谄媚地利用他的特长把好话说尽，才求得那些木材的采伐手续。每次村里人大老远跟他去采木时，基本就是合法手续采一部分，然后大半夜再偷一部分，偷来的还得运出来，经过诸多关卡，他都得上下打点，他花费的心血与钱物，恐怕是村人从来没有想到过的。对村里人来说，买到的木材不仅要好要多，还得比市价便宜。二爷啊！难矣哉。

　　二爷虽然是吃公粮的，但他实际是个文盲。据说他在林场如果逮着偷伐木材的人，就做出一副很威严的样子，让人家写出偷伐的数量与材质，他拿在手上瞅一眼，然后骂人家写得不确，撕了让重写，大多数场合竟然也就吓唬糊弄过去了。

　　有年我回家，村里人说二爷过世了，急剧间得了心脏病，没有救得过来，我听了半晌无语。二爷究竟是如何死的，至今村里人也不太清楚。说他是心脏病，也不完全是虚有，因为他此前曾经喊过心口疼。说他是死于无常，却通身没有伤痕，肤色也都正常。只是家属与村里人到医院的时候，人已经断气，无法根究了。

　　我一想起二爷，就似乎看到在森林中的某个小山坳里，在万籁俱寂之时，一间简易的小房中，一盏昏黑的油灯，一个支起的小铁锅，一把大茶壶，一个瘦小的汉子，斜卧在炕上，一边侧耳细听林中的动静，一边思念着他的父母妻儿。突然，林中马蹄声碎，斧斤声起，他穿起衣服，手持利斧，狂呼大喊，奔将出去，呼喝大叫：偷林木的，给我拿命来！

杀人凶犯漆富保

漆富保（1952—1977），是我同族三太爷的二儿子，是我的二爷，因为出生时双脚皆有六趾，故小名称"六爪儿"。我对他的印象已经非常非常淡了，只能依稀仿佛地描写他的一些片断儿。

我这个二爷，我想应该是族人中最聪明最帅的一个。他中等个儿，脸部棱角分明，嘴唇上翘，桀骜不驯。他从未上过学，竟然自己能识字，到后来基本能读报纸，如果他遇到我这样的条件，一定书读得比我好得多。他是个人才，而且不可多得。

村里过年演戏，他演的是杨子荣、李玉和与郭建光，而且他唱的是京剧，其他人唱的是漆家山四不像调；虽然做不到京腔京韵，但他唱的多少有那么点儿意思。三太爷有件皮袄，视如和璧，自己都舍不得穿，而二爷穿上演杨子荣"打虎上山"一折，马鞭一挥，腾空飞越，飘逸洒脱，轻便灵动，我的感觉和电影里有得一比，好看极了。

二爷做事精干麻利，说话脆落爽快。他有时在村里，有时不在村里，70年代的农民，都附着在土地上很少离开家中，二爷就显得不太正常了。大爷在武威九条岭煤矿工作，常年在外；三爷还小，对他产生不了影响。所以，家里没人能劝诱唬喝得了他，就由着他的性子来。有次生产队的羊被人偷了，后来公安来查出是二爷干的，怎么逮着他的我也说不上，但他被关"黑房儿"了，后来又放出来了。

二爷放归家的那天，我倒是记得非常清楚。我家和三太爷家原本是一个院子，后来强分成两家，中间只隔一堵墙。当时下了一场大雪，家里有线广播的线被雪压住没信号了，我拿了扫帚从太爷家的墙边爬上我家厅房，正在房顶扫雪，二爷在人陪伴下被释放回家了。我赶快下来随大家到太爷家厅房，二爷在我头上摸了摸笑了笑，我不敢抬头看他，爷儿俩没说一句话儿。

二爷回来是件大事，久不见面，他也到各家转转给长辈问安，到我家时还给我爷磕了头。爷爷说要感谢公家放你出来，以后不要再犯法，好好做人。二爷说这次蹲"黑房儿"，他受到了很好的教育，比上学还有效果，以后一定从头再来，好好劳动，孝敬父母。爷爷说那就好那就好！

三太爷给二爷老早就在山庄里订了一门亲事，但二爷看不上女方。二爷回来时间不长，就又不断地失踪，传说他和远山里女子相好。这在今天看来应该是正常的自由恋爱吧，但在当时大家觉得伤风败俗，不可理喻。但很快让我们震惊恐惧的消息就传来了：二爷杀人了，而且杀的就是那个女娃子！

二爷和他的恋人是如何认识的，中间有什么过节，因村子离得遥远，我们一概不知。据后来人说，这个女娃的母亲过世了，她一个人害怕，晚上就约了邻居老太太来陪伴睡觉。二爷不知何时动了杀机。他偷了我们村炮点房的炸药雷管儿，然后从女家门口的树上攀进去到她家院里，把炸药埋在炕洞里，导火线再从树上拉出来，挽了很多疙瘩以延缓导燃速度，点着火后跑到远处的山上，一直等到房屋爆炸才逃窜而去。可怜这个女娃和无辜的邻居，就这样被残忍地炸飞了。

有天晚上我母亲担水浇菜瓜秧苗，忘记把水桶担到家里，早上再去找不见了，周边寻觅，发现在太爷家园子的小草屋旁边，屋里用石头支着一口锅，锅里煮着羊肉羊汤，还有香菜什么的。原来二爷竟然前夜来到村里，宰羊煮肉，折腾半夜而村人未知，惊报公安，公安在锅里测试有无下毒，好不令人后怕！

二爷逃命多日，久搜不获，于是全县戒严，漆家山如临大敌。除了公安布控外，村里民兵全部出动，晚上路口山头都有人放哨，尤其村子的两口井，怕下毒有人专门盯着，风声鹤唳，人人恐惧，个个惊心，怕二爷回到村里来杀人。

最后二爷还是被逮着了。据说他原来藏在某山上的岩洞里，山下公安的部署他看得清清楚楚，后来实在是饿极了，才下山找吃的，鞋已经破得不像样子了，走路时被人认出脚上六趾的特征，才被公安拿下了。

二爷被逮着了，全县全村人终于长舒了一口气儿。后来陆续有人去县城的"黑房儿"看他。据说他非常镇定，在狱中经常唱京剧，要么是"穿林海，跨雪原，气冲霄汉"，要么是"锁住我双脚和双手，锁不住我雄心壮志冲云天"，脚镣响动，高亢激越，声震狱外。好像还把他拉到省里，专门做了精神鉴定，说没什么问题，就判了死刑。

二爷行刑那天，我没敢去城里，回来的人说"那个土匪希麻硬帮""是个贼汉子"，武警押着他在汽车里，按他低头，人家一拳摁下去，他立马瞬间把头抬得高高的，面带微笑，眼睛滴溜溜转四周观看，不知是不是在人群中寻找亲人。到底亲属中谁最后见到了他说了什么，我也都不记得了。

　　家里没有像样现成的棺材，三太爷家找了一个面柜，把二爷尸身殓了，据说腿不能伸直，就只好蜷缩在破柜子中，人从九眼泉公路拉到靠漆家山近处的山坡。农村人有古规，无嗣之人和刑余之人是不能入祖坟的，所以就将二爷埋在了山沟边上的一块小坡草地中。后来村中有人家中不顺，多病多灾，阴阳先生说是二爷的阴魂作怪，就又有人把他的坟给刨开，把骨头烧了一回。二爷可能也没想到，他在阴间又被阳间人判过一回火刑。

　　不知在那个世界二爷过得如何。有时经过他坟地对面的路上，我就会想，假如他和他爱的女人结婚了，会不会很幸福。他聪明达练，敏慧灵秀，勇猛果决，有胆有谋，应该有更大的场面去显示他的才华。

打工暴亡漆尕驴、漆想红

自上世纪 90 年代起，农民工逐渐成了具有中国特色的一个群体，他们既非工人，又非农民，是一个四不像的工种与人群，奔波在全国各大小城市与农庄。城市一幢幢高楼拔地而起，一条条公路通向远方，一件件衣服制成出口，一台台机器造成外销，一个个包裹分发各家各户，都和他们有着密切的关系。他们永远处在最脏污最恶劣的环境中，楼盖好了，路修通了，他们也就撤向另一个同样脏污恶劣的地方，从头再来。漆家山的青壮妇孺，也投身到这股洪流中来，并淹没在巨浪之中。

漆家山出去打工的以"七〇后""八〇后"为主，他们中读书最多的也就个别混个高中毕业证书，少数几个初中毕业生，多数小学都没上过几天，一半以上是文盲。所以他们干的活也基本就是在建筑工地、公路工程与棉花地里，能在室内工厂干稍有技术性工作的几稀。在最初的几年中，外出打工一年到头，甚至还不如在家务农，因为好歹种地能收获点儿粮食，虽然粮食不值钱，至少还可换点儿钱来。而打工者往往到了年底，挣不到一分钱，还得家里给寄钱买车票回家过年。

　　这些年轻人打工，经常是跟着一个老乡或者小包工头。常常是或者包工头卷了钱跑了，或者这儿干几天那儿干几天，结果哪里也要不到钱；好不容易给点钱，就又抽烟又喝酒全花光了。即便如此，他们也不愿意在家种地，因为再苦也比种地要稍好些。而且一帮年轻人在一起，有说有笑，有玩有闹，远比在父母身边天天挨骂要省心自由，所以就是挣不到钱，他们也宁愿在外漂着。有时闲得无聊，就打架斗殴，生事闹非，不是伤人，就是伤己。

　　临到了腊尽年来之时，农民工都得返乡过年，这是中国人的古规。漆家山人也常说："过年的时候，就是一根折筷子也要归家。"可是他们中的大部分并没有挣到多少钱，买不到一张火车票，人在走投无路之时，偷盗似乎就成了自然之事。于是就会有胆儿大的，偷卖建筑材料和棉花等，有偷成的，有未偷成的；有被打的，有被伤的；有被关的，更有致死的。

　　漆尕驴（1973—?），是老院里漆黑驴的弟弟，人生得精干麻利，中等身材，但就是说话多怪言怪语，好动而不好静；在家中父母说教，也不怎么听话，干活务农，又不怎么踏实，在村里是有名的"尬人"。所以自从有了打工，就经常外出，日久天长，年龄也大了，家贫无财，修不起院落，自然也就找不到媳妇，尕驴也就更不愿沾家了。

　　尕驴不识字，干的活自然也就只能是重体力活，他又不愿着实下苦力，这儿转转，那儿晃晃，后来就到了四族乡的马莲滩修建学校的工地打工。突然有一天有人急来传家属，说漆尕驴脑溢血突发，病情危急，亟请家属；等家里人和村民赶到之时，人已经赴黄泉去矣。

父悲母恸，欲找说法，然既无合同，也无人证，只能自认是脑溢血死亡，将孩子尸身安置埋葬，更无一文钱之赔偿。据后来慢慢传开的消息，有说是被老板打伤，有说是斗殴致死，但可以肯定的是并非脑溢血，而是非正常的意外死亡。但一个尕驴之死，不过就是枯了一棵路边草而已。死了，也就死了！

和尕驴相反，漆想红（1979—2010）可是村里有名的乖娃子。他是太爷老师的长子尕口大爷的儿子，是太爷的长孙，虽然小我十几岁，但是我的大爸辈。想红生得面如冠玉，仪貌堂堂，尕口大爷家教綦严，想红言恭容和，懂礼通情，时带报羞。长大成年后，娶了任家门任爱香（1979 生）为妻，生了童童（2001）、童二（2004）两个儿子，一门四世同堂，其乐融融矣。

漆家山的男男女女，到了麦收完毕后，就有一部分人前往新疆拾棉花。2010 年，想红也随众人去了新疆，但未及半月，就有不好消息传来。想红和一群打工的同乡，在一起喝啤酒，喝至兴至，酒已不够，在半醉半醒中，随即起身去买酒。据说是开拖拉机还是翻斗车，因技术不过关，加上酒精作用，竟然被活活夹死在车中，是路过的维吾尔族兄弟发现，在他身上找到手机，才打电话告知的。

想红暴亡后，公私之间，当然也无有个说法。尸体火化后，送还本村，终算是魂归故里。村中父老，泣泪涟涟，家家如丧亲子，迎接那个冰冷的盒子。我无法体味想红的父母当时的悲伤与绝望，只能在遥远的地方抹一掬同情泪而已。

但如尕驴、想红这样不明不白，甚至被栽赃致伤致残致死的打工仔，恐怕在全中国不计其数，而能公平料理后事，给死者一个尊严，给他们的父母有个公平说法与合理赔偿的，恐怕就寥寥无几了。

自从想红大爸亡后，我再没见过尕口大爷，据说 2011 年村里迁往新疆的人中，尕口大爷是非常坚决要迁走的。老年丧子，而且是唯一的儿子，所以没有什么言语能够形容他的哀痛和绝望；我虽然没和他聊过，但我想他那么决绝地想迁到新疆，一定是想那里离儿子的魂魄近些，他的心情就会稍有慰藉，不至于那么悲凉吧！

半生如幻梦中度，百样苦辛一场空

——我是什么东西?！

　　我常常想，我自己是不是个东西;如果是，那么是个什么东西?！

　　我是马泉公社第一个凭自己本事考入大学的赤贫子弟，亘古未有，轰动一时。穷山恶水，溅沾荣光;老屋祖坟，直冒青烟。我自称是"连中三元":预选全县第三，高考全县第二、马泉公社第一。可以和明代状元杨慎的"倒连三"(乡试第三、会试第二、殿试第一)，一较高下，否则在状元如林的北大，怎么给人精们讲课，所以得给自己整点儿假简历，以壮尿胆，以蒙羞面而已。

　　漆家山终于出了一个大人物，全村人寄予了无限的希望。1983年秋我起程赴兰州前，村中男女老幼，络绎来别，东家送两个鸡蛋，西家给三角五毛，表表祝贺，凑凑盘缠，送走了远去的游子，寄托了无限的期望。我本科毕业，本可以调干，去公检法系统工作，但考虑到我一不能喝酒，二脾气下急，三无人护持，四不喜打打杀杀，觉得留在学校，可以继续读书，不受窝囊气，就接着读历史文献学专业的研究生，这让村里人大大的失望。

　　等我毕业留校任教，村里人认为好歹在兰州，至少应该与省长、市长什么的搭个话喝盅茶，走个后门，行个方便，介绍来兰州看个病，录取个学生，都不在话下。但我只是一名清贫寂寥的讲师，这些困难我都不能解决，这是让他们第二次失望。

　　我到北大读博士，村人不知道"博士"是什么玩意儿，但漆家山人进北京城，又是一番轰动。到处传说等我毕业，最差也做个漳县县长，说不定就回省里做了高官，或者做到中央，飞黄腾达，指日可待。乡亲们总在说，孝顺可能每天早上起来煮罐罐茶、吃鸡蛋葱油饼毕了，到天安门晒晒太阳；中午和主席吃两碗臊子面，下盘象棋；下午到学校逛逛，和总理啃一顿猪蹄子；晚上在大剧院看一场秦腔，这一天就过去了。但等到我博士毕业，留在北大任教，又成了一个讲师，乡党邻居们一万个不可思议，从充满欣喜到了最后的绝望。

　　我在县城前后五年读了两次高中，所以有两拨高中同学，家中大小事情，无不由兄弟们帮衬扶护。有一年我回家，老同学们聚会，他们开玩笑说：你就好吃好喝吃完回家看望老人，然后就滚蛋吧。你在师大时还多少有点用，因为我们的孩子多数都上了师大，你如今在北大，对我们来说就是个废物，因为我们的孩子永远上不了北大。这话虽是玩笑，但千真万确，我在师大时对本县学生，多少能有些照顾，但漳县开天辟地以来，只考上过一个北大本科生，近十年来又复中绝焉。

　　本来，全村人指望我做了大官甚至宰相，或者像戏里唱的一样成了八府巡按，巡视天下，访贫问苦，他们就有冤得伸，有仇能报，再给漆家山修路搭桥，通电拉水，但结果是我连自己的父母都管顾不好。每年暑期麦收时节，我就成了一个地道的农民，挽起裤管下地，收割打碾。有年我们在骄阳辣毒的正午，汗如雨下地挥镰，邻居在他家地头指着对面山中麦地说：你看你还不如一个村长，村长家帮忙割麦的人那么多，你不在大城市享福，还回来受苦，这书可是白读了！

确确实实，我百无一用。农家婚丧嫁娶，贷款养猪，负债打架，老幼医病，学生转学，偷窃被逮，购物被讹，摩托车无照被扣，打工被黑老板扣血汗钱，媳妇被人拐跑，事事需仰人鼻息，样样要花钱打点。他们在百般无助时，往往会想到我，似乎我就是能够捞起他们的那根稻草。这时候，他们或者是直接给我打电话，或者到我家去求父母说情。多少年来，经常有亲戚乡邻，拎一斤茶叶，捉一只活鸡，到我山里的家中，哭诉他们的苦难。老母亲边陪他们抹泪儿，边讲儿子只是一个教书的匠人，无法解救他们于倒悬，然后像是儿子犯了极大的错误，惭愧地向人家不断道歉！

等人家走了，晚上母亲就会给我打电话。她的第一句话必然是："我的娃！我知道你不认识干部，但你看看能不能想些法子，把这家人救给下子。"如果在漳县范围内，我就反复给同学们打电话求援；如果事体较大且不在漳县，我也就鞭长莫及了。二十余年，每当我看到手机上出现"0932"（漳县区号）时，我的脑袋便"嗡"的一声膨胀起来；农民没钱，他们不可能打长途电话和你谝传嚼舌根，凡打电话，必有难事！

这种感同身受又爱莫能助的心理，让我时时不得安宁，常常会做噩梦：或梦见在山中奔跑，后有追兵，前有堵截，无处躲藏，跌入断崖；或梦到我还在上高中，从山顶搭天梯直通县城，我如同坐滑梯一样，背着背篼，里面装着我的面和柴，当滑到一半时，天梯突然撤去，我从半空中坠落，于是在梦中惊醒，彻夜无眠。我甚至想过辞职回老家，带乡亲们干些营生，或者栽树，或者耕田，但老家一无资源，二无条件，而我又百物不辨，百事不能。顾炎武谓一为文人，便无足观，正我之谓也。所以，面对父老乡亲充满期待的目光，我常常无地以自容，我觉得自己真是个无用的东西，甚至真不是个东西。

我挚爱那个小山村至无以复加。每当天阴天雨时，我自然就会想到漆家山是否风调雨顺；看到西北下冰雹时，我就连忙问村里是不是也遭灾了。我身在帝都混迹，而心却永远在那个温暖的小山村里。

是的，我对不起父老乡邻，我想我百年之后，没有资格葬入祖坟。我希望我能自己爬回去，死在漆家山的沟里，魂归故里，皮囊肉身，任鹰叼鸟啄，那将是我最好的归宿！

我没有能力为乡亲们修路架桥，起屋制衣，畜狗牧马，养生送死，我只能用一支秃笔，给他们留点儿历史。我从小在饥饿中长大，贫迫挣扎与亲情温暖同样浓烈地交织在一起，我从来没缺乏过关爱与温暖，过去的苦难在今日想来都备感温馨。这些七七八八絮絮叨叨的文字，就算作是我对小山村和乡亲们的顶礼与感恩吧！

附录一：1965-2015 年漆家山家族户数人口表
（含迁往新疆及其他地方的人口）

一、此表中所谓"家族"，以漆家山各家自然族群血缘关系之亲疏为据；

二、所列"1 号家族"等排次，按村落民居，自村东向村西排讫，漆姓在前，他姓在后，别无深意；

三、各家族内按长幼行辈排列，每家之内按祖、父、孙次序排序，每辈缩格为别；

四、父祖辈与子孙辈或分家，或同爨，因按辈分排列，故各家人口，表中难以完全体现；

五、凡男性入赘他地、女性出嫁别村者，按传统习惯只计其本人，其家庭人口不再列入本表；

六、凡 1965 年前弃世、出嫁者，2015 年后出生者，均不列入本表中；

七、表中所列姓名、年龄、嫁出、娶入等，多有阙疑，容有错讹；

八、附录中其他表格，体例与此表相同。

1号家族（共10户75人）

①【独子】漆大娃 (1920—2002)

　【儿子】漆邦生 (1942)、妻任桂梅 (1944, 任家门人)

　　②【长子】漆永祥 (1965)、妻杨韶蓉 (1971, 甘肃山丹人)

　　　【儿子】漆园 (1999)

　　【次子】漆孝福 (1973)、妻骆妹娥 (1973, 庄下门人)

　　　【长女】漆苗苗 (1993)【次女】漆巧巧 (1995)【儿子】漆星星 (1997)

　【次女】漆尕妹 (1953, 先嫁本村, 再嫁谈家山)

③【长子】漆兔娃 (? —1965)、妻大太太 (? —1993)

　【儿子】漆大大 (1954)、妻田然琴 (1954, 庄下门人)

　　【长女】漆金莲 (1982, 嫁任家门)

　　【儿子】漆爱民 (1980)、妻马金苗 (1982, 马家山人)

　　　【长女】漆霞霞 (2003)【儿子】漆亮亮 (2006)【次女】漆霞玲 (2008)

④【次子】漆根莽

　【儿子】漆新庄喜 (1933—2015)、妻骆转娃 (1933—2014, 庄下门人)

　　【长女】漆毛毛 (1957, 嫁石沟里)

　　【儿子】漆耀明 (1964)、妻王付香 (1964, 马家湾人)

　　　【长子】漆永强 (1985)、妻包银芳 (1990, 本村人)

　　　　【儿子】漆飞飞 (2007)【女儿】漆飞丽 (2012)

　　　【女儿】漆兰兰 (1987, 嫁四川雅安)

　　　【次子】漆强强 (1989)、妻任红燕 (1991, 任家门人)

　　　　【儿子】漆向阳 (2015)

　　【长女】漆金芳 (1967, 嫁同村朱等生)

　　【次女】漆玉芳 (1970, 嫁同村高大哥)

⑤【三子】漆三娃、妻李太太

　【长子】漆保生 (1945—?)、妻朱菊琴 (1948—2014, 杠醋湾人)

　　【长子】漆福成 (1970)、妻陈丽堂 (1970, 杠醋湾人, 姑表亲)

　　　【儿子】漆祥军 (1992)、【女儿】漆祥林 (1995)

⑥【次子】漆双成 (1976)、妻漆红香 (1979—2006, 本村人 , 病亡)

　　【儿子】漆祥兵 (2002)

　【三子】漆翻成 (1980)

【次子】漆富保 (1952—?)

⑦【三子】漆三保 (1955)、妻唐改花 (1957, 山庄里人)

　【长子】漆金成 (1980, 招赘大庙里)

　【次子】漆二娃 (1991)

⑧【四子】漆万一 (1920—?)、妻庞彩琴 (1922—1987, 新寺人)

　【长子】漆秃子 (1944—2012)、妻赵女孩 (1948, 紫石沟人)

　　【长女】漆海棠 (1966, 嫁赵李山)

　　⑨【长子】漆海成 (1968)、妻李香莲 (1971, 谷茶沟人)

　　　【儿子】漆喜军 (1994)、妻任惠芳 (1995, 任家门人)

　　　　【长女】漆喜兰 (2015)

　　【次女】漆爱棠 (1973, 嫁任家门)

　　【次女】漆二娃 (1983, 招赘赵李山)

　⑩【次子】漆金保 (1950—2001)、妻田根花 (1953, 庄下门人)

　　【长女】漆尕棠 (1968, 嫁紫石沟)

　　【长子】漆想得 (1975)、妻任杏枝 (1973, 任家门人)

　　　【长女】漆小兰 (1996, 嫁马家嘴)

　　　【长子】漆小强 (2001)【次子】漆续强 (2003)

2 号家族 (共 2 户 25 人)

①【长子】漆金林儿 (1940)、赵姐娃 (1936, 某某地人)

　【长女】漆猪娃儿 (1957, 嫁任家门)

　【次女】漆复花 (1963, 嫁赵李山)

　【三女】漆转花 (1965, 嫁本村包得保)

　【四女】漆勤花 (1967, 嫁九眼泉)

【五女】漆富娃 (1969—?　嫁庄下门，病亡)

【长子】漆想成 (1971)、妻任巧贯 (1970，任家门人)

　　【长子】漆海鹏 (1990)、妻孟蜜蜜 (1989，天水西和人)

　　　　【长女】漆丽娜 (2011)【次女】漆丽丽 (2014)

　　【长女】漆燕燕 (1992，嫁油坊下)

　　【次子】漆云鹏 (1994)、妻漆巧巧 (1996，本村人)

【次子】漆红成 (1974，入赘紫石沟，姑舅亲)

②【次子】漆鼠娃 (1947)、妻雷老娃 (1952，赵李山人)

　　【长女】漆转秀 (1972，嫁马家湾)

　　【次女】漆转香 (1976)、夫漆常福 (1974，本村人入赘)

　　　　【儿子】漆继鹏 (1995)【女儿】漆继兰 (2000)

　　【三女】漆番番 (1978，嫁麻池沟)

3号家族 (共 2 户 12 人)

①漆双旋 (1917—1987)、妻李转过 (1923—1967，殷家山人)

　　【长子】漆驴娃 (1955)、妻骆富平 (1957)

　　　　【女儿】漆红梅 (1978，嫁立桥山)

　　　　【儿子】漆红大 (1983)

　　②【次子】漆金德 (1965)、妻谢世琴 (1969，野喇叭人)

　　　　【长女】漆红芳 (1990，嫁漳县殪虎桥)

　　　　【次女】漆巧芳 (1995，嫁新疆新源县)

　　　　【长子】漆宝宝 (1998)

　　　　【次子】漆龙龙 (2001)

4 号家族（共 3 户 21 人）

①老太太（?—2014）

　　【长子】漆大娃儿（1948—?）、妻骆某某（骆家沟人，后离异）

　　②【次子】漆烟老（1950）、妻牟妹妹（1949，牟家门人）

　　　　【长女】漆小香（1971，嫁麻池沟）

　　　　【次女】漆翻香（1974，嫁本村高冬来）

　　　　【长子】漆想福（1976）、妻骆桂花（1976，庄下门人）

　　　　　　【儿子】漆伟伟（1996）【长女】漆慧慧（2000）【次女】漆慧珍（2002）

　　　　【三女】漆三香（1978，嫁庄下门）

　　　　【四女】漆红香（1980，嫁庄下门）

　　③【三子】漆三娃（1952）、妻唐尕臭（1957，山庄里人，后举家迁沟门下）

　　　　【长女】漆榜香（1981，嫁沟门下）

　　　　【次女】漆芳芳（1986，嫁紫石沟）

　　　　【儿子】漆双福（1990）、妻侨燕

　　　　　　【儿子】漆某某

5 号家族（共 12 户 89 人）

①【长子】漆沅江（1922—1964）[1]、妻包妥娃（1922—? 马泉向阳川人）

　　【儿子】漆可仕（1943）、妻谈贵莲（1944，柴家楞岸里人）

　　　　【长子】漆满兴（1965）、妻高粉桃（1964，背后河本村人）

　　　　　　【儿子】漆尕保（1985）、妻吴小芳（1985，谈家山人）

　　　　【次子】漆二娃（1967）、妻雷红霞（1976，四族王麻里人）

　　　　　　【长子】漆亮亮（1996）【次子】漆阳阳（1997）

　　　　【三子】漆老三（1969）、妻谈有香（1968，谈家山人）

1　长子漆沅江，早年即至本乡背后河生活，全家实际已非漆家山人。

　　　　　　　【儿子】漆彦军 (1990)、妻魏小芋 (1990，四族水家坪人)

　　　　　　　　【女儿】漆小燕 (嫁江苏徐州)

　　　　　　【长女】漆彩霞 (1976，嫁玛麦寺)

　　　　【长女】漆荷花 (1954，嫁姑茶沟)

　　　　【次女】漆秋花 (1960，嫁柴家楞岸里)

②【次子】漆润江 (1935—2003)、李明明 (1934—2000，新庄门人)

　　　　【长子】漆尕口 (1954)、妻骆玉堂 (1952，庄下门人)

　　　　　　【长女】漆咀哥 (1973，嫁本村马继荣)

　　　　　　【次女】漆银梅 (1989，嫁同村高彦军)

　　　　　　【儿子】漆想红 (1977—2010)、妻漆爱香 (1979，本村人)

　　　　　　　　【长子】漆童童 (2001)【次子】漆鹏鹏 (2004)

　　　　③【次子】漆小平 (1965)、妻赵书花 (1968，紫石沟人)

　　　　　　【长女】漆继梅 (1989，嫁甘肃通渭)

　　　　　　【次女】漆虎梅 (1992，嫁油坊下人)

　　　　　　【儿子】漆继红 (1994)、妻苏怀燕 (1992 兰州人)

　　　　　　　　【儿子】漆宇杰 (2013)

　　　　④【三子】漆小龙 (1967)、妻唐兴花 (1966，山庄里人)

　　　　　　【长女】漆番梅 (1986，嫁新疆昌吉人)

　　　　　　【次女】漆金梅 (1989，嫁新疆新源县人)

　　　　　　【儿子】漆杰红 (1992)

　　　　【长女】漆女子 (1974，嫁背后河人)

　　　　【次女】漆妹哥 (1978，嫁谈家山人)

　　　　⑤【次子】漆二贯 (1933—1995) [1]、赵三琴 (1930—2010，石沟里人)

　　　　　　【长子】漆维成 (1950—2018，离异后入赘马莲滩)、妻田罐罐 (庄下门人 后离异)

　　　　　　【长女】漆妹妹 (1954，嫁庄下门)、婿骆苗福 (1958—2011，夫妻晚年耕住漆家山)

　　　　　　【次子】漆东成 (1956，入赘社占里)

　　　　　　⑥【三子】漆翻成 (1962)、妻任菊菊 (1962，任家门人)

1　长子漆大贯（1930–1945），15 岁病亡。

　　　　【女儿】漆玉芳 (1982，嫁新疆沙湾县)

　　　　【儿子】漆永明 (1987)、妻粟君 (1985，祖籍四川)

　　　【四子】漆金成 (1965，入赘新寺)

　　⑦【五子】漆银成 (1967)、妻王相菊 (1970—2015，社占里人 因车祸亡)

　　　　【女儿】漆玉珍 (1991)【儿子】漆凌云 (2001)

　　⑧【六子】漆建成 (1970)、妻任连枝 (1970，任家门人)

　　　　【长子】漆向民 (1989)【次子】漆月民 (1991)【三子】漆刚民 (1994)

　⑨【三子】漆世保 (1939)、妻马改琴 (1941，任家门人)

　　⑩【长子】漆建新 (1964)、妻周文英 (1968，湖南人)

　　　　【女儿】漆慧 (1992，嫁四川人)

　　　【长女】漆建荣 (1967，嫁陕西人)

　　　【次女】漆建平 (1971，嫁甘肃渭源人)

　　　【三女】漆建红 (1974，嫁河南人)

⑪漆朝山、妻任姐娃

　　【长子】漆如镜 (1944)、李让彩 (1949—2003 毡波里人)

　　　　【儿子】漆红福 (1974，养子)、妻任秋花 (1972，任家门人)

　　　　　【长子】漆明刚 (1992)

　　　　　【次子】漆明春 (1995)、妻王小菊 (1998，甘肃徽县人，已离异)

　　　　　　【女儿】漆勤勤 (2015)

　　⑫【次子】漆皮老二 (1952—1982)、妻岳妹妹 (1952，立桥山人)

　　　　【儿子】漆红明 (1976)

　　　　【女儿】漆红香 (1979—2006，嫁本村漆双福 已病亡)

　　【长女】漆翻花 (1964，嫁大坪里)

6 号家族 (共 4 户 42 人)

①吴奶奶 (？—1992？紫石沟人)

　　【长子】漆双禄 (1940)、妻景桃琴 (1940，石沟里人)

【长子】漆富平 (1964)、妻牟杏花 (1965，紫石沟人)

　　【长女】漆园芳 (1984—2012，嫁河北省，病逝)

　　【儿子】漆元大 (1985)、妻马燕燕 (1988 马家山人)

　　　　【儿子】漆兴兴 (2009)【女儿】漆兴容 (2012)

　　【次女】漆辽芳 (1988，嫁半磨泉人)

②【次子】漆富贵 (1965)、妻任秀枝 (1968，任家门人)

　　【长子】漆海中 (憨大)、妻谢东梅 (麻池沟人)

　　　　【长女】漆阳阳【次女】漆月月

　　【次子】漆海云 (1988，憨二)

　　【女儿】漆金娃 (1990，嫁陇西)

【长女】漆录花 (嫁赵李山)

【次女】漆列花 (嫁马家山)

③【次子】漆三娃 (1954)、妻任菊莲 (1956，任家门人)

　　【长子】漆红平 (1977)、妻李香平 (1976，谷茶沟人)

　　　　【长女】漆巧巧 (1996，嫁本村)

　　　　【长子】漆鹏龙 (2000)【次子】漆辽龙 (2003)

　　【女儿】漆红香 (嫁麻池沟)

　　【次子】漆红二 (入赘南山里)

④吴姐儿 (1924—2019 紫石沟人)

　　【儿子】漆随禄 (1947)、妻景继琴 (1947，石沟里人)

　　　　【儿子】漆想来 (1979)、妻陈小红 (1979，杠醋湾人)

　　　　　　【儿子】漆明明 (1997)【长女】漆霞霞 (2001)【次女】漆小霞 (2003)

　　　　【长女】漆想香 (1986，嫁任家门)

　　　　【次女】漆改香 (1994，嫁赵李山)

　　　　【三女】漆翻香 (1996，嫁赵李山)

　　【次女】漆妹妹 (嫁麻池沟)

7 号家族（共 2 户 17 人）

①漆兴昌 (1921—1985)、妻骆婉容 (1924—1982)

    【长女】漆猪娃儿 (1945)、夫马书存 (1942，马家山人入赘)

        【长子】漆龙生 (1964)、妻谢金香 (1965，麻池沟人)

            【长女】漆丽丽 (1986，嫁山东)

            【儿子】漆孟虎 (1988)、妻贾江新 (1991，山西人)

                【长女】漆娜娜 (2014)

            【次女】漆丽杰 (1991)

        【长女】漆东盈 (1966，嫁任家门)

        【次女】马小盈 (1968，嫁庄下门)

        ②【次子】马继荣 (1971，漆二娃)、妻漆咀哥 (1973，本村人)

            【儿子】马壁虎 (1997)【女儿】马娅娅 (2001)

8 号家族（共 9 户 53 人）

①漆洋人、妻李玉梅 (赵家坪人)

    ②【长子】漆等娃 (1944)、妻吴昌花 (1945—2000，紫石沟人)

        【长女】漆银香 (1966，嫁任家门)

        【长子】漆灶代 (1970)、妻任菊枝 (1972—? 任家门人，病逝)

            【长女】漆翻巧 (1994)【次女】漆转娃 (1996)

        ③【次子】漆银二 (1972)、妻赵巧花 (1972，马家湾人)

            【儿子】漆强强 (1994)、妻马会芳 (1993，盐井人)

        【次女】漆连银 (1975，嫁窑下)

    ④【次子】漆黑娃、妻陈狼娃 (水泉儿人)

        【长子】漆福来 (1974)

        【次子】漆福二 (1979)

    ⑤【三子】漆孟三 (1949)、妻包妹娃 (1952，麻布地下人)

　　　　【长子】漆襁生 (1978)

　　　　【次子】漆唯二 (1985，入赘乌鲁木齐)

　　⑥【四子】漆胡娃 (1952)、妻雷粉香 (1952，立桥山人)

　　　　【长女】漆秋芳 (1979，嫁立桥山)

　　　　【次女】漆东芳 (1981，嫁赵李山)

　　　　【儿子】漆金玉 (1979)、妻任小银 (1979，任家门人)

　　　　　【女儿】漆佳佳 (2000)、【儿子】漆云云 (2002)

　　⑦【五子】漆学文 (1955)、妻马姐娃 (1957，马家湾人)

　　　　【女儿】漆海香 (1979，嫁漳县县城)

　　　　【儿子】漆海军 (1983)、妻骆菊梅 (庄下门人)

　　　　　【儿子】漆祥云 (2010)【女儿】漆某某 (2014)

　　⑧【六子】漆六娃 (1966)、妻杨平 (1968 盐井人)

　　　　【长子】漆亮亮 (1992)【次子】漆红红 (1994)

　　⑨漆早成 (1940—?)、妻岳富琴 (1949)

　　　　【长女】漆元元 (1963)、夫漆月喜 (1964—2017，本姓骆，骆家沟人入赘本村)

　　　　　【长女】漆金女 (1982，嫁石沟里)

　　　　　【次女】漆春娃 (1987，嫁立桥山)

　　　　　【三女】漆苗娃 (1990，嫁新疆)

　　　　　【四女】漆四四 (1994，嫁山庄里)

　　　　　【五女】漆五五 (1999)

　　　　　【儿子】漆云观 (2004)

　　　　【次女】漆尕元 (1967，嫁杠醋湾)

　　　　【三女】漆三元 (1977，嫁麻池沟)

9号家族 (共3户25人)

①吴老太太 (1918—?　山庄里人)

　　②【长子】漆世成 (1939)、妻赵妹妹 (1936—2005)

【长女】漆翻花 (嫁任家门)

【长子】漆黑驴 (1970)、妻任早银 (1970, 任家门人)

　　【长子】漆彦龙 (1989)、妻杨爱平 (1990, 木林人)

　　　【长女】漆佳会 (2013)【次女】漆佳玲 (2014)

　　【次子】漆尕二 (1991)、妻武玉娟 (1990, 新疆人)

【次子】漆尕驴 (1971—1990)

③【次子】漆秉祯 (1951)、妻田妹妹 (1954, 庄下门人)

【长子】漆元德 (1973)、妻陈尕妹 (1972, 杠醋湾人)

　　【长子】漆祥龙 (1996)【次子】漆二龙 (2002)

【次子】漆根德 (1976)、妻包爱芳 (1979, 大麦子沟里人)

　　【长女】漆霞娃 (2003)【次女】漆尕燕 (2006)【儿子】漆军 (2008)

【女儿】漆爱香 (1979, 嫁本村)

10 号家族（共 7 户 52 人）

①【长子】高望成 (? —1999)、妻郭玉琴 (? —1987, 赵家庙下人)

【儿子】高尕老大 (1940—2011)、妻骆芦花 (1942—2006, 庄下门人)

　　②【长子】高早来 (1963)、妻陈东香 (1966, 九眼泉人)

　　　【女儿】高银银 (1986, 嫁北京大兴)

　　　【儿子】高银龙 (1989, 新疆石河子大学本科毕业)

　　【长女】高翻翻 (1965, 嫁骆家沟)

　　【次子】高二娃 (1967, 入赘本村包玉香)

　　③【三子】高春来 (1970)、妻赵菊香 (1971, 殷家山人)

　　　【长子】高魁龙 (1997)【次子】高金龙 (2002)

　　【四子】高冬来 (1972)、妻漆翻香 (1974, 本村人)

　　　【儿子】高强龙 (1994)【女儿】高金金 (1996)

【长女】高粉姬 (嫁牟家门)

【次女】高尕粉 (嫁庄下门)

④【次子】高升有、妻赵桂花

　　【长子】高振业 (1942)、妻骆妹妹 (1942—2011, 庄下门人)

　　　　【长女】高狼娃 (1965—1988, 嫁紫石沟人, 阑尾炎误诊亡)

　　　　【次女】高爱爱 (1968, 嫁任家门)

　　　　【长子】高大哥 (1970)、妻漆玉芳 (1970, 本村人 姨表亲)

　　　　　　【长女】高娟娟 (1990)【次女】高小娟 (1994)【三女】高小银 (1996)

　　　　　　【长子】高虎林 (1998)

　　　　【三女】高尕咀哥 (1973, 嫁九眼泉)

　　⑤【次子】高环二 (1977)、妻包还芳 (1981, 四族乡年家门人)

　　　　【儿子】高万万 (2006)【女儿】高万云 (2010)

　　【长女】高黑女 (1955, 嫁赵李山)

　　⑥【次子】高孟老 (1957)、妻李妹妹 (1959, 九眼泉人)

　　　　【长女】高拾香 (1972, 嫁九眼泉)

　　　　【次女】高列香 (1974, 嫁大草滩乡)

　　　　　　【儿子】高番红 (1988)、妻王卫卫 (1988, 白水泉人)

　　⑦【三子】高三娃 (1966)、妻牟玉香 (1967, 牟家门人)

　　　　【儿子】高彦军 (1989)、妻漆银梅 (1989, 本村人)

　　　　　　【儿子】高家辉 (2012)【女儿】高琳琳 (2014)

　　　　【长女】高艳芳 (1994)【次女】高连芳 (1996)

11号家族（共5户30人）

①朱烟人

　　【儿子】朱胞官 (1942—?)、妻李女子 (1942—? 毡波里人)

　　　　【长女】朱等香 (1964, 嫁马家山)

　　　　【长子】朱等生 (1966)、妻漆金芳 (1967, 本村人)

　　　　　　【长子】朱燕云 (1987)、妻刘中华 (1991, 平道里人)

　　　　　　　　【女儿】朱丽亚 (2010)【儿子】朱毫毫 (2013)

②【次子】朱紫云 (1990)、妻某某 (石川三桥沟人 离异)

【女儿】朱宣宣 (2013)

【次女】朱金香 (1969, 嫁赵李山)

③【儿子】朱旗正 (1937)、妻赵锁桃 (1937, 王家山人)

④【长子】朱银生 (1955—2008)、妻任双织 (1956, 任家门人)

【长女】朱早莲 (1973, 嫁石沟里)

【次女】朱贵莲 (1976, 嫁麻池沟)

【儿子】朱想伟 (1986)、妻樊佳佳 (1990, 新疆人)

【儿子】朱乐乐 (2014)

【次子】朱张九 (1966)、妻任东贵 (1973, 任家门人 换头亲)

【儿子】朱富伟 (1990)、妻陈小梅 (1994)

【女儿】朱红玉 (2008)

【三子】朱张三 (1970, 入赘新疆)

【女儿】朱连香 (1971, 嫁任家门人)

12号家族 (共 3 户 26 人)

①包团爷 (? —1978)

【次子】包跛子 (? —1983？)、妻马富琴 (1940, 马家山人)

【长女】包东香 (1962, 嫁赵李山)

②【长子】包得保 (1965)、妻漆转花 (1965, 本村人)

【长女】包小芳 (1990, 嫁罗儿湾)

【次女】包银芳 (1991, 嫁本村漆永强)

【儿子】包小军 (1993)、妻李转过 (罗儿湾人，离异；再娶李盈盈，
1990, 殷家山人)

【儿子】包伟龙 (2009)、【女儿】包丽丽 (2012)

【次女】包妹官 (1968, 嫁麻池沟)

【次子】包得福 (1970, 新疆打工)

　　　　【三子】漆常福 (1972，招赘本村漆转香)

③【三子】包分三 (1939—2012)、妻牟顺琴 (1939，牟家门人)

　　　　【长女】包春香 (1965，嫁立桥山)

　　　　【次女】包玉香 (1967)、夫高二娃 (1967，本村人入赘)

　　　　　　【长子】包海龙 (1989)、妻田雪燕 (1991，庄下门人)

　　　　　　【次子】包江龙 (1990)、妻漆丽杰 (1991，本村人)

　　　　　　【三子】包泉龙 (1992)

13号家族（共1户8人）

①骆老二 (1939)、妻牟锁琴 (1938—2018，牟家门人)

　　　　【养子】骆东成 (1955，先娶本村漆尕妹 离异)、续妻某某

　　　　　　【儿子】骆某某、妻某某

　　　　　　　　【儿子】骆某某

　　　　　　【女儿】骆某某

附录二：1965 年漆家山家族户数人口表

1 号家族（5 户 24 人）

①【独子】漆大娃

    【儿子】漆邦生、妻任桂梅

        【儿子】漆孝顺（永祥）

    【次女】漆尕妹

②【长子】漆兔娃、妻大太太

    【儿子】漆大大

③【次子】漆根莽

    【儿子】漆新庄喜、妻骆转娃

        【女儿】漆毛毛【儿子】漆耀明（初娃）

④【三子】漆三娃、妻李太太

    【长子】漆保生、妻朱菊琴

    【次子】漆富保

    【三子】漆三保

⑤【四子】漆万一、妻庞彩琴

    【长子】漆秃子、妻赵女孩

    【次子】漆金保

2 号家族（1 户 6 人）

①【长子】漆金林儿、妻赵姐娃

【长女】漆猪娃儿【次女】漆复花【三女】漆转花

【次子】漆鼠娃

3号家族（1户4人）

①漆双旋、妻李转过

　　　　【长子】漆驴娃【次子】漆金德

4号家族（1户4人）

①老太太

　　　　【长子】漆大娃儿

　　　　【次子】漆烟老

　　　　【三子】漆三娃

5号家族（5户27人）

①【长子】漆沅江[1]、妻包妥娃

　　　　【儿子】漆可仕（1943）、妻谈贵莲（1944，柴家楞岸里人）

　　　　　　　【长子】漆满兴（1965）

　　　　【长女】漆荷花（1954，嫁姑茶沟）

　　　　【次女】漆秋花（1960，嫁柴家楞岸里）

②漆润江、妻李明明

　　　　【长子】漆尕口【次子】漆小平

1　长子漆沅江，早年即至本乡背后河生活，全家实际已非漆家山人。

③【长子】漆二贯、妻赵三琴

　　【长子】漆维成【长女】漆妹妹【次子】漆东成【三子】漆翻成【四子】漆四娃

④【次子】漆世保、妻马改琴

　　【儿子】漆建新

⑤漆朝山、妻任姐娃

　　【长子】漆如镜、妻李让彩

　　【次子】漆皮老二

　　【长女】漆翻花

6 号家族（2 户 12 人）

①吴奶奶

　　【长子】漆双禄、妻景桃琴

　　　　【长子】漆富平【次子】漆富贵

　　【次女】漆列花

　　【次子】漆三娃

②吴姐儿

　　【长女】漆女孩

　　【儿子】漆随禄、妻景继琴

　　【次女】漆妹妹

7 号家族（1 户 5 人）

①漆兴昌、妻骆婉容

　　【女儿】漆猪娃儿、婿马有存

　　　　【儿子】漆龙生（碌础）

8号家族（2户10人）

①漆洋人、妻赵太太

　　　【长子】漆等娃

　　　【次子】漆黑娃

　　　【三子】漆孟三

　　　【四子】漆胡娃

　　　【五子】漆学民

　　　②漆早成、妻岳富琴

　　　　　【女儿】漆元元

9号家族（1户5人）

①唐老太太

　　　【长子】漆世成、妻赵妹妹

　　　　　【长女】漆翻花

　　　【次子】漆秉祯

10号家族（2户15人）

①【长子】高望成、妻郭玉琴

　　　【儿子】高尕老大、妻骆芦花

　　　　　【儿子】高早来【女儿】高翻翻

　　　【长女】高大粉

　　　【次女】高尕粉

②【次子】高升有、妻赵桂花

　　　【长子】高振业、妻骆妹妹

　　　　【女儿】高狼娃

　　　【长女】高黑女

　　　【次子】高孟老

11号家族（2户7人）

①朱烟人

　　　【儿子】朱胞官、妻李女子

　　　　【女儿】朱等香

　　　②朱旗正、妻赵锁桃

　　　　【儿子】朱银生

12号家族（2户8人）

①包团爷

　　　【次子】包跛子、妻马富琴

　　　　【女儿】包东香【儿子】包得保

　　　②【三子】包分三、妻牟顺琴

　　　　【女儿】包春香

13号家族（1户3人）

①骆老二、妻牟锁琴

　　　【养子】骆东成

附录三：2015 年漆家山现居住家族户数人口表

1号家族（5户26人）

①漆邦生、妻任桂梅

【次子】漆孝福、妻骆妹娥

【长女】漆苗苗【次女】漆巧巧【儿子】漆星星

②漆耀明、妻王付香

【长子】漆永强、妻包银芳

【儿子】漆飞飞【女儿】漆飞丽

【次子】漆强强、妻任红燕

【儿子】漆向阳

③漆三保、妻唐改花

【次子】漆二娃

④赵女孩

⑤田根花

【儿子】漆想得、妻任杏枝

【长女】漆小兰【长子】漆小强【次子】漆续强

2号家族（2户16人）

①漆金林儿、妻赵姐娃

【长子】漆想成、妻任巧贯

【长子】漆海鹏、妻孟蜜蜜

　　　　　　【长女】漆丽娜【次女】漆丽丽

　　　　　　【次子】漆云鹏、妻漆巧巧

　②漆鼠娃、妻雷老娃

　　　　　　【次女】漆转香、夫漆常福

　　　　　　【儿子】漆继鹏【女儿】漆继兰

3 号家族（1 户 3 人）

①漆驴娃、妻骆富平

　　　　【儿子】漆红大

4 号家族（1 户 7 人）

①漆烟老、妻牟妹妹

　　　　【长子】漆想福、妻骆桂花

　　　　　　【儿子】漆伟伟【长女】漆慧慧【次女】漆慧珍

5 号家族（3 户 10 人）

①漆小平、妻赵书花【子女均在兰州工作】

②漆如镜

　　　　【养子】漆红福、妻任秋花

　　　　　　【长子】漆明刚

　　　　　　【次子】漆明春、妻王小菊

　　　　　　【女儿】漆勤勤

③岳妹妹

6号家族（3户21人）

①漆富贵、妻任秀枝
　【长子】漆海中、妻谢东梅
　　【长女】漆阳阳、【次女】漆月月
　　【次子】漆海云
　②漆三娃、妻任菊莲
　　【长子】漆红平、妻李香平
　　　【长子】漆鹏龙【次子】漆辽龙
③吴姐儿
　【儿子】漆随禄、妻李继琴
　【儿子】漆想来、妻陈小红
　　【儿子】漆明明【长女】漆霞霞【次女】漆小霞

7号家族（举家迁新疆新源县）

8号家族（4户13人）

①漆黑娃、妻陈狼娃
　【长子】漆福来【次子】漆福二
②漆孟三、妻包妹娃
　【长子】漆襁生
③叶富琴
　【长女】漆元元、夫漆月喜
　　【四女】漆四四
　　【五女】漆五五
　　【儿子】漆云观

9 号家族（1 户 5 人）

漆根德、妻包爱芳（本村人）

　　【长女】漆霞娃【次女】漆尕燕【儿子】漆军

10 号家族（1 户 3 人）

高早来、妻陈东香（早来一家户口也已迁往新疆）

　　【儿子】高银龙

11 号家族（举族迁新疆新源县）

12 号家族（1 户 6 人）

包得保、妻漆转花

　　【儿子】包小军、妻李盈盈

　　　　【儿子】包伟龙【女儿】包丽丽

13 号家族（举家迁紫石村庄下门社）

致谢

　　为生我养我的小山村漆家山写点儿什么，是我长久以来的念想，但真正提笔写却是近年来的事情。先是在微信圈里断断续续地发布，然后又搁了一段时间，才整理修改成如今的样子，确实仓匆了些也粗疏了些，但我想要表达的意思基本上也都表达出来了。这其中最费劲的是统计全村人的姓名、婚嫁、生卒与迁出数量等，这些工作我在数年前就开始了，但直到本书出版，也仍然未能统计出绝对准确的数据，因为农人不识字无记录，不少子孙已经不记得父祖辈的姓名年龄了，但好歹大样儿是不错的，基本反映了漆家山的方方面面，是可以作为信史的。

　　在前后编纂的过程中，父母和左邻右舍帮我回忆他们一代和上一代的情况，侄女苗苗每次回老家，我都让她带着统计表格一家一家去反复核实，迁往新疆的村民情况主要是金德爷在新源县帮我打听，而在乌鲁木齐与拜城的数据是建荣妹妹帮我统计的，村里如小平爷、早来兄等也帮了不少的忙，多亏小平爷收藏了当年我们抄录的那些剧本，让我能够缅怀少年时光。高中老同学郭强古道热肠，拍了部分照片。在青岛工作的天水老乡赵文慧兄，致力于乡邦文献的收集与整理，在方言土语词汇方面给了我不少的助益。北大城环学院博士研究生池骋，替我绘制了《2015年漆家山村居民舍图》。全书中的插图与照片，除署名者外，其他都是我自己拍摄的，图虽不美，但都是真实的。

　　北大培文集团总裁高秀芹博士、副总丁超兄从微信圈里得知我在写村史后，即热情地向我约稿，不是他们二位的鼓励与促成，本书不会这么快椠行。而最为本书受累的是责任编辑于铁红老师，因为我的文字尤其是表格每次都变化很大，导致于老师前后两稿都是审过后又基本作废，给她平添了不该有的工作量，让我既感且愧。正是因为众大家的扶护与助力，才有了本书的面世，在此我谨向在大山里的父母与邻居们磕头感恩！向前后帮助过我的众大家表示诚挚的谢忱！并祝各位亲友年富日永！体健业旺！

漆永祥匆草于 2018 年 12 月 28 日